CONFISSÕES DE UM GAROTO TÍMIDO, NERD E (LIGEIRAMENTE) APAIXONADO

THALITA REBOUÇAS

CONFISSÕES DE UM GAROTO TÍMIDO, NERD E (LIGEIRAMENTE) APAIXONADO

Rio de Janeiro, 2025

Copyright © 2017 by Thalita Rebouças. Todos os direitos reservados.

Todos os direitos desta publicação são reservados à Casa dos Livros Editora LTDA. Nenhuma parte desta obra pode ser apropriada e estocada em sistema de banco de dados ou processo similar, em qualquer forma ou meio, seja eletrônico, de fotocópia, gravação etc., sem a permissão dos detentores do copyright.

ILUSTRAÇÕES DE CAPA	Isadora Zeferino
MONTAGEM DE CAPA	Julio Moreira | Equatorium Design
PROJETO GRÁFICO E DIAGRAMAÇÃO	Juliana Ida
IMAGENS DO MIOLO	Shutterstock

Dados Internacionais de Catalogação na Publicação (CIP)
(Câmara Brasileira do Livro, SP, Brasil)

Rebouças, Thalita

Confissõesdeumgarototímido,nerde (ligeiramente) apaixonado / Thalita Rebouças. - 1. ed. - Rio de Janeiro: Pitaya, 2025. -- (Confissões; 2)

ISBN978-65-83175-31-1

1. Romance - Literatura juvenil I. Título. II. Série.

25-247245   CDD-028.5

Índice para catálogo sistemático:

1. Romances : Literatura juvenil   28.5

Eliete Marques da Silva - Bibliotecária - CRB-8/9380

Editora Pitaya é uma marca licenciada à Casa dos Livros Editora Ltda.
Todos os direitos reservados à Casa dos Livros Editora LTDA.
Rua da Quitanda, 86, sala 601A - Centro,
Rio de Janeiro/RJ - CEP 20091-005
Tel.: (21) 3175-1030
www.harpercollins.com.br

A TODAS AS PESSOAS QUE NÃO TÊM
MEDO DE SER ELAS MESMAS.

SUMÁRIO

Capítulo 1 11

Capítulo 2 22

☆ Capítulo 3 42

● Capítulo 4 59

Capítulo 5 78

Capítulo 6 97

Capítulo 7 111

★ Capítulo 8 129

♡ Capítulo 9 145

Capítulo 10 170

Capítulo 11	187
Capítulo 12	205
☆Capítulo 13	216
♥ Capítulo 14	226
Capítulo 15	244
Capítulo 16	257
Capítulo 17	281
★ Capítulo 18	289
♡ Capítulo 19	295
UM PEDIDO ESPECIAL DA AUTORA	301

NOTA DA AUTORA

Oiê! Tudo bem?

Quando escrevi *Confissões de uma garota excluída, mal-amada e (um pouco) dramática*, eu jamais poderia imaginar o quanto esse universo cresceria — e como eu me apaixonaria cada vez mais por esses personagens! Escrever sobre o Davi, o melhor amigo da Tetê, foi uma experiência especial. Ele foi ganhando vida ao longo da escrita, como se quisesse contar a história dele sozinho. Foi muito bonito viver isso. Confesso que a história dele acabou se tornando uma das minhas favoritas (mas não conta pros outros, ok?). É um livro sobre autoaceitação que fala também de amizade, das angústias da adolescência, das inseguranças que você e todo mundo têm...

Revisitar o Davi, sua turma e sua família nesta nova edição foi como reencontrar velhos amigos. Espero que vocês se divirtam tanto quanto eu me diverti escrevendo. Ah! Vocês vão rir, sim, mas garanto que vão se emocionar também.

Um beijo grande,
Thalita

Capítulo 1

NUMA MANHÃ CHUVOSA E SEM GRAÇA, ACORDEI CONFUSO. ATÔNIto. Desorientado. Desnorteado. Logo eu, um garoto que sabe analisar as coisas, que dificilmente fica sem saber o que fazer, que tem resposta para tudo!

— Davi, o que é que você tem hoje, hein? Está com a cabeça na Lua? — perguntou Tetê, que, além de ser minha melhor amiga, a irmã que eu escolhi ter, já era praticamente da família desde que começou a namorar meu irmão Dudu.

— É... Não... Ahnn... Do que eu tava falando mesmo? — respondi, sem nem saber o que eu dizia, como se estivesse aterrissando de volta no meu corpo depois de voar nos meus pensamentos.

— Poxa, Davi, eu venho aqui pra entender um pouquinho de astrologia e você aí todo aéreo! Cê tá literalmente no céu? — brincou ela. — Você tava me falando como é o homem de Aquário, que, por "coincidência", é o signo do meu namorado... e também como funciona o mapa astral.

— Ah é...

— Ah é nada! Isso não é o seu normal! Agora eu quero saber por que você está assim. O que aconteceu, Davi Pereira da Costa? Você está diferente... Pode me contar a-go-ra! — exigiu minha amiga, que me conhecia tão bem que eu não conseguia esconder nada dela.

Na verdade, eu estava mesmo com a cabeça fervilhando com o bumba meu boi que vinha acontecendo dentro de mim havia algum tempo. Naquele dia nublado de abril, do alto dos meus 16 anos, eu definitivamente estava experimentando uma sensação que jamais supus que pudesse existir. E era uma sensação muito, mas muito boa!

É claro que mais cedo ou mais tarde eu ia contar para alguém, e esse alguém obviamente era a Tetê. Mas, tímido do jeito que eu sou, fiquei enrolando, tentando disfarçar e adiar a conversa, talvez esperando que a Tetê fizesse exatamente o que estava fazendo: tentando arrancar a informação de mim. Pois é, sou desses. Até na hora de contar uma notícia boa para a melhor pessoa do mundo minha timidez atrapalha.

— Ah, Tetê... É tanta coisa! Eu... eu... nem sei por onde começar.

— Começa pelo começo, ué, que é sempre mais fácil — sugeriu ela, palhaça. — O que está acontecendo? É coisa boa?

— É... É coisa bem boa...

— Ufa, que bom. Pelo menos não é desgraça!

— Não, muito pelo contrário!

— Ai, vai, menino! Não aguento mais o suspense!

— Bom, pelo começo né?

— É!!

Eu e Tetê nos ajeitamos no sofá da sala, cada um pegou mais um pão de queijo *fit* que a Tetê havia feito e trazido, e eu comecei a desabafar o que estava preso na minha garganta.

— Quando comecei o curso de astrologia em janeiro, eu nem notei a presença dela. Mas depois ficou parecendo cada vez mais que só existia ela na turma, sabe? As coisas que ela falava, o jeito dela... Pra dizer a verdade, ela é a garota mais bonita, mais inteligente e mais autoconfiante que eu já conheci na vida.

— Ah, não! Você conhece uma garota em janeiro, ela mexe com você e só agora eu fico sabendo?

— Calma, ansiosinha. Só no mês passado que eu comecei a estar mais com ela e a conhecê-la melhor.

— Ah, bom! E *ela* tem nome?

— Lógico, né? É Milena. E ela é incrível — falei, sorrindo. — Como eu, ela adora ver séries, ler sobre ciência e ouvir música clássica. E se veste e se movimenta com uma elegância que eu nunca vi. A gente começou a se falar cada vez mais. Agora, falamos todos os dias por mensagem e às vezes por telefone, e a cada semana a conversa é mais edificante.

— *Edificante*, Davi? Só você mesmo...

— Para, Tetê! Senão eu não vou contar mais nada! — Fingi estar bravo.

— Parei — disse ela, com um sorrisinho maroto.

— Depois da aula, a gente tem ido à lanchonete do lado do prédio do curso. E você não sabe! Ela come batata frita e é louca por pizza e sundae de chocolate com muita calda como eu! Ai... A beleza dela me intimida e, quando ela sorri, eu perco o chão. É a coisa mais linda de se ver. Eu fico hipnotizado!

— Own!!! — exclamou Tetê, como se tivesse coraçõezinhos nos olhos.

— Tetê, eu não paro de pensar nela! É muito mais do que jamais pensei em alguém. Isso tem me deixado meio atordoado, porque não sei o que fazer, não sei como agir, não entendo direito nem o que estou sentindo. Pela primeira vez na vida eu estou sem ação.

— Ai Brasil, Polo Norte e China! É oficial! Meu amigo está apaixonado!!!

— Apaixonado? Não!! Também não exagera, né, Tetê? Quer dizer... Eu acho que não... Eu só achei a menina linda e incrível e diferente e com coisas em comum comigo... — Fiquei intrigado, pensando no que minha amiga falou.

— Sei... — respondeu Tetê, com um ar meio debochado. Tentei disfarçar.

— Ah! Você não vai acreditar! Ela me convidou pra ir com ela a um concerto que vai acontecer no meio do ano. Uma garota me convidou para um concerto! Você tem ideia do que é isso?

— Uau! Realmente, ela é uma raridade! Mas, me conta, só rolou conversa?

— Como assim? O que você queria que rolasse?

— Ai, Davi... Dã-ã!

Senti meu rosto ruborizar.

— Você não ficou com vontade de...

Nesse exato segundo, ouvimos o barulho de chave abrindo a porta. Eram Dudu e minha avó, que voltavam do supermercado. Meu irmão fazia questão de levá-la de carro e acompanhá-la sempre que dava, mesmo que ela às vezes teimasse que não precisava.

Aquela interrupção foi em um ótimo momento, já que a conversa estava indo por um caminho delicado, e fiz questão de mudar de assunto, não só por isso, mas porque não queria falar da Milena com mais ninguém que não fosse a Tetê. Não por enquanto.

— Achou tudo o que precisava, vó? — perguntei, levantando para dar um beijo nela.

— Achei, sim! Amanhã vai ter minha lasanha especial! Tetê, você é nossa convidada, viu? Os meninos chamam de "a melhor lasanha do mundo" — disse ela, me abraçando e sorrindo.

— Obrigada, dona Maria Amélia! Não perco por nada! — Tetê sorriu de volta, simpática.

Enquanto vovó ia para a cozinha com o carrinho de supermercado cheio de sacolas, Dudu foi direto abraçar e beijar Tetê, e me provocou.

— Davi, já dá pra devolver minha namorada? Vocês estão aí conversando há uma eternidade! Tenho certeza de que já deu pra falar tudo de astrologia pra ela.

— Ih, Dudu, errado. Não deu nem pra começar! — brincou Tetê.

— Estou falando do seu signo e tentando interpretar seu mapa astral pra sua namorada, Dudu — emendei.

— Ah não! Que absurdo! Vai entregar o ouro pro bandido assim, Davi?! — divertiu-se meu irmão, bancando o bravo. — Você está do lado de quem? Do meu ou do dela? Você é meu irmão, cara!

MINHAS IMPRESSÕES SOBRE A PESSOA DE
AQUÁRIO (DUDU)
PLANETA REGENTE: URANO

COMO É:
Inteligente, criativa, temperamental, aventureira, reflexiva, com ideias à frente do seu tempo. E se acha mais inteligente e esperta que a média, e normalmente é mesmo.

DO QUE GOSTA:
Liberdade (essa palavra define o aquariano), solidão, ausência de rótulos, cabeças pensantes. E pão sem glúten e milk-shake de morango (ok, isso é só o Dudu).

DO QUE NÃO GOSTA:
De se sentir presa, de normalidade, do que é comum.

O QUE COME:
Capaz de alternar besteiras engorduradas e cheias de sódio com quinoa orgânica e doces à base de whey (eca).

O DIA SEGUINTE AO PRIMEIRO ENCONTRO:
Por ser um espírito livre e não ser chegado a paixões arrebatadoras, a chance de um aquariano não ligar no dia seguinte é bem grande. #ficaadica1 Se você é do signo de Touro, Virgem ou Capricórnio, FUJA de quem é de Aquário. A chance de se machucar é enorme. Além disso, ele não tem a menor paciência pra mimimi. #ficaadica2

Tetê deu uma gargalhada mostrando todos os dentes, de um jeitinho todo dela, muito doce e divertida. Desde que ela tirou o aparelho, no começo do ano, não tem mais receio de rir pra valer, e faz isso com tanta vontade que até contagia.

— Ei, o Davi também é como meu irmão, tá? Não tem isso de lado! — reagiu Tetê. — E o cara entende muito de astrologia! Ia ser burrice se eu não aproveitasse isso pra saber mais de você.

— Pode parar, moça! Se o Davi fosse seu irmão, consequentemente eu também seria... — falou Dudu, como se estivesse muito triste.

— Ah, você fica mais lindo ainda fazendo biquinho! — Tetê se derreteu.

Dudu puxou minha amiga para um abraço e um beijo. Aquilo era meio enjoado de ver, mas era muito bom sentir que os dois estavam tão apaixonados.

— Tá, mas vocês não vão fugir do assunto. O que estavam cochichando quando eu cheguei? A conversa estava muito suspeita. O que você andou falando de mim pra ela, Davi?

— Nada de mais, Dudu. Estávamos falando do jeito aquariano. Até mostrei minhas anotações para a Tetê, só não sei se ela gostou. — Tentei disfarçar a conversa sobre a Milena, voltando ao assunto da astrologia.

— É, não sei se gostei muito mesmo. Tenho que pensar ainda — admitiu minha doce cunhadinha, bancando a cúmplice, e olhando para os papéis espalhados na mesa de centro. — Não estou achando nada de romântico nesse mapa. O Dudu tem umas coisas tão romantiquinhas...

— Êêêê... Olha bem isso aí, Davi! — brincou Dudu.

— Calma, vou chegar lá. Mas já adianto que o lado romântico do Dudu vem da Lua dele, que é em Câncer. Um dia explico com calma o que isso significa — esclareci. — Vamos por partes, vamos falar do signo primeiro.

— Tá bem, tá bem! Eu espero! — riu minha amiga.

— Vai chegar a hora em que vou conseguir responder sem pesquisar tudo o que vocês têm vontade de saber. Mas, por enquanto, têm que ter paciência comigo. Sou um mero estudioso do assunto, não um especialista.

— Ah, sem modéstia, Davi, claro que é! E esse mapa astral aí todo detalhado? — Tetê quis saber.

— Esse aqui eu puxei da internet para aprender a interpretar, como um exercício. Mas quero fazer eu mesmo. Só que isso ainda vai demorar um pouco, porque é muito complexo. Só no fim do curso. E, mesmo assim, não garanto que vai ficar bom.

— Tenho certeza de que vai arrasar, como sempre! — decretou minha amiga.

— Ai, como você é exagerada, Tetê! — exclamei. — Voltando ao mapa do Dudu, o que eu estou fazendo aqui é tentar entender o que significa cada coisa.

Dudu só observava. De repente, minha avó surgiu da cozinha com um pano de prato nas mãos, para participar da conversa. Ela era ligada em tudo.

— Ah, Tetê, fico tão feliz que o Davi está fazendo uma coisa que ele gosta tanto! Sou muito grata por você ter incentivado o meu neto a fazer esse curso!

— Que é isso, dona Maria Amélia! Mas não posso dizer que foi uma coisa assim, cem por cento desinteressada, viu? Tô adorando que o Davi está falando coisas sobre mim, sobre o Dudu... — disse ela, rindo.

— Ahhh! Mas a verdade é que ele está muito entusiasmado com isso, está mais alegre até, dá pra ver. Sabe, esses primeiros tempos sem o Inácio não foram fáceis. O Dudu tem você, eu tenho meus dois netos, mas o Davi precisava mesmo de alguma coisa para ajudar a superar a ausência do avô.

— É, eu sei. Por isso incentivei tanto o Davi a fazer alguma coisa que ele curtisse — declarou minha amiga.

— É, meu neto sempre gostou dessas coisas de céu, astronomia, astrologia, estrelas... Desde pequeno, desde o berço! Só que por muito tempo ele parou de mexer com isso porque... — minha avó começou a falar em um tom mais baixo, como se fosse um segredo: — ... meu marido tinha um pouco de preconceito com esse negócio de signo, sabe?

— Ei, não foi por causa do vovô! — protestei.

— Ah, Davi, claro que foi. Foi só o vovô Inácio falar que astrologia era uma grande bobagem, que não valia nada, que horóscopo de jornal qualquer um inventava, que você foi largando o assunto de lado — entregou Dudu.

— Tá, teve um pouco de culpa do vovô, sim — fui obrigado a confessar. — Mas teve também o meu conflito interno — revelei, para a surpresa dos três.

— Conflito interno?! Nossa, Davi, é inacreditável você nunca ter feito terapia e soltar essas expressões, sabia? O Romildão ia adorar ouvir você — pontuou Tetê, que já frequentava o consultório do dr. Romildo havia uns seis meses ou quase isso. — Mas explica esse conflito, fiquei curiosa.

— É que é isso mesmo que a vovó falou. Desde pequeno, sempre gostei de observar as estrelas e de imaginar há quanto tempo elas estão lá em cima. Devoro livros que falam do universo, dos buracos negros, das supernovas — expliquei. — Mas isso é ciência, astronomia é ciência, é uma coisa exata, provada, que não combina exatamente com a astrologia, que, para mim, sempre foi algo como adivinhação, sem base nenhuma, entende? Sempre pensei que era meio um disparate estudar signos sendo eu alguém tão interessado em física, matemática, teorias científicas, essas coisas. Só que a verdade é que eu gosto, e na prática ela funciona, mesmo não sendo considerada ciência. Entendem meu conflito?

— Conflito? Eu estou é impressionada com a palavra *disparate*! — falou Tetê, caindo na gargalhada de novo. — Ai, Davi! Já te conheço faz mais de um ano, mas às vezes você solta cada uma que ainda fico pensando como é que pode você falar como um senhor de 80 anos! Quem é que fala "disparate" hoje em dia? Você e sua "fala de velho"... — Tetê adorava fazer chacota da minha maneira de dizer as coisas.

— Isso também é influência do vovô Inácio! Eram tão "unha e carne" que até o jeito de falar dele o Davi pegou e ainda mantém — contou Dudu.

— Ué, não tenho culpa de ter sido criado pelos meus avós e de você não ter convivido com eles tanto quanto eu, já que passou um tempo em Juiz de Fora — falei, enquanto ia até a vovó para dar um abraço carinhoso nela. — E o vovô Inácio faz muita falta. Eu ainda não me acostumei com a ausência dele.

— Ah, meu querido! — disse minha avó, me dando um beijo estalado na bochecha. — Acho que se acostumar a gente nunca vai mesmo. Não faz nem seis meses que ele se foi. A saudade é imensa, mas o tempo e a nossa união têm ajudado muito — disse minha doce Maria Amélia, nostálgica.

— Ah gente, vamos mudar o rumo dessa conversa, senão a gente vai acabar chorando aqui — argumentou Dudu.

— É isso mesmo! Bora falar de outras coisas — concordou Tetê. — Aliás, Davi, pensando nisso, apesar de ser sua incentivadora, você nunca me falou como é que, sendo um cara tão ligado em ciência, você se interessou por astrologia.

— Foi de alguns anos pra cá, por causa de um vizinho, o Leo, lembra dele, vovó? Ele estudava astrologia e mapa astral e sempre me falava do assunto. E eu ficava intrigado para saber como funcionava. Aí comecei a pesquisar na internet, mas nunca tinha tido um conhecimento formal e completo. Foi o Leo que me falou do curso. E agora eu estou vendo que a astrologia também tem sua base.

— Base na astronomia, não é, meu neto?

— Mais ou menos, vovó. Astronomia é uma ciência exata que estuda a origem, a evolução, a composição, a classificação e a dinâmica dos corpos celestes. Para ser astrônomo, a pessoa precisa fazer faculdade. A astrologia é baseada na relação entre os astros, considerando seu deslocamento no céu e suas posições, e ligando isso ao comportamento humano. Analisando como estava o céu num determinado dia e hora, um astrólogo é capaz de analisar uma pessoa internamente, descrevendo suas atitudes, seu modo de ser e de pensar, seus medos, suas aptidões e seu futuro. Esse é o famoso mapa astral. Só que para saber isso a gente não precisa fazer faculdade, mas cursos sérios e workshops, como o que eu estou fazendo. É por isso também que existe tanto preconceito com a astrologia, só que essa é uma prática ancestral.

— É isso, Davi! Preconceito! Foi o que eu falei, e temos que admitir que seu avô, que Deus o guarde, tinha, sim, preconceito em relação à astrologia. Achava que era misticismo, perda de tempo. E. como nunca se aprofundou no assunto, não falava com conhecimento de causa. Isso se chama ignorância. Ignorância é a base dos preconceitos.

— Aí, dona Maria Amélia! Falou tudo agora! — gritou Dudu, aplaudindo.

— E tem mais, crianças! Não está certo a gente deixar de fazer o que gosta, deixar de ser feliz, deixar de ser quem a gente é por causa de preconceito, principalmente preconceito dos outros. E outra coisa! — continuou vovó, realmente animada com o assunto. — Não tem o menor problema uma pessoa ter dois lados, um lógico e coerente, e outro mais inquieto e sonhador. A gente tem que ter cabeça aberta sempre, com muitas gavetas, muitos espaços, muitos horizontes a serem descobertos!

— Falou bonito, vó! — Dudu aplaudiu de novo.

— Por isso que a senhora é sempre jovem, dona Maria Amélia! — disse Tetê.

— Vó, como sempre, a senhora tem razão! — admiti, rindo.

— Claro que tenho, Davi. Sempre! Ainda não aprendeu isso? — disse ela, sorrindo.

Minha avó sempre foi incrível com as palavras. Fala pouco, mas quando fala, fala tão bem que a gente fica admirado. Tem pessoa mais doce e encantadora que ela?

— Bom, está tudo muito bom, mas agora vocês vão me dar licença que eu vou levar esta linda jovem ao cinema, já que eu sou o namorado dela e vocês já monopolizaram a Tetê por tempo demais! — declarou Dudu.

— Isso mesmo, queridos! Divirtam-se! Eu vou guardar as compras do almoço de amanhã — despediu-se vovó.

Tetê veio me dar um beijo de tchau e cochichou no meu ouvido:

— Não pense você que nosso assunto acabou! Quero saber mais da Milena, hein?

— Amanhã no almoço conto tudo! — respondi discretamente.

Capítulo 2

NO DOMINGO, MAL TOMAMOS CAFÉ DA MANHÃ E MINHA AVÓ JÁ começou a arrumar tudo para o almoço, a prometida e famosa "melhor lasanha do mundo". Pouco antes do meio-dia, Tetê chegou e bem que tentamos, mas não tivemos muito tempo para falar da Milena, já que o Dudu estava sempre por perto. Nas poucas chances que encontramos, entre cochichos discretos e sussurros camuflados, só consegui contar um pouco sobre minhas conversas com ela, meus sentimentos e, claro, sobre um contato, digamos, mais íntimo, também conhecido como beijo. Não, isso não tinha acontecido, para desgosto da minha amiga Tetê.

Depois de comer até não caber mais nada, porque ninguém resiste à comida da vovó, fomos todos jogar video game. Fiquei vendo a Tetê jogar e fiz o meu melhor para dar umas dicas, mas dava até pena dela. Não sei por que ela insiste em jogar logo *Dark Souls*, que é um jogo em que você morre toda hora. Tudo bem que eu destruo nesse jogo, mas tenho anos de prática em video game. Ela não, claro, porque só se encantou pelo mundo dos games quando começou a namorar o meu irmão, nerd como eu. Eu e o Dudu ficamos pau a pau nas habilidades em *Dark Souls*, mas, quando a coitada da Tetê joga, é "You Died" toda hora.

Quando nos preparávamos para mais uma partida, o celular da Tetê tocou e, quando ela viu quem era, seu semblante mudou.

— Algum problema? — perguntei.

— Que estranho! É a Zeni. Mas ela nunca me liga — falou Tetê, com cara de desgraça.

— Zeni, a mãe do Zeca? — quis saber o Dudu.

— É! — respondeu Tetê, hesitando em atender, olhando para o celular que emitia luz e som, como se tivesse medo de saber o que resultaria daquela ligação.

— Atende logo, Tetê! Deve ser importante! — exclamei, já curioso.

Ela pegou o telefone rápido.

— Alô? Oi, Zeni!! Tudo be... Tud... Sei... É mesmo? Nossa... Ahn... Arrã... Arrã... Não é qu... Arrã... Tá... Tud... Tudo bem, a gente vai agora!

Tetê desligou e ficou olhando para mim sem falar nada por alguns instantes.

— O que foi?! Quem morreu? — perguntei, dramático.

— O Zeca!

— O Zeca MORREU?!! — gritamos eu e Dudu juntos, desesperados.

— NÃO!!! CALMA!! — Tetê gritou mais alto. — Ele tá só mal. Tá precisando da gente, Davi.

— Mas o que aconteceu, Tetê, fala mais, não me deixa preocupado assim!!

— A Zeni disse que ele não saiu do quarto o dia inteiro, nem pra comer. Está lá trancado. Só chora. E que ela não sabe direito o que aconteceu nem o que deve fazer. Não consegue falar com ele. Vamos lá?

Concordei na hora, claro. Tetê costuma dizer que todos precisam de um Zeca na vida, e é verdade. Sempre alegre, disposto a ajudar e a fazer as pessoas enxergarem o melhor que existe dentro delas, era impensável não ajudar quando era ele quem precisava. Como tinha que estudar para uma prova da faculdade, Dudu entendeu nossa urgência e não me acusou de estar "roubando" sua namorada, como fazia de vez em quando.

Fomos o mais rápido que conseguimos até a casa do nosso amigo, imaginando o que poderia ter acontecido para o Zeca ficar do jeito que a mãe dele falou. Tocamos a campainha e, ao abrir a porta, a bonita e sempre arrumada mãe do Zeca nos recebeu com uma expressão bastante preocupada.

— Graças a Deus vocês chegaram! — desabafou ela, enquanto nos dava um abraço apertado (e um pouco desesperado também). — Nunca vi meu bebê assim. Por favor, vejam se conseguem ajudar o Zeca! — implorou.

Carinhosos que somos, Tetê e eu tentamos prolongar o abraço, coisa de pessoas de alma boa, mas Zeni não demorou para nos afastar.

— Chega! Vão *agora*, por favor!

Entendido. Não era exatamente um pedido, era uma ordem! Uma ordem materna. Ou seja, era coisa urgente urgentíssima. Corremos para o quarto do Zeca, mas, claro, a porta estava trancada. Tetê deu três batidinhas de leve.

— Já falei, me deixa, mãe!! Eu preciso ficar sozinho!

— Sou eu, Zeca. Tô aqui com o Davi.

— Tetê?! O que vocês estão fazendo aqui? — Zeca pareceu assustado.

— Ele não sabia que a gente vinha? — sussurrei para a Tetê.

— Pelo jeito não. Acho que a Zeni tentou nossa ajuda como último recurso.

Nesse instante, nossos celulares apitaram quase ao mesmo tempo. Mensagem no grupo Os Três Patetas. É, esse era o nome do nosso grupo. Fui eu que dei o nome, por causa de um programa antigo mas bem engraçado a que eu costumava assistir com meu avô.

OS TRÊS PATETAS

ZECA

Vão embora! Por favor! Sério, não quero ver ninguém. Não vou falar com ninguém

TETÊ

Não vou. Vou ficar acampada na sua porta até você falar com a gente #daquinãosaio #daquininguémmetira #soudessas

DAVI

Zeca, deixa pelo menos a gente saber o que aconteceu com você. Abre aí

— Será que a Zeni tem chave reserva dessa porta? A gente podia tentar abrir por fora... — sugeriu Tetê, falando baixo.

— O Zeca ia ficar furioso — ponderei, sussurrando.

— Ele acha que não precisa de ajuda, mas é nessas horas que a gente mais prec...

De novo os celulares apitaram.

ZECA

Vocês são péssimos cochichando. Tô ouvindo tudo, a voz da Tetê parece um megafone. Vão embora, seus conspiradores!

TETÊ

Não vamos. Você não sabe que eu sou teimosa? A gente só sai daqui quando você abrir a porta #a-bre! #tananã! #a-bre! #tananã!

ZECA

😒 O que deu na cabeça de vocês para virem aqui? Não quero ver você, Tetê, muito menos o Davi!

DAVI

Também adoro você, Zeca

ZECA

Eu vou matar minha mãe! Eu vou matar vocês!!!

TETÊ

De amor? #quero #amoquemmeama #queromorrerdeamordeamigo

ZECA

#vocêépéssimadehashtag

TETÊ

#caguei

ZECA

Sério. Vão embora, depois a gente se fala. Estou com cara de sapo, todo inchado. Ninguém merece ser visto assim

TETÊ

ZECA

Sério! Não quero que você e o Davi me vejam assim. Prefiro a morte e todos os seus horrores

DAVI

Zeca, você acha que EU ligo pra aparência?

ZECA

Pois devia ligar mais, Davi!

TETÊ

Cata o corretivo! #maquiagemévida #vocêquemeensinou #corretivofazmágica #sónãopodevirarpandaaocontrário

ZECA

Você não tá entendendo, Tetê! Não há corretivo que tire minhas olheiras e desinchem meu nariz. Tô parecendo aquele filtro narigudo do snapchat. Tô todo ruim, estragado

Rimos juntos os três, dos dois lados da porta. Até triste o Zeca conseguia ser engraçado.

TETÊ

Eu e o Davi acabamos de sentar aqui no chão do corredor. Você acha que demora quanto tempo ainda com esse drama? A dramática do trio sou eu, lembra? #tôpiadista #tôrápida #tôengraçadinhamesmo

DAVI
Daqui a pouco a Tetê vai ficar com fome e você sabe como fica o humor da pessoa quando ela tá com fome

TETÊ
É isso mesmo! Aí vou socar sua porta até cansar. E agora eu malho, não vou cansar tão cedo. 💪 #ficaadica #eusefossevocêabrialogo #paradeestupidez #amigosparasempre #voucomeçaracantaramigosparasempreem3.2

— *AMIGOSPARASEMPR*...!!! — A cantoria da Tetê foi interrompida por um barulho.

Era a chave girando na fechadura. Então, uma fresta da porta se abriu. Levantamos e empurramos. Assim que entramos no quarto, o Zeca estava de costas.

— Golpe baixo, né? Tudo menos você cantando esse negócio, Tetê — disse ele. — Só que tem uma condição: se vocês olharem na minha cara, eu nunca mais olho na de vocês. Nunca mais, entenderam? — ameaçou, sem se virar, com o tom de voz elevado.

— Você tá de costas, não dá pra olhar pra sua cara — debochei.

— Rá. Rá — debochou mais ainda Zeca, antes de respirar fundo para gritar: — Dona Zeni, prepare-se, porque você vai ouvir muito quando eles forem embora, ok? Isso é invasão de privacidade. Não é porque você é mãe que pode chamar gente que eu não quero ver pra vir me ver!

— Isso é amoooor, idiotaaa! — gritou de volta dona Zeni, lá da sala. — E não seja patético, você está cansado de saber, mãe pode tudo, José Carlos!

— Não me chama de José Carlos! Quem é esse? Não conheço.

Tetê e eu rimos da bobeira de mãe e filho.

Sobre a cama do Zeca, o telefone conectado a um fone de ouvido dava a entender que o dia não tinha sido nada silencioso para nosso amigo. Tetê e eu olhamos para o objeto e nos entreolhamos, e nos entendemos sem precisar falar.

— Tava ouvindo o quê? Adele? — perguntou Tetê.

— Não. Taylor. Tô ouvindo "Blank Space" em looping.

— Aaaaaamo "Blank Space"! — Tetê se derreteu.

Como eu desconhecia a música, continuei calado.

— Ahhhhhh! Essa música diz tudo da minha vida!! Ele foi meu *next mistake*, meu próximo erro, gente! — desabafou Zeca.

— Ahn? Agora não entendi nada... — falei, olhando para a Tetê e tentando obter uma explicação.

— Deve estar falando do Emílio, só pode! — arriscou ela.

— É isso mesmo! Ele foi um erro. Eu tinha que ter visto isso. Mas eu nem suspeitei. Sou um idiota mesmo, um estúpido — falou Zeca, se jogando no chão, na cena mais dramática que a gente já tinha presenciado.

— Ah, boooom! — fizemos juntos eu e Tetê.

Então estava tudo explicado. Era por isso que estávamos ali. Ele tinha brigado com o namorado. Mas, pelo que eu tinha entendido, e pelo pouco que eu sabia da vida amorosa do Zeca, ele e o Emílio terminavam e voltavam o tempo todo. O Zeca não se abria muito comigo sobre esses assuntos de romance, era mais com a Tetê mesmo.

— Ah, não. Para com isso, Zeca! Não vou aguentar ficar vendo você sofrer virado para a parede. Quero olhar no seu olho! Sou eu, a Tetê. Tá tudo bem — pediu ela.

Zeca respirou fundo, levantou devagar e, com o corpo voltado ainda para a parede, virou apenas a cabeça, tal qual uma drag queen faria numa apresentação. Só não ri porque a situação era triste, mas deu vontade. Foi uma cena digna de filme. Será que era coisa do signo do Zeca? Eu precisava fazer o mapa astral completo desse meu amigo peça rara pra entender melhor como ele funcionava.

MINHAS IMPRESSÕES SOBRE A PESSOA DE
CAPRICÓRNIO (ZECA)
PLANETA REGENTE: SATURNO

COMO É:
Trabalhadora, constante, persistente, obstinada, ambiciosa, astuta e dona de uma considerável força de vontade.

DO QUE GOSTA:
De ter o controle da situação.

DO QUE NÃO GOSTA:
De se jogar de paraquedas num relacionamento. O capricorniano não admite nem pra si mesmo, mas é um romântico. Romanticão. Só não demonstra isso, nem sob tortura. Quando o assunto é namoro, o que ele busca é segurança, estabilidade e lealdade.

COMO BEIJA:
Lenta e intensamente. No beijo o capricorniano se entrega. Se uma pessoa está em dúvida sobre investir ou não num

relacionamento com um capricorniano, seu beijo arrebatador resolve na hora.

O DIA SEGUINTE AO PRIMEIRO ENCONTRO:
Gosta de ser paparicada.

COMBINA COM:
Touro (um casal perfeito!), Câncer, Virgem e Escorpião.

FUJA SE FOR DE:
Áries, Sagitário e Gêmeos.

NA MODA:
Passar uma boa imagem é fundamental para o capricorniano. Ele transpira classe, integridade e credibilidade. Na hora de se vestir, preza pela discrição e elegância.

A cara dele não estava das melhores, realmente. Os olhos pareciam brioches, o nariz estava muito mais inchado do que eu podia supor, e havia espinhas recém-nascidas em volta dos lábios.

— Pronto. Satisfeitos? Estão felizes agora? — disse Zeca, como se tivesse sido derrotado.

Tetê nem respondeu. Simplesmente voou para cima dele para abraçá-lo do jeito que só ela sabia abraçar. E ele voltou a chorar, soluçando. Aos poucos, sua respiração foi se acalmando, ele se desvencilhou dela e, com um gesto de cabeça, convidou a gente para sentar na sua cama.

— Eu achei que ele era diferente, sabe, gente... Que ele não ia fazer como os outros caras que machucaram meu coração — começou Zeca, depois de um longo suspiro.

— Mas o que aconteceu dessa vez? — perguntou Tetê.

— Ele disse que precisava de espaço.

— Eles sempre precisam de espaço. Não suporto esse argumento idiota! — reagiu Tetê, como se tivesse passado por esse problema inúmeras vezes (só que não passou nem uma vez sequer).

Mulheres são seres realmente intrigantes.

— E não foi só isso, amor! Disse que estava cansado de namorar um cara de 16 anos que não pode ir com ele nos programas de adulto. Adulto!! Que adulto? Ele acabou de fazer 19 anos, o palhaço!

Fez-se um silêncio desconfortável e eu me senti na obrigação de dizer alguma coisa. Algo eficaz e incentivador, algo para cima, que passasse conforto e paz ao mesmo tempo. Fui preciso como um cirurgião:

— Calma, Zeca. Vai passar.

Zeca e Tetê me olharam com um desprezo atroz, ambos me fuzilando. E eu, pela primeira vez na vida, me senti do tamanho de um filhote de formiga.

— Ué, não vai passar? Ou não era pra falar isso ainda? — perguntei, genuinamente confuso.

— Não era pra falar isso ainda! — responderam os dois em coro, muito irritados.

— Eu tô só *começando* a contar o que aconteceu, Davi! — explicou Zeca. — Antes de "vai passar", a gente ainda tem que falar mil outras coisas, tipo "que idiota esse Emílio", "que cretino", "quem ele pensa que é pra falar assim com você?", "esse cara não te merece" e "você é muito melhor que ele". Entendeu?

— Hum... Entendi. D-Desculpa — pedi, não entendendo nada e me sentindo um peixe fora d'água na conversa. Em matéria de inteligência emocional e relacionamentos amorosos, eu percebi que tinha muito que aprender mesmo.

Zeca continuou sua história:

— Ele teve a co-ra-gem de me chamar de imaturo, acreditam? Imaturo! Logo eu, a fruta que já caiu da árvore, um poço de maturidade, a pessoa mais madura que eu conheço!

Eu podia citar pelo menos dezessete pessoas mais maduras que o Zeca, mas tudo bem. Guardei essa informação comigo para que ele seguisse com seu lamento.

— Eu sou muito mais maduro que aquele bobão. Muito mais! Muito mais! Muito maaaaais! — continuou ele, abrindo o berreiro, puxando os cabelos e balançando a cabeça de um lado para outro.

Supermaduro mesmo. E ele ainda xingou o menino de *bobão*! Do linguajar do Zeca a Tetê não debocha, né? Não, não debocha.

— O cara tem medo de escuro, chora quando não fazem a vontade dele, faz birra quando é contrariado, e sou eu que levo a fama de imaturo só porque tenho 16 anos? Eu vou fazer 17 já, já.

— Mas você acabou de fazer 16 anos em janeiro! — lembrei.

— Ai, para, Davi! — pediu ele, muito mais irritado do que antes.

Tudo bem. Não foi uma observação muito boa de se fazer no momento, reconheço.

— Nem sei por que você está aqui, Davi, sério. Não entende nada de relacionamento, nunca teve namorada, nunca se apaixonou, nunca nem beijou! Não sabe o que eu estou sentindo!

— Claro que eu beijei, Zeca! Beijei, sim! — protestei. Ele também não precisava ser injusto.

— Beijo de prima na infância não conta! — provocou Zeca.

— Eu tinha 13 anos, não era mais criança.

— Tá. Você veio aqui falar de você ou me escutar?

Uau. O Zeca triste era agressivo. Não conhecia esse lado dele.

— Ei, também não é por aí, Zeca. Não é porque você está sofrendo que pode descontar nos amigos. O Davi só está querendo ajudar — ponderou Tetê, trazendo a ordem de volta para o recinto.

Mas o que o Zeca falou me fez pensar que ele estava certo. O que eu estava fazendo ali? Ele tinha razão. Eu não entendia absolutamente nada de relacionamentos, só tinha beijado uma menina na vida e nem tinha sido bom. Nem sequer sabia se estava apaixonado...

— Você tá certa, Tetê. Desculpa, Davi. Eu tô péssimo, mas não justifica ter gritado com você... — disse ele, parecendo arrependido.

— Tudo bem, Zeca. Eu aceito suas desculpas. Entendo que você não está no seu estado normal — facilitei.

O cenário estava triste. Zeca não parava de chorar, de sacudir as pernas e de puxar os cabelos... Era horrível, mas aquela cena era patética também, e me deu mesmo vontade de rir (claro que segurei o riso). Ele parecia uma criança de 5 anos! Só que a Tetê não aparentava achar isso, não. Ela o abraçou forte mais uma vez, consternada. Ele prosseguiu:

— Então, a gente discutiu várias vezes durante a semana, estávamos mal há uns dias, e ontem o palhaço brigou comigo, disse que daquela vez era o fim, pediu que eu não insistisse e saiu batendo a porta.

— Mas isso não pode ter sido só uma discuss...? — Minha tentativa foi péssima, de novo.

— Shhh! — fui cortado pela Tetê.

— Teria sido só uma discussão se ele não tivesse ido para o Galeria na mesma hora e postado de madrugada uma foto dele de rosto colado com um barbudo — revelou Zeca.

Dava para entender perfeitamente a tristeza do meu amigo. A situação era ruim mesmo.

— Não contente em me trair, o Emílio me humilhou, gente! Precisava postar pra esfregar a felicidade dele com outro na minha cara?

— Você tem certeza de que ele te traiu? — Tetê quis saber.

— Ah... Pelo amor de Getúlio, Tetê! "Eu e meu barbudinho lindo. #muitoamorenvolvido" é uma legenda que imprime só amizade pra você? Cê jura? — falou ele se lamentando.

— É... Não mesmo... — Tetê baixou os olhos.

— Isso é falta de respeito! Tenho certeza de que ele tá com esse cara há um tempo, faz umas duas semanas que ele tá estranho, distante, grosso, me dando patada direto. O cara me deu mil pistas de que estava entediado, parecia querer que eu terminasse, dava pra ver que ele estava de saco cheio — desabafou num fôlego só. — E eu, apaixonado e idiota, ignorei todos os sinais, fiz de tudo para ele ficar comigo. Mas a verdade é que o Emílio cansou. Cansou de mim... Eu fui só mais um. Provavelmente o cara mais descartável da vida dele. E ele foi... ele... ele foi mais um cara que me jogou fora como um papel de bala. Qual é o problema comigo?

Ele botou as mãos no rosto e começou a chorar de novo. Agora com menos raiva, com menos explosão. Foi um choro sentido, sofrido.

Não sei por que as pessoas sonham tanto com uma paixão, com a busca por uma alma gêmea, se a maioria delas acaba dessa forma. Isso é tão incoerente para mim.

— Eu tava sentindo que ele não queria sair em público comigo. Parecia ter vergonha por eu ser mais novo, sei lá... Eu apresentei ele pra minha mãe e até pro meu pai e ele nunca me levou na casa da mãe dele. Só me apresentou pra Nina, que divide apartamento com ele. Só!

Lembrei que os pais do Emílio moravam no Rio Grande do Sul, como o Zeca contou certa vez. Mas, de novo, guardei a lembrança só para mim. E mais um silêncio se fez. E mais uma vez fiquei extremamente desconfortável. Resolvi pensar no que poderia falar para melhorar o ânimo do meu amigo.

— Vamos pensar nas coisas ruins dele. Você vivia dizendo que ele ficava com cuspe nos cantos da boca quando falava — soltei.

Zeca e Tetê me encararam novamente. Droga! Eu não dava uma dentro mesmo! Lá vinha bronca.

De repente, Zeca deu um satisfeito sorriso de canto de lábio.

— É mesmo. Ficava com aquela babinha na boca. Horrível. Valeu por me lembrar disso, Davi! — falou Zeca, quase tranquilo e levemente alegre.

— E você reclamava da quantidade de perfume que ele usava também! Lembra que você dizia que ele tomava banho de perfume? — Tetê entrou na onda.

— Nossa, verdade, era u-ó! U-ó! Que menino sem noção! Parecia que o garoto não tinha olfato! Tenho que confessar: eu só aturei aquele futum porque eu estava apaixonado.

— E ele tem as canelas tortas! — emendou Tetê.

— E a bunda murcha! — disse Zeca, rindo. — E faz uns barulhos esquisitos limpando os dentes depois de comer. E fala *meio-dia e meio* em vez de meio-dia e meia! Burroooo! E vai ficar careca logo porque o pai dele é carecaço! E homem odeia ser careca! Ahahahaha!

Começamos a rir juntos. Aos poucos, o Zeca voltava a ser o Zeca. Nosso bom e velho Zeca. Ele ficou tão alegre que chegou a aplaudir os defeitos do ex-namorado. O estado de espírito dele tinha mudado completamente.

Entramos em uma sessão de bobeira, falando várias coisas engraçadas na sequência. E rimos bastante, gargalhamos até os olhos lacrimejarem. Aquela tristeza toda, a raiva e a mágoa parece que evaporaram do Zeca em forma de risada.

— Ai, gente, obrigado! Eu estava precisando disso mesmo. Acho que exorcizei minhas dores todas agora! Tô bem melhor e aliviado!

— Amigos são pra isso, Zeca! — disse Tetê.

— Ai, vamos mudar de assunto? Me contem alguma novidade, vai — pediu Zeca.

— Ai, boa ideia. Já cansei de falar do ex do Zeca — falou Tetê.

— Eu também! Vamos falar do ex de outra pessoa! — brincou Zeca. — Vamos falar da ex do Davi! A tal prima!

— Como é que é? — perguntei, espantado.

— Não! Além da prima, que foi só um beijo, teve a Lola! — lembrou Tetê.

— Ai, a Lola era um desastre! Aliás, Tetê, você é que foi um desastre como cupida! Não tinha alguém melhor pra apresentar pro menino?

— Nossa, a Lola, Deus me livre! — exclamei, nem querendo lembrar da garota.

— Vocês são é muito chatos! Qual é o problema da Lola? — acusou minha amiga, referindo-se à menina que fazia inglês com ela e que ela cismou que era minha alma gêmea.

— Como é que eu ia conseguir conversar com uma menina que acha que Einstein e Freud são irmãos? Como levar uma conversa adiante com alguém que não sabe a diferença entre *Star Trek* e *Star Wars*? E que acha que Dia da Toalha é o Black Friday das roupas de banho?!

— Ah... Mas ela era simpática, vai! — protestou Tetê.

— Mas sem cultura! Até parece que você não me conhece... — reclamei. Reclamei mesmo.

Sei que essa palavra não existe, mas é isso mesmo que ela era: inconversável. Uma pessoa com quem era impossível manter qualquer tipo de conversa.

— Mas a tia dela foi vizinha daquele astronauta brasileiro — Tetê tentou consertar.

— E daí?

— E daí que você gosta de Lua, espaço, foguete, essas coisas.

— Ai, Tetê, pelo amor de Getúlio!!! — bradou Zeca.

— Tetê, você não falou isso, né?

Eu não estava acreditando que minha amiga tinha mandado aquele texto! Botei as mãos no rosto, quase que com vergonha por ter ouvido tão bizarro comentário.

— Para, Tetê! Não força, vai. A menina corrigiu o Davi quando ele falou sobre *O Hobbit*. Disse "Ih, o cara do Batman não é hobbit. É Robin!" — Zeca partiu em minha defesa. — Ela é uma lontra albina!

— Lontra albina? — repetiu Tetê.

— Uma anta é mais inteligente do que uma lontra albina, garota.

— Sério, Zeca? — Eu dei corda, feliz por meu amigo ter voltado ao normal.

— Não tenho ideia, Davi! Só quis juntar lontra com albina pra ver no que dava! Foi só pra fazer piada! Afe!

— Tá bom, tá bom! Vocês são exigentes, já entendi. Eu só queria desencalhar meu amigo naquela época. Ainda bem que agora não precisa mais né, Davi?

— Agora não precisa mais? Como assim? — questionou Zeca, olhando para mim.

Gelei.

Tetê me olhou com a cara de "Ih, fiz besteira!".

Eu, já superenvergonhado, não sabia como agir...

— É que... É que...

— Paraaaa, Davi! Pode falar! Acabei de contar tudo da minha vida, de despejar meu coração na frente de vocês! Pode contar... Cê tá namorando?!

— Não! Claro que não! — respondi na hora.

— Mas talvez ele comece logo... — entregou Tetê, com um sorriso animado no rosto.

— Mentira!! Ai Davi, me conta, vai! — pediu Zeca.

— Não é nada, é só uma amiga! A Tetê que está com história! — disfarcei.

— Deixa de bobeira, Davi! Desopila esse fígado, Davi! Desabafa! Desentope essa laringe!

Desentupir a laringe? Só o Zeca mesmo...

Nesse momento, o celular da Tetê tocou. Mensagem do Dudu. Fui salvo pelo gongo, como diria meu avô.

DUDU

Vamos comer uma pizza todo mundo? Chama o Zeca também, quem sabe não anima o garoto que estava mal. Combina aí e me avisa. Estou terminando de estudar, me fala se quiserem carona. Bj

— Gente, topam pizza com o Dudu?

— Eu topo! — respondi, animado.

— Olha, até que não seria ruim pra comemorar o fim da minha *bad* — completou Zeca.

E então Tetê deu a ideia mais inusitada do dia:

— Então, Davi! Essa é uma ótima oportunidade pra gente conhecer a Milena. Vai, convida ela pra ir junto!

— Hum... Milena é o nome dela? Gostei. Nome simpático.

— Ai, gente... Que ideia! — protestei.

— Vai, Davi. Manda mensagem pra ela! Vamos colocar essa Milena na roda pra ver se a gente aprova! — insistiu Tetê.

— Concordo! — disse Zeca. — Bota a mona na roda!

— Calma! Não é assim! — argumentei, já sentindo um suor frio escorrer pela nuca.

— Como não é assim? Manda uma mensagem. O máximo que ela pode dizer é não. E *não* não dói, né? — explicou Zeca.

— E se ela for, até me empolgo pra sair de casa!

Depois de relutar um pouco, conclui que não era má ideia. Mandei uma mensagem e fiquei olhando pra tela do celular. Nada de visualizar ou de responder.

Mais de cinco minutos se passaram e nenhuma resposta. Desanimei.

— Olha aí, não respondeu. Deve estar dormindo ou fazendo outra coisa mais importante!

— Ela nem leu ainda, Davi! — disse Tetê, ao xeretar meu telefone.

Tirei o telefone da mão da Tetê e vi que ela estava on-line. De repente, começou a escrever.

— Ela tá digitando!!

— Oba!! — exclamou Tetê.

> **MILENA**
>
> Oi Davi, que legal! Topo sim. Me manda o endereço?

— Ela vai!! — Li em voz alta a mensagem e um sorriso não abandonou mais meu rosto.

Enquanto os dois olhavam incrédulos minha cara, que estava evidentemente embasbacada com a resposta ligeira, o silêncio foi cortado por uma voz estridente.

— Vai com eles mesmo, né, filho? Fica em casa, não.

— Mãe?! Você tá ouvindo há quanto tempo aí atrás da porta?

— Tempo bastante pra saber que tá na hora de você sair desse quarto.

— Isso é falta de respeito e de consid...

Tetê cortou a "briga".

— Dudu ofereceu carona, vocês querem?

— Claro que não! Duduau me ver com essa cara de tomate de feira atropelado por caminhão desgovernado? Nem pensar — respondeu Zeca.

— Beleza. Vamos a pé, pela praia ou de ônibus? — perguntou nossa garota.

— A pé. Assim o vento ajuda a melhorar minha cara. Só que eu preciso tomar uma ducha rápida antes, que só vento não vai dar conta do meu caso!

— Oba! Você vai mesmo! — Tetê bateu palmas.

— Vou lá me arrumar. Enquanto isso, vocês ficam com essa enxerida fofoqueira chamada Zeni.

Rimos. Eles mais, eu menos. Confesso que minhas mãos já começaram a suar com a ideia de encontrar a Milena e apresentá-la aos meus melhores amigos. Por dentro, eu pensava: "Será que é normal sentir isso?" Mas devia ser... No fundo, era uma amiga que eu estava levando para conhecer meus amigos. Nada de mais. Ou tinha algo de mais? O suor frio agora descia com força pela nuca e percorria minhas costas.

A vida é mesmo surpreendente. Meus planos para aquele dia eram tão mais simples do que pizza com a Milena... Meu fim de domingo ia ser apenas voltar para casa, comer bolo de milho, ouvir Rachmaninoff baixinho (pra não incomodar minha avó) e terminar meu livro do Nick Bostrom sobre superinteligência.

Mas lá iria eu para uma pizzaria aparentar naturalidade com uma menina cuja tia, eu podia apostar, nunca tinha sido vizinha do Marcos Pontes, nem de nenhum outro astronauta.

Capítulo 3

A CAMINHADA PELO CALÇADÃO ATÉ A PIZZARIA FOI LONGA, PORÉM divertida. Afinal de contas, estávamos com Zeca, uma pessoa que, mesmo depois de ter sido trocada por um barbudo, conseguia manter o bom humor.

— Eu sou lindo por dentro e mais ainda por fora. Quem não me quiser ou é cego ou muito burro! — decretou, enquanto andávamos admirando a praia linda que é Copacabana.

O restaurante estava cheio, como de costume, mas Dudu já tinha chegado e colocado nosso nome na lista de espera. A moça da recepção garantiu que demoraria no máximo uns "15 minutinhos" para sentarmos.

— Não entendo o propósito dos diminutivos. O minuto não fica mais curto por conta do *inho*. A hora não passa mais rápido se é "horinha" — comentei.

— Ih, Davi! Tá de mau humor, é? — falou Zeca, que sabia ler pessoas como poucos.

Eu não estava mal-humorado. Estava era tenso com a ideia de apresentar a Milena para meus melhores amigos de uma vez só. Será que ela se sentiria mal? Será que eu estava apressando as coisas? Será que ela se sentiria pressionada a agradar aos meus amigos e agiria de forma diferente? Será que ela não pensaria em absolutamente nada disso? Do jeito que é, toda autoconfiante e serena, seria difícil alguma coisa abatê-la.

— Ele tá chato porque tá com medo da nossa reação à Milena? — falou Tetê.

— Opa, espera aí! Que Milena?! — Dudu quis saber.

— A namorada do Davi. Ela já deve estar chegando!

— Zeca, para de falar bobagem! — bronqueei.

Eu juro que por um momento eu quis estar em casa jogando xadrez com meu avô. Às vezes, eu esqueço que ele morreu e tenho esse tipo de pensamento, de que vou chegar em casa e ele vai estar lá, com algum livro na mão, pronto para uma partida, uma conversa ou um lanchinho. É reconfortante pensar assim. A saudade é um buraco esquisito no meio do peito, um sentimento com o qual não se aprende a lidar. Você simplesmente vai levando, leva do jeito que dá. Às vezes, a gente dribla a dor, às vezes mata no peito e cabeceia para longe e em outras se agarra com ela sem culpa e chora.

— Vocês estão falando sério? — Dudu quis saber. — Vem mesmo uma menina comer pizza com a gente?

— Vem, sim, Dudu. É uma amiga minha. Acabei convidando e esqueci de te avisar... — esclareci.

— "Amiga", sei... — perturbou Zeca.

— Ah, então vou pedir uma mesa com mais um lugar. Seremos cinco, não quatro. Já volto — falou Dudu.

Ele foi prático e nem comentou sobre se ela era mesmo minha namorada ou não, o que foi um alívio.

Depois de alguns instantes, durante os quais eu estava absorto em meus pensamentos enquanto meus amigos conversavam, fomos abordados pela moça-que-não-sorria da recepção, que chamava o nome do meu irmão para nos encaminhar para nossa mesa. Assim que sentamos, uma mensagem pulou na tela do meu celular.

ZECA
Na boa, disfarça essa cara de erê contrariado. Tá péssima. Relaxa. É só uma pizza

Definitivamente, o Zeca não lia apenas pessoas, lia pensamentos também. Embora eu não fizesse ideia do significado de erê, entendi o espírito do conselho.

DAVI
Eu não estou contrariado, mas não sei o que é erê 😣

ZECA
É criança. E você é uma criança que mente muito mal. Está contrariadésimo que eu sei. Não me contrarie!

DAVI

ZECA
Tá rindo de quê? "Criança que mente mal" não é um elogio, maluco. É uma crítica! Mas me fala, ela é linda tipo cataploft?

DAVI
CATAPLOFT???

> **ZECA**
> É, aquela beleza que você olha e, pá!, cataploft, o queixo cai um metro e oitenta de altura com o susto! 😱

Só o Zeca pra escrever uma coisa dessas.

> **DAVI**
> É, bobão. É linda cataploft 🫠

Tetê cortou nosso diálogo.

— Vocês dois vão ficar aí no celular por muito mais tempo ou vão ajudar a escolher uma entradinha até a Milena chegar?

Não sabia o que fazer com o desconforto que habitava meu corpo. Isso mesmo, estranhamente, meu corpo todo sentia-se desconfortável, desajeitado. Eu estava incomodado e não sabia exatamente por quê. No fundo, no fundo, eu queria muito, muito mesmo, que eles se encantassem com a Milena como eu me encantava todos os momentos em que estava com ela.

Pedimos um pão de linguiça de entrada. Quando eu vi o garçom chegando com nosso pedido, de repente avistei Milena atrás dele, com seu andar suave e elegante. Gelei. Ela me viu, sorriu e chegou já simpática e falante, dirigindo-se a todos muito à vontade, como se os conhecesse há muito tempo.

Agir assim seria absolutamente impossível para mim.

— Desculpa o atraso, gente! Engarrafamento bi-zar-ro na Barata Ribeiro. Tinha uma blitz e pararam meu pai, acreditam? Por isso demorei tanto.

Toda vez que ela aparecia era a mesma coisa: eu tinha a certeza de que ela era a menina mais linda sobre a qual meus olhos tinham pousado. A pele negra contrastava com o sorriso de dentes incrivelmente brancos, emoldurados por uma boca carnuda com um batom puxado para o escuro, mas sem exagero. Os olhos cor de jabuticaba, brilhantes como nem sei o quê, ficavam ainda mais bonitos com os cílios enormes e hipnotizantes. E a elegância discreta de um macacão branco deixava seu cabelo encaracolado — adornado por uma faixa preta de bolinhas brancas — ainda mais em evidência.

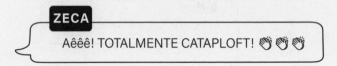

ZECA
Aêêê! TOTALMENTE CATAPLOFT! 👏👏👏

— Oi, Davi! — Ela veio até mim.

Levantei-me para dar um abraço nela e, em pé, apresentei a turma.

— Essa é a Tetê, esse é o Zeca e esse é o Dudu, meu irmão.

— Finalmente estou conhecendo o famoso Zeca e a famosa Tetê! — disse ela.

— Eu não sou famoso? — brincou meu irmão.

— Hum, Dudu, sinto muito, mas você é família e família não tem esse destaque todo na conversa de dois amigos, não. Falo logo — reagiu Milena, segura e leve como sempre.

Amigos. Nós éramos dois amigos então. E éramos mesmo! Qual o motivo da pequena ruga que se fez entre as minhas sobrancelhas?

— Mas não fica chateado, Dudu! Sei que você, assim como o seu irmão, diz "encantado" quando conhece uma pessoa. Portanto, pode se considerar famosinho, vai.

Ela era ou não era incrível?

Além de linda, Milena era mesmo simpática. E, quando falava, tinha a voz doce, como a da Marisa Monte quando dá entrevista. Rouca, carioquíssima, sexy. Sexy é palavra de velho? A Tetê certamente me recriminaria por usá-la. E me recriminaria pelo "recriminaria" também.

Meu celular tremeu no meu colo. Vi que era mensagem do grupo Os Três Patetas.

ZECA
Amor, disfarça essa cara de tonto apaixonado. Volta a ser só tonto, pelo amor de Getúlio!

TETÊ
kkkkkkkkkkkk

Milena se sentou ao meu lado com uma postura impecável e pegou o cardápio.

— Você é bailarina? Não lembro se já perguntei isso pra você — falei, puxando assunto.

— Ah, que legal você falar isso! Faço balé desde os 6 anos, mas não sou bailarina, não. Faço por prazer mesmo. Achei que já tinha te contado, a gente fala sobre tantas coisas...

— Notei pela forma de você sentar, pelo desenho dos seus ombros.

— Desenho dos ombros? Só você mesmo, Davi! — brincou Tetê.

Ruborizei. Mas acho que ninguém notou. Que ilusão! Provavelmente *TODO* mundo notou.

— Entrei no balé por insistência da minha mãe. No começo achava um saco, hoje eu amo. Adoro música clássica, então uno duas paixões, a dança e a música — explicou Milena.

— Hum, finalmente o Davi vai ter companhia para ouvir as músicas clássicas dele! — tagarelou Tetê.

— Ah, eu sei que o Davi gosta! Vai ser ótimo ir ao concerto de música clássica com ele! — disse ela sorrindo pra mim.

A noite foi agradabilíssima. Milena e eu parecíamos estar sozinhos na mesa, tamanha era a sintonia. Tínhamos muitas coisas em comum. Como eu, ela adorava ler para se aprofundar sobre tudo o que lhe despertava interesse, sem preconceito, de carros à reprodução das girafas. Sonhava em fazer intercâmbio na Califórnia para conhecer o Vale do Silício e a sede do Google, onde queria ser contratada como programadora um dia. Mas também tinha vontade de fazer um mochilão na Europa para se perder nos museus e nas igrejas.

— Adoro entrar em igrejas e pensar em como foram construídas, nos operários, nas técnicas para furar chão, pedra e tal, no material usado, na história por trás de cada obra.

— Ah, então você tem que ler *Pilares*...

— ... *da Terra*, do Ken Follett? Imagina! Devorei aquele volume único, sabe? Adorei!

Ela era tão empolgada com tudo. Falava inglês e estudava italiano e espanhol pela internet porque era fã de Michelangelo e de Picasso e queria saber falar a língua deles.

— Meu sonho é conhecer a Capela Sistina só pra ficar horas viajando naquele teto — contou ela. — Na verdade, eu queria deitar lá naquele chão, de binóculo, pra olhar detalhadamente cada coisinha.

— Que ideia original! Deveriam criar um tour assim. Primeiro, passear com as pessoas de maca, e depois colocá-las nuns colchões para ninguém sair de lá com torcicolo. — Entrei na empolgação dela.

— A gente tem que ir pra Itália um dia! Vamos? — propôs ela, meio na brincadeira, meio sério.

— Claro! Eu ia amar! Sou louco pra conhecer Roma, que dizem que é uma aula de história a cada esquina.

— Mas vocês levariam a gente ou somos burrinhos demais pra fazer companhia pra vocês? — perguntou Zeca.

— Desculpa! É que eu e o Davi temos tanta afinidade que... Ai, que vergonha, e que falta de educação a nossa! Acho que estamos meio que falando só entre nós dois, Davi!

— Meio? — implicou Zeca.

— A Milena desenha pra caramba, gente. — Mudei de assunto, acrescentando a palavra "gente" para tentar incluir as outras pessoas.

— Ah, é? Taí um dom que eu não tenho e que adoraria ter — comentou Tetê.

— Ah, mas desenhar é técnica, qualquer um aprende — simplificou Milena.

— Não acho, não. É preciso ter dom — opinei.

— Mas você fez curso? — questionou Zeca.

— Não, eu sempre desenhei, desde pequena, antes mesmo de ler, e olha que aprendi a ler com 4 anos! Mas o Davi é exagerado, não desenho "pra caramba", faço só uns rabiscos.

— Mentira! Deixa de modéstia! — protestei.

Linda, cheia de talentos, leve, modesta, voz doce. Em vários momentos da noite, me peguei olhando pra Milena com cara de idiota. Ela falava bem, tinha gestos suaves e sabia ser engraçada na medida certa, sem forçar a barra.

— Qual é o seu signo? — perguntou Tetê.

— Peixes — respondi ao mesmo tempo que ela.

É, acho que estava começando a passar vergonha!

MINHAS IMPRESSÕES SOBRE A PESSOA DE
PEIXES (MILENA ♡)
REGENTE: NETUNO

COMO É:
Intuitiva, sensível, chorona mesmo sem estar na TPM, sonhadora, carinhosa, boa ouvinte, romântica incurável.

DO QUE GOSTA:
Esoterismo, dar conselhos, ajudar. Como diria uma menina interessada em astrologia: piscianos são fofos.

DO QUE NÃO GOSTA:
Injustiça.

O QUE COME:
Massas de todos os tipos, com todos os molhos, salgadinhos e sorvete. Quando está deprê, come mais do que devia e se odeia no segundo seguinte por ter devorado tudo o que tinha na geladeira.

O QUE FAZER PARA CONQUISTÁ-LA:
Seja bom de conversa. Piscianas gostam de inteligência e de falar sobre tudo. Se você faz o tipo monossilábico, a chance de não dar certo é grande. Seja educado e gentil. Piscianas não toleram grosseria e tendem a gostar de pessoas românticas. Flores ou declarações inesperadas sempre são bem-vindas pela mulher de Peixes. #ficaadica

FUJA SE FOR DE:
Áries, Gêmeos, Aquário e Capricórnio (não combinam mesmo; dá ruim, como dizem por aí)

COMBINA COM:
Touro, Câncer, Leão, Virgem e Escorpião

O DIA SEGUINTE AO PRIMEIRO ENCONTRO:
Telefone ou mande mensagem, nem que seja apenas uma flor ou várias. Mas isso vale para mulheres de todos os signos.

— E os seus ascendentes? — Zeca insistiu no tema. — Não que eu entenda alguma coisa de astrologia, mas depois de saber o signo o certo é perguntar os ascendentes, né?

— *O* ascendente, Zeca. Cada pessoa só tem um, como o signo — corrigiu Milena, dócil e elegante. — O meu é Escorpião.

— O Davi é escorpiano! — falou Tetê.

— E eu já não sei? — disse Milena, sorrindo.

Seus olhos de jabuticaba brilharam. Ela gostava de astrologia tanto quanto eu, era impressionante.

— Fiz meu mapa no fim do ano passado e fiquei cho-ca--da. Foram duas horas com o astrólogo e saí de lá me conhecendo e me entendendo muito melhor.

— E ele falou alguma coisa bombástica que vai acontecer na sua vida? — Zeca se meteu na conversa.

— Não. Escolhi esse astrólogo justamente porque ele não é de adivinhações. Eu não tava a fim de saber o futuro, não gosto dessas coisas.

Ela era incrível.

— É isso o que eu digo sempre! O mais bacana da astrologia é que ela leva ao autoconhecimento. Muito mais importante do que saber as previsões é usar a astrologia para entender melhor como somos por dentro, o porquê de nossas atitudes. Pra isso que a astrologia serve! — discursei, sem disfarçar minha empolgação.

Dudu quase não falou durante a noite. Estava disperso. Mal interagia, parecia preocupado, olhava o celular de vez em quando e ficava mais tenso ainda.

Com tantos interesses em comum e conversas que fluíam como se Milena fosse uma velha amiga de todos ali, o tempo passou voando. Quando olhei o relógio e vi que eram quase nove e meia da noite, achei melhor sugerir que pedíssemos a conta.

— Amanhã tenho que acordar cedo e não sou ninguém se durmo tarde.

— E eu pego cedo na faculdade também — falou Dudu.

— Vamos. Eu levo vocês.

Depois de racharmos a conta igualmente, nos dirigimos ao carro. Tetê foi na frente com meu irmão; Milena, eu e Zeca sentamos no banco de trás. Eu fiquei no meio. Zeca ficou dando tapinhas na minha perna, insuportável, mas Milena e seu perfume com cheiro de banho não reparou. Estava entretida com a vista da avenida Atlântica.

— Não me canso desse visual. Essa cidade é bonita demais! — comentou ela.

Milena morava no Leme, na rua Gustavo Sampaio. Ao chegarmos lá, fiquei pensando se deveria sair do carro para levá-la até a portaria, mas achei que seria demais.

Zeca cortou meus pensamentos.

— Você não estava apertado para fazer xixi, Davi? Ai, olha, até rimou, hehe!

— Não! — respondi, assustado e surpreso com a pergunta.

— Você não me falou lá no restaurante que queria ir ao

banheiro e acabou não indo porque a conta chegou rápido? Por que não pede para ir no apartamento da Milena? Tudo bem, né, Milena? Ó, ele é educado e abaixa a tampa depois que termina, viu?

Eu queria matar o Zeca.

— Claro, imagina! Quer subir, Davi? — perguntou Milena. Senti meu coração apressado.

— Não, obrigado. Estamos perto de casa, eu espero até chegar lá.

— Tem certeza? Isso não parece, mas é coisa séria! Não dá pra ficar segurando assim, não. Pode dar até cistite! — rebateu ela.

Eu não acreditava que eu estava protagonizando um diálogo sobre urina com a menina mais bonita e cheirosa do planeta.

— Tenho certeza, sim, Milena. Obrigado mesmo. O Zeca é exagerado — falei olhando feio para ele.

E mentiroso, eu quis acrescentar. Não sei o que deu na cabeça do Zeca para falar que eu queria ir ao banheiro, já que eu estava sem qualquer vontade.

— Tá bom. Beijo, gente! Adorei a pizza. Vamos fazer mais vezes esse programinha? — sugeriu Milena.

— Claro! — Zeca respondeu por nós.

— Você tinha razão, Davi, seus amigos e seu irmão são o máximo! — concluiu minha colega de curso.

Milena abriu a porta do carro e deu uma última olhada pra gente. Fez um biquinho e fechou os olhos. Daria uma linda foto.

— Peixes combina com Escorpião, Davi? — perguntou Zeca, como se estivesse falando com uma pessoa a dez metros de distância dele.

Senti meu rosto esquentar. Eu devo ter virado um pimentão. Ainda bem que já estava escuro. Milena saiu da minha foto imaginária com um sorriso e ficou esperando a resposta, me encarando sem piscar.

— Combina... — respondi, tímido, olhando rapidamente

para ela e logo depois para meus joelhos, onde meu olhar ficou até ela entrar no prédio.

Não sei qual foi a reação dela, mas a do Zeca e a da Tetê, que aconteceu assim que o carro andou, foi ridícula.

— Aêêê!!! — fez Tetê.

— O Davi alumou uma namolada! — debochou Zeca.

— Falou o mais madulo do glupo! — debochei, revirando os olhos.

— Posso saber por que você inventou que eu queria ir ao banheiro?

— Pra você ficar sozinho com ela, idiota — respondeu ele, com naturalidade.

Dudu só ria. Continuava calado e prosseguiu com poucas palavras durante todo o percurso.

— Tá tudo bem, meu amor? — perguntou Tetê, meio receosa.

— Tá, moça. Estou só preocupado com a faculdade, preciso estudar mais.

— Você é da categoria gênios da humanidade, Duduau, não precisa estudar — comentou Zeca.

— Acho tão estranho quando vocês me chamam de Duduau... Só você pra me dar um apelido desses, moça.

Tetê riu, apaixonada.

Depois de deixar Tetê e Zeca em casa, fui para o banco da frente e puxei conversa com meu irmão.

— Tá tudo bem, Dudu? — perguntei pra confirmar.

— Tudo bem.

— Mas tudo bem mesmo? — insisti, porque tinha achado ele quieto demais a noite toda.

O celular do meu irmão tremeu. Como ele estava ao volante, acabei lendo a mensagem:

> Tá podendo falar agora?

Só não gostei de ver quem tinha mandado a pergunta. Ingrid.

A ex-namorada do meu irmão, que aprontou mais do que ele merecia.

— Essa menina ainda tem coragem de falar com você?! Essa traidora mentirosa? Você ainda conversa com ela depois de tudo o que ela fez? — perguntei indignado.

Dudu ficou em silêncio, visivelmente desconfortável. Mas, assim que paramos num sinal, ele respirou fundo e desabafou:

— Eu tenho falado com ela nos últimos dias, sim, Davi.

— Por quê? A Tetê não merece isso! — questionei, já revoltado.

Sei que sou escorpiano e guardo mágoa, não esqueço facilmente as coisas, pelo contrário. Se eu fosse meu irmão, não haveria nenhum motivo no mundo que me faria falar novamente com a cobra.

— Porque a mãe dela está muito doente, porque ela está se sentindo sozinha, fragilizada, porque namoramos por um bom tempo e ela ainda tem em mim um amigo.

Eu estava estarrecido.

— Não acredito que a mãe dela esteja doente — fui sincero. — Aposto que ela só inventou isso como um pretexto pra voltar a falar com você!

— Não diz bobagem! — Dudu elevou o tom da voz.

— Não é bobagem! Você não lembra como ela é? Mente que nem sente! Aposto que o que ela quer é tirar você da Tetê — argumentei, enfezado. — Resolveu dar valor para o que perdeu e está usando as artimanhas dela pra voltar pra você.

— Você acha que uma pessoa é capaz de inventar que a mãe está com câncer, Davi? — reagiu meu irmão, enfurecido.

Câncer?! Nossa, caramba! Não, claro que não. Acho que nem a Ingrid seria capaz disso.

— Ela não tem amigos, está se sentindo frágil, desamparada, sem chão. O que você quer que eu faça? Que eu diga: "Olha, minha família não gosta de você, a Tetê te odeia, você foi uma péssima namorada, e por causa disso eu vou esquecer que você é um ser humano e ignorar sua tristeza, sua mãe doente e suas mensagens"? Não dá, cara! Eu não sou assim! — discursou ele. — Até porque as pessoas mudam! Ela parece ter mudado muito, aliás! Essa doença horrorosa muda a cabeça de todo mundo.

Que situação, meu Deus... Que situação! Acho que o Dudu estava certo.

— Mas e a Tetê?

— Não conta pra Tetê, tá, Davi?

— Mas não é justo ela não saber! Isso seria uma espécie de traição.

— Não tem nada de traição, Davi! Só que, se ela souber, vai enlouquecer! E *me* enlouquecer! Eu amo muito minha moça pra botar preocupações desnecessárias na cabeça dela — reagiu, parecendo bem sincero.

— Você jura que não sente mais nada pela Ingrid? Que aquela paixão toda não corre o risco de voltar?

— Eu preciso realmente responder a essa pergunta?

— Tá bem — respondi, resignado. — Mas se algum dia você achar que pode vir a sentir alguma coisa por essa garota de novo, promete que vai se lembrar de todas as mentiras que ela inventou, de todos os caras que ela pegou quando vocês estavam juntos, de...

— Vou, Davi! Lógico! — Dudu me cortou, seco e levemente

irritado. — Estou só confortando uma pessoa que fez parte da minha vida e que está passando por um momento difícil.

— E como está a mãe dela?

— Como você acha? Mal, né? Começa amanhã a quimioterapia e a Ingrid não tem com quem desabafar, com quem chorar, ela sempre foi muito fechada. E não quer chorar na frente da mãe, muito menos do pai. Então ela chora comigo. Como é que se nega apoio numa hora dessas, Davi? Não dá, entende?

— Claro que entendo.

Eu entendia de verdade. Fiquei com pena. Ninguém merece lidar com essa doença cujo nome eu não gosto nem de pronunciar.

Já no elevador do nosso prédio, Dudu insistiu:

— Por favor, não conta nada da Ingrid pra Tetê, tá, Davi?

Olhei para baixo. Não sabia o que fazer mas... na verdade, Dudu estava certo. Não tinha por que botar minhoca na cabeça da Tetê.

— Tá bom, não vou contar.

— Promete?

Respirei fundo antes de responder:

— Prometo.

Ao abrirmos a porta de casa, fomos cada um para seu quarto. Mesmo com a enxurrada de informações na cabeça, não demorei muito a dormir.

Acordei no meio da madrugada para beber água e vi que a luz do quarto do meu irmão estava acesa. Quando passei pela porta, pude ouvir a voz dele. Sei que é errado, mas foi mais forte que eu: intrigado (Dudu nunca foi de dormir tarde), aproximei-me sorrateiramente para tentar ouvir o que ele falava.

Para minha frustração, foi impossível entender o que ou

com quem ele estava conversando. Ele falava baixinho, mas deu para ouvir alguns risos. Droga de porta e de irmão que sussurra ao telefone!

Decidi não me preocupar (tentar, pelo menos) e torcer para que do outro lado da linha estivesse a Tetê ou mesmo algum amigo da faculdade. Depois de beber água, fui para meu quarto, mas dessa vez o sono demorou a voltar.

Capítulo 4

NA MANHÃ SEGUINTE, NÃO ESCUTEI O DESPERTADOR TOCAR E pulei da cama desesperado assim que abri os olhos e vi que tinha perdido a hora. Não deu tempo nem de tomar banho (e eu não suporto sair sem tomar banho). Ajeitei o cabelo com as mãos mesmo, vesti a roupa de qualquer jeito e passei voando na cozinha pra pegar uma banana e ir comendo no caminho. Já estava com a mão na maçaneta, pronto para sair de casa, quando ouvi:

— Meu filho! Vovó não ganha um beijinho?

Era impossível sair sem dar um beijo na minha avó, então voltei voando. O suor já começava a brotar com tanta correria.

— Ih, vó, perdi a hora, estou mais que atrasado! Preciso ir!

— Calma, querido. Você nunca chega atrasado na escola! Não tem problema, é um diazinho só! — Ela tentou, em vão, me desacelerar. — Você e seu irmão são idênticos nisso. Ele saiu tão cedo hoje que eu nem vi.

— Tá bom, vozinha. Não tenho como conversar com você agora, tenho que ir. Te amo! — falei, já correndo na direção da porta.

— Come devagar pra não ter uma indigestão! — gritou ela quando eu já estava esperando o elevador. — Banana é uma fruta pesada. Você não quer levar uma maçã? Tem maçã, Davi!

Você adora maçã! É aquela pequenininha que você adora! E laranja? Vovó descasca pra você! — Que voz potente tinha ela! Até os vizinhos devem ter ouvido que minha avó ainda descascava laranja para mim como se eu tivesse 6 anos.

— Obrigaaado, vó! — E fui descendo no elevador.

Odeio me atrasar. Não suporto chegar tarde para qualquer coisa. Odeio mesmo. Ainda mais para a aula do Sidão, que, como eu, também odeia atrasos.

Quando cheguei na escola, o Sidão, sempre com a cara amarrada (que era sua marca registrada) já tinha começado a aula. Pedi desculpas ao entrar e fui rapidamente para a minha carteira. Ele estava escrevendo na lousa. Lançou para mim um olhar de desdém e permaneceu calado. Mas não por muito tempo.

— Dezessete minutos atrasado, hein, seu Davi? Era melhor nem ter entrado, não acha?

Tentei ser simpático e amenizar a situação:

— De jeito nenhum, adoro sua aula. Desculpa pelo atraso.

— Aêêêê, puxa-saco! — gritou o Orelha, para minha ira.

— Você nadou de roupa ou correu uma maratona antes de vir pra escola, Davi? — implicou Valentina. — Está todo molhado!

Por mais que aquela menina tenha aprendido no ano anterior o mal que as palavras podem fazer a uma pessoa, de vez em quando ela voltava às raízes e mandava uma dessas. Tudo bem, não era exatamente uma grosseria o que ela tinha falado, mas precisava daquilo? Eu já estava todo envergonhado, me sentindo o centro das atenções (o que eu não suporto), e ela vai e me bota mais ainda na berlinda? Chata. Chatina. Valentina Chatina, como diria a Tetê. Assisti ao "resto" da aula e, no intervalo, eu, Tetê e Zeca fomos beber água e papear. Eu queria checar se era com ela que meu irmão estava falando às duas horas da manhã, mas não sabia como.

Então, Zeca soltou uma frase que me deu uma ideia.

— Gente, acho que exagerei na pizza, sabia? Fiquei me sentindo pesado e não consegui dormir de jeito nenhum. Peguei no sono já passava da meia-noite, acreditam?

Pizza e sono. Muitíssimo obrigado, Zeca!

Só que a Tetê interrompeu e não me deixou falar:

— Foi a pizza que pesou ou foi o fato de você ficar vasculhando o Insta do Emílio?

Droga! Quando eu ia entrar no assunto sono, mais uma vez fui impedido de descobrir o que eu queria.

— Alou, Tetê! Não sou desses! Pra mim aquele traidor morreu!

— Zeca... fala a verdade! — desafiou Tetê.

— Para, Tetê, não sou desses, já falei... Tá bom, Teteretê. Eu sou! Fiquei vendo, sim, Snap, Insta, Face, Twitter, tudo daquele idiota. E já sei quem é o barbudo com cara de chow-chow anêmico.

— Zeca, não acredito! — bronqueou Tetê.

— Errei, eu sei! Mas eu não ia sossegar enquanto não descobrisse mais coisas. Acredita que o cara tem 26 anos?! O Emílio me trocou por uma cacura!

— Cacura? — perguntei.

— O que é cacura, meu Deus? — Tetê quis saber.

— Bicha idosa, gente!

— Mas uma pessoa de 26 é velha desde quando? — protestou Tetê.

— Se é quase dez anos mais velho que ele, é cacura, sim! Não discute comigo, garota! — rebateu Zeca.

Porcaria! O papo deles não parava de evoluir! Eu precisava arrumar um jeito de saber se a Tetê tinha ido dormir tarde também. Acabei falando em voz alta o que eu estava pensando.

— Sono e pizza. Né?

— Como é que é, Davi? — perguntou Zeca, confuso.

— Já sei, tá pensando na Milena e se confundiu todo com as palavras! — falou Tetê.

Os dois gargalharam.

Rá. Rá. Realmente hilário. Droga!

Eu estava parecendo a Tetê de um ano atrás, que abria a boca e só falava absurdos. O que estava acontecendo comigo? Os dois ficaram olhando com cara de espanto para mim, obviamente. E eu não sabia o que dizer.

— Não, gente! Estou só dizendo que a pizza não me pesou nada e que não perdi o sono, não.

— Ah, tá — disse Zeca.

— Mas agora conta, o que o barbudo faz da vida? — quis saber Tetê.

— Não! — gritei.

É. Gritei. E quase complementei com: "Vamos voltar a falar da nossa noite de sono." Ainda bem que parei no "não".

— Não o quê, Davi? — perguntou Tetê. — Você tá bem?

Os dois me lançaram olhares mais espantados ainda que os anteriores.

— Não... vamos ficar mencionando esse cara nas nossas conversas. Ele não merece que o Zeca perca tempo falando dele — tentei me safar.

Foi a primeira coisa que veio à minha cabeça.

Droga! Mil vezes droga! Falei besteira de novo!, pensei, ao perceber o assombro no rosto de ambos.

— Ai, Davi, me abraça! — pediu Zeca, já me abraçando.

— Você está certíssimo, Davi! — elogiou Tetê, batendo palmas.

— E pensar que ontem eu fui grosso falando que você era péssimo conselheiro. Você é ótimo! Perfeito! Adorei! — elogiou Zeca.

Caramba! Enfim, dei uma dentro! Foco, Davi! Sono! Sono! Sono!

— Vamos voltar a falar da nossa noite. Eu dormi superbem. E você, Tetê? Dormiu tarde?

Ufa! Que alívio! Acho que agora eu tinha tomado as rédeas da conversa.

— Que nada, Davi! Não tenho essas frescuras. Cheguei em casa e antes das onze eu já estava apagada.

Caramba!

— E nem acordou no meio da noite, assim, pesada, como o Zeca? — insisti.

— Nada! Fui direto até hoje de manhã.

Uma pulga se instalou de vez atrás da minha orelha. Por mais que eu quisesse acreditar que o Dudu estava falando (e rindo!) com um amigo, não conseguia parar de pensar que era a Ingrid do outro lado da linha. E aquilo não pareceu uma conversa de consolo ou apoio a quem está sofrendo com a mãe doente.

Preocupado, fiquei sem saber o que dizer. A sorte é que estávamos com o Zeca, e com ele é impossível o silêncio durar muito tempo.

— Não aguento, preciso falar! O nome dele é João Paulo Dalboni, mas o apelido é Joca, nasceu em Aracaju, mas veio para o Rio com 4 anos, mora com dois amigos em Santa Teresa, estudou no Pedro II, trabalha numa produtora de vídeo mas é DJ também, usa meia branca com sapato preto e acha estiloso, faz crossfit, curte as próprias fotos, tem uma tatuagem bizarra no braço direito e outra na mão esquerda, é canhoto, endeusa a Lana del Rey, usa um anel mais cafona que o outro em cada dedo, tem o corpo esquisito apesar de malhar todo dia, é hipocondríaco, tem um cachorro chamado Fred que é mais feio que filhote prematuro de hiena manca com siri com câimbra e não gosta de chocolate. Ou seja, um bostinha. Porque só um bostinha não gosta de chocolate.

Uau. O Zeca falou todas essas palavras em questão de segundos. Nem sequer respirou durante a descrição do cara. E eu não podia rir, porque, afinal de contas, ele estava sofrendo.

Tetê gargalhou.

— Tá rindo de quê? Posso saber? — perguntou Zeca, irritado.

— Desse seu jeito doido e apressado de falar!

Entrei na conversa de novo.:

— Você descobriu isso tudo fuçando as redes sociais do cara?

— Claro. E fucei superpouco, tá?

— Deu pra perceber — ironizou Tetê. — Tá explicado por que você não dormiu, né, Zeca?

— Imagino que esteja muito bom esse papo, mas hora de ir pra aula, meus amores.

Era a Ana, nossa professora de português, a mais querida de toda a turma, a que indicava livros incríveis e só botava a gente pra cima. O oposto do Sidão.

Seguimos a Ana até a sala e, por mais que eu goste de português, o riso abafado do meu irmão na madrugada não saía da minha cabeça. Sei que não era assunto meu, que não era pra me meter, que prometi não me meter, mas... a Tetê... o Dudu...

Queria ser menos intenso nessas horas... Menos intenso, menos correto, menos certinho. Mas, além de escorpiano, eu tenho também Escorpião na casa 8. Ou seja, sou praticamente escorpiano duas vezes, intenso duas vezes.

Na hora do intervalo maior, fomos para a arquibancada comer e ver o Erick jogar. Samantha e ele continuavam namorando firme, mas, ao contrário da Tetê e do Dudu, formavam um casal briguento. Era meio chato sair com eles, já que um estava sempre espetando o outro, Samantha sempre com ciúmes, Erick sempre tentando acalmá-la. Mas era evidente que eles se amavam e que ficariam juntos por muito tempo ainda.

— Eu preciso terminar com o Erick, gente. Me ajuda! — falou Samantha, assim que sentou para comer conosco.

— Oi? Tá falando sério? — estranhou Tetê, engasgando e tudo.

— Tá louca, garota? Cê acha que vai arrumar outro gato gente boa assim onde? Só em outra vida, tá, amor? Sossega — reagiu Zeca.

— O que houve? — perguntei.

— Ah, tô cansada, gente. A Valentina não para de jogar charme pra ele, o que tá me irritando imensamente — contou ela.

— Alô-ou! A Valentina joga charme pra todo mundo! Ela faz esse tipo, que gosta de seduzir, seduz até vaso de cerâmica — argumentou Zeca. — E ainda faz a linha "Não tô te dando mole, tô só sendo simpática". Arrã.

— Exatamente! Eu não aguentaria uma traição. Não conseguiria perder o Erick pela segunda vez pra Valentina! — explicou Samantha.

— Samantha, calma! Vamos dar um crédito para a Valentina, vai? Ela mudou muito, é outra pessoa, não é mais daquele jeito. Não acho que ela ficaria com o Erick — falou Tetê. — Nem acho que o Erick ficaria com ela enquanto está namorando você.

— A questão não é essa — ponderou Zeca. — A questão é: você gosta do Erick, Samantha?

— Se eu gosto? Eu sou louca por ele!

— E por que quer terminar? A gente não termina com alguém gostando desse alguém, sua louca! — alertou Zeca.

— E tem mais: ele agora só quer saber desse Caio, o aluno novo. Tudo é Caio. Caio isso, Caio aquilo.

Samantha estava se referindo ao aluno que tinha acabado de entrar no colégio, mas que era amigo do Erick desde pequeno, praticamente da família dele, tanto que apresentou o menino para todos no primeiro dia de aula dizendo que ele era como um irmão.

— Hum... Tô achando que você é do tipo CPM — opinou Zeca.

— CPM? Que é isso? — perguntou Samantha.

— Chatinha Pra Namorar.

Samantha revirou os olhos. Eu e Tetê escondemos a risada.

— Sério, você é garota legal pra ser amiga, pessoinha fofa e tal, mas é chatinha pra namorar. Pô, olha você: tem medo de que ele te traia com a Valentina, implica com o melhor amigo... só falta implicar com o futebol.

— Ah, com futebol já implico faz tempo! Precisa jogar na praia duas vezes por semana?

— Gente!!! Olha aí, CPM to-tal! — exclamou Zeca.

— Ai, Zeca, não sou, não! — reclamou Samantha. — Tá, talvez um pouco. Mas tenho medo mesmo é de traição. Da Valentina.

— Sinceramente, eu não noto essa vibe da Valentina com ele, sabia? Acho que o negócio ali morreu de vez mesmo — opinou Tetê.

— Eu também acho. E a gente não termina por medo de uma possível traição, doida. Se trair, você vê o que faz. Mas ele não vai trair — sugeriu Zeca.

— Nunca se sabe. O ser humano é uma caixinha de pontos de interrogação — comentei.

Os três me olharam de cara feia.

Eu precisava aprender urgentemente a ficar de boca fechada.

— Como nunca se sabe? Claro que *não* vai ter traição nenhuma, Davi! — corrigiu Zeca, enquanto me encarava com olhos arregalados e repreensores.

— Você acha que a Valentina ainda é apaixonada por ele? Que quer voltar? — perguntou Tetê.

— Não sei se "voltar" seria a palavra, Tetê, mas acho que ela quer tirar ele de mim só por tirar. Se não vai ser dela, não vai ser meu também, sabe?

Era exatamente o que eu achava da Ingrid! A Valentina parecia a versão carioca da mineira Ingrid!

— Entendo sua angústia, mas acho mesmo que depois da história da foto no ano passado, de ver como ela fez mal para uma pessoa inocente, acho que ela não teria coragem de fazer algo parecido de novo... — comentou Tetê.

— Não sei. Não ponho a mão no fogo por ninguém — argumentou Samantha. — Eu não tenho certeza de que ela mudou tanto assim.

— Ainda mais quando estamos falando de Valentina. Todo cuidado é pouco. As pessoas mudam, mas suas essências continuam iguais — abri a boca mais uma vez. Eles me olharam meio sérios, então complementei. — Não era pra ter dito isso? Botei lenha na fogueira desnecessariamente? — questionei, olhando para Zeca e Tetê.

— Não liga pra opinião deles, Davi. Esses dois ficam querendo me poupar e acabam não dizendo tudo o que eu tenho que ouvir — falou Samantha.

— Tudo o que você QUER ouvir — intrometeu-se Tetê.

— Não importa, Tetê. Eu penso igual ao Davi. Uma vez víbora, sempre víbora.

E falando na víbora, a própria gritou lá de longe. Valentina chegava com sua insuportável mania.

— Migleeeees! — gritou Valentina.

Todo mundo odiava aquele jeito dela de chamar os amigos. Quer coisa mais idiota e sem nexo do que *migles*? Não consigo entender. Assim como não entendo quem fala *menas* açúcar, *menas* dor. É tão difícil assim entender que a palavra *menas* não existe?

— Zeca, quero saber quando você vai escrever de novo no seu blog. Você não pode abandonar assim um negócio tão incrível! — disse Valentina.

— Ah, isso é bem verdade, Zeca. Eu já te falei isso — afirmou Tetê.

— Mas, Tetê, eu já expliquei, eu só consigo escrever quando tô inspirado.

— Então, trata de se inspirar! — decretou Valentina, parecendo fofinha. *Fofina*.

— Ai, gente, posso falar do Caio? — chegou Bianca, lançando um assunto descabido e totalmente fora da conversa. — Que cara gato! — suspirou.

— Ai, Bianca, tem dó. O menino pode até ser gatinho, mas tem um olho esquisito. Olho de maluco. Meu santo não bate com o dele, e isso é raríssimo, porque meu santo é ótimo, ele se dá bem com geral. Santo carismático como eu — comentou Zeca.

— Que nada! Isso é implicância sua, Zeca — protestou Tetê.

— Eu também implico com ele, porque acho que o cara tira o Erick de mim um pouco, mas tenho que admitir que ele é muito do bem — argumentou Samantha.

— Eu adoro o Caio. Ele é tranquilo, na dele. Conheci quando eu namorava o Erick, os dois cresceram juntos, são superamigos. E ele ainda arrasa no futebol — contou Valentina. — Boto a maior pilha pra BianCaio. *Ship* perfeito.

Bianca ruborizou, mas adorou a brincadeira e o *ship*.

— Voltando ao seu blog, Zeca. Sério. Pensa com carinho. Eu sinto saudade de ler suas coisas. Mas postar uma vez a cada quinze dias não dá, não acontece nada! — chiou Valentina.

— Não dá mesmo. Às vezes você demora muito pra postar. E eu amo suas dicas — acrescentou Laís, chegando na roda.

— Eu também. Ele arrasa! — elogiou Tetê.

— Olha, modéstia à parte, eu arraso mesmo — concordou Zeca. — E sou megacurtido e lido. Mas dá preguiça de escrever às vezes. E dá muito medo de escrever e ninguém gostar também...

— Pois é, então corre atrás. Vai ler pra se inspirar. Vai mais ao cinema, ao teatro... se mexe. Se vira! — ordenou Valentina.

Aquela ali achava que era a chefe do mundo. A patroa do universo. A dona da coisa toda. O centro da galáxia. Achava que podia mandar, desmandar, dar ordens a torto e a direito. Coitada. Ela era bem leonina mesmo. Por isso a Tetê chamava a garota de Valentina Arrogantina quando a conheceu. Valentina Leonina. Até que era engraçado mesmo isso!

MINHAS IMPRESSÕES SOBRE A PESSOA DE
LEÃO (VALENTINA)
REGENTE: SOL

COMO É:
Ela não se acha o rei, ela tem certeza de que é um. Magnético e de personalidade forte, o leonino gosta de ser o centro das atenções e de andar em lugares onde possa ser admirado. Orgulhoso e um tanto arrogante, é conhecido por sua alegria e simpatia (não é o caso da Valentina Antipatiquina). É criativo, corajoso, não sabe perder e adora ser líder.

COMO BEIJA:
Para o leonino, o beijo é uma arte, praticamente uma obra de Monet. Seu beijo é intenso e tem gosto de paixão. Aliás, apaixonar-se por uma pessoa de Leão é muito fácil.

GUARDA-ROUPA:

Extremamente vaidoso, o leonino dá muito valor para a aparência e gosta de se sentir sempre elegante. Adora uma festa e, para isso, acaba comprando muitas roupas, já que repetir é quase um crime pra ele.

O QUE FAZER PARA CONQUISTÁ-LA:

Elogie-a. Muito. Sempre. Todos os dias. O leonino AMA elogios. A-M-A.

COMBINA COM:

Áries e Sagitário, que são do mesmo elemento (Fogo), e também Peixes.

FUJA SE FOR DE:

Câncer, Escorpião e Capricórnio.

— Vem cá, a Bianca tá querendo fazer uma reuniãozinha na casa dela na semana que vem, porque os pais dela vão viajar. Bora, gente? Eu vou cuidar das músicas, claro — avisou Valentina.

— Tá doida? Eu é que tinha que cuidar das músicas! Sou ótimo de playlist, tô fazendo uma pro meu blog e tudo. Só músicas felizes — contou Zeca. — "Cheap Thrills", da Sia, depois uma Shakira, uma Selena, uma Demi, Gaga, sempre, Madonna, muito... Nossa, ia ser incrível — enumerou ele.

Eu até que gostava daquelas músicas, mas meu gosto ia um pouco além. O hábito de ouvir Tom, Vinícius, Chico, Novos Baianos e Velhos Baianos eu peguei dos meus avós, que sempre amaram música brasileira e botavam pra tocar desde quando eu era pequeno. Lembro dos domingos em que meu avô cozinhava cantarolando Cartola, um gênio que a maioria das pessoas da minha idade infelizmente desconhece. Uma pena. "O mundo é um moinho" é das canções mais lindas que já ouvi. E "Corra" e "Olhe o céu", uma pérola.

De repente, meu celular apitou justamente quando eu estava pensando nas músicas que aprecio.

MILENA
Adivinha?

DAVI
O quê?

Abri um sorriso na hora ao ver o nome dela escrito na tela do meu celular.

— Que sorrisão é esse aí, Davi? — perguntou Tetê.
— Ahn? Nada... — Tentei disfarçar.
— "Nada" não é! Você não é de arreganhar os dentes assim! Anda, conta! — insistiu ela.
— Tô aqui conversando com a Milena. Nada de mais.
— Hum... Com a Milena, é? Entendi — disse Zeca.

MILENA
Finalmente estão à venda os ingressos pro Nelson Freireeeee!!! Pro concerto que a gente tanto quer ir no Municipal. Quer ir mesmo comigo ou era papo de carioca? É nesse sábado!

DAVI
Nada de papo de carioca! Claro que quero ir! Obaaaaaa!

Eu não sou nada fã de vogais prolongadas, mas, na fala e na escrita com Milena, elas representavam só alegria.

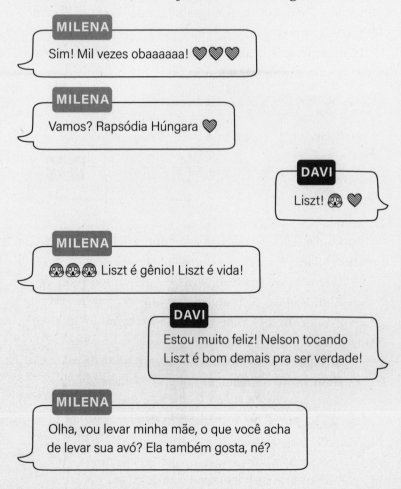

MILENA
Sim! Mil vezes obaaaaaa! 🖤🖤🖤

MILENA
Vamos? Rapsódia Húngara 🖤

DAVI
Liszt! 😱 🖤

MILENA
😱😱😱 Liszt é gênio! Liszt é vida!

DAVI
Estou muito feliz! Nelson tocando Liszt é bom demais pra ser verdade!

MILENA
Olha, vou levar minha mãe, o que você acha de levar sua avó? Ela também gosta, né?

Uau. Avó e mãe. Que programa família. E que frio na barriga estranho que me deu. Estranho bom.

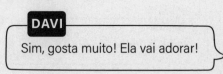

DAVI
Sim, gosta muito! Ela vai adorar!

> **MILENA**
> Então vamos comprar pra nós quatro, tá? Minha mãe está com o site aberto. Ela vai comprar e vocês pagam depois

> **DAVI**
> Nossa! Sim! Combinado! Nem acredito que vamos juntos! ☺

— Davi! Davi? Ah, saco! Deixa pra lá!
— Que foi, Tetê? — Nem estava escutando ela me chamar.
— Cara, tô há horas perguntando o que vocês estão falando e você me ignorou!
— Desculpa, odeio fazer isso, você sabe. Mas era muito bom o que estávamos falando aqui. A gente vai a um concerto do Nelson Freire juntos!
— Ahhh, explicado!

> **MILENA**
> Comprado!

> **DAVI**
> Já? 😳 Uau! Você é rápida!

> **MILENA**
> Eu não. Minha mãe ☺ Eu estou na escola agora também!

— Davi! DAVIII! Poxa! — Tetê parecia irritada.
— Desculpa, já vou terminar a conversa!

— Já tô arrependida de ter dado força pra essa amizade aí com essa Milena! Você vai me trocar por ela que eu sei.

— Imagina, eu jamais trocaria minha melhor amiga por ninguém.

— Nem por uma namorada?

— Lá vem você! Não tem nada a ver com namoro, Tetê! Vamos sair como amigos.

— Sei...

Ai, ai... Garotas e essa empolgação incompreensível com relacionamentos amorosos.

Vovó ficou muito feliz com o convite para ir ao Municipal comigo, minha "nova amiguinha" (é, minha avó se refere aos meus amigos assim. É ridículo, reconheço, mas já me acostumei) e a mãe dela. E eu, louco por ela que sou, fiquei todo bobo por proporcionar essa felicidade à pessoa mais importante do mundo pra mim.

Mais tarde, quando Dudu chegou em casa, estava todo irrequieto. Mal falou comigo e com a vovó e voou para o quarto. Preocupado, fui até lá. Como de costume, bati na porta e abri ao mesmo tempo. Num gesto abrupto, meu irmão jogou o celular na cama. Estranhei.

— O que está havendo, Dudu? Com quem você estava falando?

— Com um amigo — respondeu, visivelmente nervoso.

— Se eu for olhar o nome que está no seu celular vou ver o nome de um amigo? Tem certeza?

Ele baixou os olhos.

— Vai, sim. Vai ver Roberto — respondeu ele, resoluto.

Respirei aliviado, mas ele continuou:

— Eu salvei a Ingrid como Roberto para a Tetê não descobrir que tenho falado com ela.

Senti como se um balde de água fria estivesse sendo jogado na minha cabeça.

— Ah, eu não acredito, Dudu!

— Nem eu. Não sei o que está acontecendo comigo. Quero ajudar a Ingrid, mas ela...

— Ela quer você de volta! Só isso.

Silêncio no quarto.

— Você tem razão, Davi — admitiu meu irmão, com os ombros caídos.

— Dudu, me fala uma coisa... Ontem de madrugada... era com ela que você estava falando?

— Não! — respondeu ele rápido demais.

— Ah, Dudu, pra cima de mim? — provoquei.

Ele hesitou antes de falar:

— Tá. Era.

Por mais que eu já soubesse, foi um impacto ouvir aquilo do meu irmão.

— Cara, a Tetê não merece isso!

— Mas eu não tô fazendo nada!

— Defina *nada*.

Ele baixou a cabeça. Estava visivelmente transtornado. Eu, por outro lado, estava revoltado.

— Você acha *nada* trocar o nome da garota por um nome masculino para quando seu telefone tocar a Tetê não perceber que do outro lado da linha é a Ingrid querendo falar com você? — falei, rispidamente.

— Só não quero magoar a Tetê. Ela jamais entenderia que eu só quero ajudar uma amiga que está passando por um momento difícil.

— Só que essa amiga não é qualquer uma, Eduardo!

— Eu sei. É a Ingrid... — sussurrou Dudu, com os olhos pousados no chão.

— E a sua namorada não é qualquer uma também. É a Tetê, minha melhor amiga! E preciso falar mais uma coisa: quem está passando por um momento difícil não faz o ex-namorado rir às duas horas da manhã! — Elevei mais o tom da minha voz.

Dudu mudou de cor. Droga, eu não queria intimidar meu irmão.

Voltei ao meu volume normal de voz.

— Você... Você, por favor, pode me responder com sinceridade uma coisa? — pedi, e ele assentiu. — Você ainda tem algum tipo de sentimento por essa pilantra?

Dudu não demorou muito para responder. Apenas respirou fundo antes de falar:

— Não. Eu amo a Tetê. Mas agora estou numa situação horrível. Abri uma brecha para a Ingrid achar que tem chance de voltar comigo.

Foi a minha vez de abaixar a cabeça, confuso com a quantidade de informações. Enquanto eu passava repetidamente minhas mãos pelo rosto para tentar pensar melhor, Dudu soltou:

— E ela ainda gosta de mim.

Nervoso, refleti por uns segundos antes de emitir minha opinião.

— Olha, Dudu, eu tenho minhas dúvidas. Por tudo o que ela te fez, duvido inclusive que ela um dia tenha gostado de você.

— Claro que ela gostou! E ainda gosta. Disse com todas as letras ontem. E me pediu perdão, falou que eu fui a coisa mais importante da vida dela, que ela não acredita que estragou nossa relação, que se sente um lixo por ter me traído, que sofre de culpa diariamente...

— Eu não consigo acreditar em nada do que essa garota diz — esbravejei. Eu estava muito mexido com aquelas informações inesperadas. Não sabia se queria ficar a par de toda aquela história ou se preferia continuar na mais completa ignorância. — Desculpa me meter assim na sua vida, mas é que...

— Que nada, Davi! Eu agradeço muito por você se importar comigo. Mas se coloca no meu lugar... A mãe dela está doente, ela está pedindo ajuda, palavras de conforto...

— Eu sei, Dudu. Eu sei...

— Fui todo inocente querendo ajudar, mas você estava certo: ela realmente está se aproveitando da situação para se reaproximar de mim.

— Mas você... você acha que ela pode ter inventado a doença da mãe? — Quis ser realista.

— Não! Tenho certeza de que não. Ela não seria capaz... — Dudu suspirou, parecia desamparado, com a mente fervendo com o tanto de conflitos que estavam lá dentro. — Eu não posso me afastar dela agora, entende? Seria muito feio e insensível da minha parte. Mas, ao mesmo tempo, tem a Tetê, que eu não quero perder e que se descobrir essa história vai ficar...

— Louca de ciúmes — completei. E foi a minha vez de respirar fundo. — Relaxa, ela não vai saber. Por mim, ela nunca vai saber. Você só tem que tomar cuidado e arrumar um jeito de sair dessa aos poucos. Ou então abrir o jogo com a Tetê, jogar limpo com ela, mas se optar por isso, tem que ser logo. Quanto mais tempo passar, pior vai ser. Mas se resolver contar, por favor, faz a Ingrid deixar de ser Roberto, porque isso vai cair muito mal pra Tetê.

Dudu me agradeceu com um abraço.

Fui para o meu quarto e li um pouco. Quando enfim desliguei a luminária para dormir, não pude deixar de pensar: "O que será que o Dudu disse pra Ingrid quando ela se declarou para ele?" Será que tinha caído na lábia daquela víbora?

Eu juro que preferia não saber de toda essa história. Ficar no meio daquilo tudo, de cúmplice. Algo me dizia que aquilo não ia acabar bem...

Capítulo 5

NA TERÇA-FEIRA, QUANDO EU ESTAVA A CAMINHO DA ESCOLA, recebi uma mensagem da Milena. Era ótimo saber que logo cedo ela estava ligada em mim, ocupada em mandar alguma coisa legal para alegrar meu dia.

MILENA
"Eu não ligo para nada do que os outros exaltam ou condenam. Eu simplesmente sigo meus próprios sentimentos." - Wolfgang Amadeus Mozart

DAVI
O cara sabia das coisas

MILENA
Gênio na música e na vida

Segui andando pela rua, torcendo para que os dias passassem rápido para chegar logo o sábado, quando eu ficaria mais tempo com a Milena. De dia, no curso de astrologia, e à noite, no concerto. Depois que apresentei ela para o Zeca, o Dudu e a Tetê, parece que nós dois ficamos ainda mais próximos.

Quando cheguei ao colégio, um burburinho estava formado em torno do Zeca. Eu me aproximei e entendi que ele tinha postado à noite um texto bem divertido no blog dele, sobre melhorar a autoestima, e todo mundo estava comentando e falando da quantidade de curtidas e dos comentários que ele havia recebido.

Fiquei pensando que, se eu tivesse um blog, adoraria escrever sobre buracos negros, o tempo dos dinossauros, o dia a dia das abelhas (eu sempre achei geniais esses insetos, não entendo alguém não se interessar por abelhas, sinceramente), análises de músicas e resenhas de livros. Seria um retumbante fracasso.

Mas o Zeca parecia ter acertado no tema. Ele mostrava conhecer bem a cabeça das meninas. A bronca da Valentina do outro dia tinha, pelo jeito, valido a pena. Às vezes, é bom uma sacudida pra fazer a gente se mexer. Se "O guia do Zeca para purpurinar sua autoestima" era um sucesso absoluto mesmo sem o autor trabalhar nele com frequência, imagine o dia em que ele realmente se empenhasse para produzir textos frequentemente? Iria do Brasil para o mundo.

— Boy "Lacraia com Intestino Preso"? Só você mesmo pra inventar esses nomes, Zeca — riu Tetê, ao ler o post "Reconhecendo os Tipos de Boy".

Para não ficar sem saber do que todos estavam falando, resolvi dar uma olhada no que meu amigo tinha escrito.

BLOG
DO ZECA

HOME **PLAYLIST** **DICAS** **MODA** **CONTATO**

RECONHECENDO OS TIPOS DE BOY

Você sai com o boy, é tudo incrível, beijo encaixadinho e abraço aconchegantinho. Se o boy não liga no dia seguinte, é porque:
a) Ele é um idiota
b) Ele é um garoto como todos os outros
c) Ele é um cara desligado
d) Ele não gostou de mim
e) Ele é gay que não saiu do armário e saiu comigo só para posar de machinho

Resposta certa: alternativa a.

Análise das demais respostas (eu sou analisento, aceita que dói menos):

Alternativa b: Cada garoto é um garoto, generalizar é irritante. Homens, garotos, bebês, unicórnios e pandas não são todos iguais. Não diga isso só porque todas as mulheres do mundo (incluindo sua mãe, sua avó e sua bisa) dizem. Ninguém é igual a ninguém. Nem gêmeos idênticos são idênticos, pelo amor de Getúlio. Nossa, arrasei nessa análise! Ponto pra mim!

Alternativa c: Se um date foi legal, não tem por que o boy não ligar no dia seguinte. Você é incrível, vocês se deram superbem e ele nem tchum pra você? Amor, se ele não liga quem sai perdendo é ele.

Alternativa d: Ele não gostou de você? Miga, paracetalouca! Como não gostar de você? Comeu cocô, foi? Você é incrível, linda por dentro (por fora eu não sei, né? Não sou adivinho), ótimo papo, bom caráter, divertida, fofinha e inteligente. Como alguém não gosta de você? Isso nos remete para a resposta certa do quiz: se por uma loucura da vida o garoto realmente não tiver gostado de você, o que é que ele é? Um grande idiota.

Alternativa e: Tem muito isso, de meninos que têm dificuldade em se aceitar e se assumir gays tentarem sair com meninas. Mas gays de verdade têm a alma linda. Acho difícil um gay, mesmo que ainda não tenha saído do armário, não ligar no dia seguinte, viu? Nem que seja pra falar "Você é linda e eu adorei, mas estou com diarreia e não consigo sair com ninguém quando estou com diarreia. E falar a palavra *diarreia* com você é o cúmulo da escatologia e ainda me deu vontade de ir ao banheiro de novo. Um beijo, até um dia, seja feliz. Ah! Amei seu tênis! Combinou super com sua saia plissada berinjela, sua futura blogueirinha de modaaaa!".

Cheguei perto para me entrosar na conversa, agora que tinha me inteirado do assunto, mas a Valentina veio mexer comigo.

— Olha aí o Davi, gente. Ele, que nunca namora, é o quê? Que tipo de boy? — perguntou a inconveniente.

— Boy de Saco Cheio de Gente Chata — respondi, irônico e ácido. — Esse é o boy que eu sou, Valentina. E bom dia pra você também.

Não aguentei. Odeio que falem assim. Que cobrança mais chata! Que obrigação ridícula essa de namorar e de ser feliz namorando!

— Ele não é mais um Boy Não Namora *Ninguém*, ele está namorando, tá? Vai ao concerto de música clássica com a namorada no fim de semana e tudo! — dedurou Zeca.

— Pô, Zeca! — gritei.

— Ué, não podia contar?

— Não é isso! É que já falei que a Milena não é minha namorada!

— Gente, deixa o Davi em paz! — pediu Laís, abraçada ao Orelha.

— Obrigado, Laís.

— Tá namorandinho, é? Vai ouvir musiquinha classiquinha de mãos dadas com ela, vai? De olhinhos fechados? — zombou Orelha.

— Eu te odeio, Orelha — falei.

— Deixa ele, amor! Qual o problema de o Davi estar apaixonado, gente? — defendeu Laís.

— Mas eu NÃO ESTOU APAIXONADO! Meu Deus, vocês parecem crianças! Que chatice! Milena é minha amiga! Amiga!

Virei as costas e fui indignado para o banheiro, para mostrar que aquele tipo de brincadeira não tinha a menor graça pra mim.

Odeio brincadeiras desse tipo, não gosto de estar nesse posto em que te usam pra fazer "piada". Alguém gosta? Qual é a graça de ficar implicando com uma pessoa e fazer essa pessoa de palhaça?

— Ei, Davi!

Era Tetê, que veio atrás de mim.

Virei-me sério, pra mostrar que não estava pra conversa.

— Você precisa deixar de ser tão pilhado. Tava todo mundo brincando.

— Pilhado? Alguma vez eu falei pra você, no tempo em que você se sentia excluída, que você era "pilhada", que você "pilhava" à toa? Nem parece a garota que até outro dia se sentia mal-amada pelo mundo. Você mudou muito, Tetê.

Ela não gostou do que ouviu.

— Desculpa, Davi, é que...

— Ninguém tem nada a ver com a minha vida sentimental. Eu tô farto de ser alvo de brincadeirinhas ridículas. Sempre foi assim, desde pequeno. As pessoas, por me acharem muito sério e compenetrado nos estudos, muito na minha, pensam que eu nunca vou ter vida amorosa, sexual, sei lá o que o bando de desocupados pensa.

— Nossa, Davi! Que raiva é essa? Nunca te vi assim.

— Raiva mesmo. Você não lembra como é se sentir um peixe fora d'água? Uma pessoa rejeitada e sempre jogada para escanteio? Eu ainda me sinto assim, por mais que nossa amizade tenha mudado muita coisa dentro de mim em relação a isso — continuei meu desabafo. — Não tenho o seu senso de humor, não tenho a alegria do Zeca e tento lidar o melhor que posso com o fato de ser quem eu sou. E eu não quero, e não vou, dar satisfação pra ninguém da minha vida.

Tetê me olhava entre espantada e com pena. Mas eu tinha que vomitar tudo aquilo. Acho que não precisava ter sido tão rude, mas foi assim que saiu, e palavras ditas não voltam à boca.

— Vou pra sala — avisei, já me encaminhando para lá.

— Mas o sinal ainda não bateu! — falou minha amiga.

— Mas pra mim já deu.

Fui pra sala tentar refrescar a cabeça e resolvi ler sobre astrologia no meu celular, pra me distrair. Li sobre sinastria, que estuda os relacionamentos por meio dos astros, sejam eles amorosos, profissionais, de amizade ou mesmo familiares. A Tati, minha superprofessora do curso, falaria sobre isso na aula do próximo sábado, e eu (sou nerd mesmo) queria me adiantar e ter uma ideia do que viria pela frente.

O Sidão chegou cedo e veio bisbilhotar o que eu estava lendo no telefone.

— Como vocês conseguem ler assim? É outra geração mesmo. E uma geração que enxerga bem, né? Benza Deus — brincou ele. — Isso é um livro?

— Não, é uma apostila. De um curso que estou fazendo.

— Apostila no celular!! São outros tempos mesmo. Curso de quê?

— De astrologia — falei, sem pensar muito no que ele ia achar.

— Astrologia, você? Olha, que bacana!

— Sério que você acha bacana? Tanta gente acha isso idiota.

— Não! Nada é idiota para um curioso como você e como eu, Davi. Qualquer coisa que nos instigue, interesse, qualquer música que fale com a alma, qualquer livro que dialogue com nossos corações... Tudo vale a pena quando a alma não é pequena.

— Uau! Filosofou, hein, Sidão! Gostei — elogiei meu professor, que era sempre tão sério e rígido.

— Pobres dos humanos que só gostam de uma coisa em detrimento de outra. Pessoas inteligentes, como nós, são abertas e não ligam pra rótulos.

De repente, ouvi uma voz familiar:

— Mas você é muito nerd mesmo, hein, Davi? Chega mais cedo na sala só pra ficar de papo com o professor! — Era o Erick, falando de boa. — Eu também devia fazer isso, né?

— Ainda bem que o senhor acha isso, seu Erick. Até porque conversar comigo só vai engrandecer você. Sou um poço de inteligência.

O Sidão só era bravo dando aula. Parecia outra pessoa quando não estava "vestido" de professor.

— Mas é que Química é chato, Sidão — disse Erick.

— Mas é o que faz passar de ano e coisa e tal. Futebol, por melhor que você seja, ainda não vale nota, queridão.

Sidão foi pra mesa ler enquanto o sinal não tocava, e o Erick veio até mim com um assunto desagradável.

— Davi, não sei se você viu, mas a Tetê tá chorando lá fora.

Baixei a cabeça, e o meu coração ficou pequeno. Droga! Eu não queria isso. Acho que pesei no tom, nas palavras, na ira.

— Você falou com ela? — perguntei.

— Sim, e ela disse que você foi grosso com ela, por causa de uma menina com quem você tá saindo. O que tá acontecendo? Vocês são tão amigos! É tão bonita a amizade de vocês, cara! Não precisa pesar tanto, não! Menina gosta dessas coisas de ser cupida, de falar de relacionamento. É só não dar trela que isso morre aos poucos.

Como o Erick era legal. Eu precisava entender mais sobre ele.

MINHAS IMPRESSÕES SOBRE A PESSOA DE
TOURO (ERICK)
PLANETA REGENTE: VÊNUS

COMO É:

As pessoas do signo de Touro são pacientes e persistentes. Costumam seguir em frente mesmo quando os projetos são difíceis e demorados, daqueles que a maioria das pessoas abandonaria quando chegasse à metade. O taurino é extremamente generoso, sempre pronto a ajudar (bem Erick mesmo). E é ambicioso (que fique claro, pra mim não há nada de mau nisso, pelo contrário) e sonha com uma vida confortável, sem problemas com dinheiro. Gosta de segurança – no amor, no colégio, no trabalho.

DO QUE GOSTA:

De flertar (Erick dos velhos tempos. Hehe). A conquista, para o taurino, é uma arte. E outra coisa: adora comer. E comer bem. De um feijão sensacional de avó a um créme brûlée de restaurante francês estrelado.

DO QUE NÃO GOSTA:

De quem resiste ao seu charme. O taurino normalmente aprende a seduzir no berço e, romântico inveterado e carismático por natureza que é, não gosta quando suas técnicas de aproximação não dão certo.

COMO BEIJA:

O taurino tem um beijo, digamos, guloso. Sabe aquela pessoa que beija infinitamente? Que beija como se fosse beijar doze horas seguidas? É o taurino. Gosta de beijar profundamente, de analisar a textura e o formato da boca.

O DIA SEGUINTE AO PRIMEIRO ENCONTRO:

Ela gosta de segurança num relacionamento, mas também é adepta da frase "a pressa é inimiga da perfeição". Então, caso tenha ficado com alguém do signo de Touro, ligue no dia seguinte, mas não pela manhã. Meio da tarde ou começo da noite são mais indicados para um telefonema. E nada de mimimi. O taurino não tem muita paciência pra isso.

— É cara, acho que peguei pesado. Vou pedir desculpas pra ela. E também tentar não dar tanta trela, você está certo.

Quando me levantei para ir falar com minha amiga, ela adentrou o recinto com o nariz todo vermelho e inchado. Fui dar um abraço nela.

— Ah, Tetê, desculpa! Eu não queria te magoar. Me perdoa, vai, eu só me estressei porque tinha muita gente metendo o bedelho na minha vida e descontei em cima de você. Eu só...

— Tá tudo bem, Davi. Tudo bem... Não estou chorando por causa disso, na verdade.

— Como assim? Me conta, o que aconteceu? — pedi, segurando delicadamente o rosto da Tetê.

Ela olhou no fundo dos meus olhos.

— A culpa é minha. Eu acho que estou colocando essa história da Milena com você em primeiro plano porque a minha vida sentimental tá tão... tão...

Meu peito chegou a ficar quente. Tetê, minha melhor amiga, minha irmã, estava sofrendo, era visível.

— Tão o quê, Tetê?

— Ah, tão esquisita! O Dudu não é mais o mesmo comigo. Tá diferente, distante, quase não ri mais das minhas bobagens.

Engoli em seco. A bomba já tinha explodido, como eu temia.

Droga de Ingrid!

— Ele diz que é a faculdade, que tá sem tempo pra estudar com o estágio e tal, mas eu sinto que tem alguma coisa que ele não quer me contar.

Comecei a suar frio e a desejar profundamente que o Sidão fizesse striptease em cima da mesa ou que o Erick revelasse que queria terminar com a Samantha ou que o Zeca aparecesse com o cabelo azul ou que vários esquilos entrassem na sala cantando o hino nacional em ritmo de axé. Mas nada disso aconteceu, lógico.

E a pergunta que eu mais temia veio em seguida:

— Você tá sabendo de alguma coisa?

Engoli em seco. Que situação horrorosa. E agora? Mentir pra Tetê ou não mentir pra Tetê? Dudu me fez acreditar que seria para o bem dela não falar nada e eu concordei, prometi pra ele que não falaria no assunto, mas agora, ali, vendo aquele olhar espantado e medroso dela, me deu muita vontade de quebrar o pacto com meu irmão e contar o que eu sabia. Mas na verdade eu não sabia de quase nada!

Então, fui salvo temporariamente pela Valentina.

— Começo a festa da Bianca com Fifth Harmony! Com direito a coreografia! — anunciou Valentina ao chegar na sala de aula, aliviando minha barra por alguns segundos.

— Você é DJ e faz performance agora? É sério? Você não tem ritmo, Valentina, vai parecer uma raposa alcoolizada no meio da pista — disse Zeca, que veio logo atrás.

A algazarra continuou mais para o fundo da sala e Tetê insistiu:

— Davi, me fala! Você tá sabendo se alguma coisa aconteceu com o Dudu? Tá tudo bem com ele? São só os estudos mesmo?

Tentei disfarçar meu extremo desconforto e em seguida fui salvo pelo Sidão, que já estava assumindo sua persona de professor general.

— Acabou a conversa, cambada! Todo mundo para os seus lugares.

Obrigado, Sidão, agradeci em pensamento, enquanto ele escrevia algo na lousa.

Fui me sentar com um alívio temporário, por ter um tempo para pensar no que dizer, mas com um peso enorme nas costas. Eu odiava não saber o que fazer e como agir. Ainda mais com a Tetê! A Tetê, poxa. Minha melhor amiga.

Obviamente não consegui me concentrar na aula. Na minha cabeça, só tinha o desejo de aquele assunto não voltar depois da aula. E uma vontade doida de não ter descoberto as conversas do meu irmão com a Ingrid. A Ingrid Sem Coração.

Passei o dia todo disfarçando e consegui ir embora sem precisar voltar a falar com a Tetê.

No resto da semana, para meu alívio, ela não tocou mais no assunto.

Na sexta-feira, por volta de umas seis horas da tarde, recebi uma mensagem.

TETÊ
Por que você não me contou, Davi?

Gelei.

DAVI
Não contei o quê?

TETÊ
Da Ingrid

Senti como se um alçapão se abrisse debaixo de mim. Por um lado, fiquei aliviado por não precisar ocultar mais nada. Por outro, eu queria matar o Dudu. Por que ele tinha que contar pra ela que eu sabia? E o quê, exatamente, ele tinha revelado para a Tetê? E como? Ele teria contado tudo? Ou ela teria descoberto?

DAVI
Eu dei minha palavra, disse que não iria falar nada pra você. Pelo seu bem

Que difícil escolher as palavras. A impressão era de que, quanto mais eu falasse, pior ficaria a situação. Mas não resisti.

DAVI

Ele me fez entender que eu não devia me meter, que essa decisão era dele. Só dele

TETÊ

Eu perguntei se você sabia de alguma coisa! Estou me sentindo traída. Mais por você do que por ele se é que isso é possível

Eu queria dizer tanta coisa. Eu não queria dizer nada. Nunca tinha me sentido tão péssimo em relação a uma amiga. Talvez porque nunca tenha tido uma amiga assim. A Tetê era a primeira e única, a grande amiga, que só me botava pra cima e me fazia rir. A última coisa do mundo que eu queria era deixá--la triste e magoada.

TETÊ

Não esperava isso de você

DAVI

Não fala assim, vamos conversar!

TETÊ

#decepção A pior coisa é se decepcionar com quem a gente ama!

DAVI

Posso te ligar?

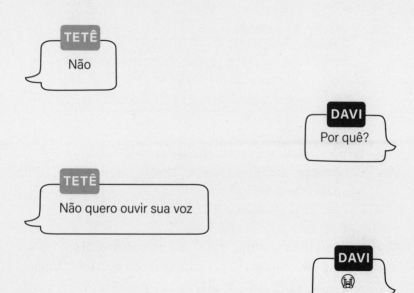

Silêncio total do outro lado.
Tentei de novo.

> **DAVI**
> Ele só estava tentando encontrar a melhor maneira de te contar. Disse que te ama tanto que não queria correr o risco de te perder ou de perder sua confiança

Na hora confesso que nem me lembrava se o Dudu tinha ou não dito isso tudo pra mim, mas eu só queria acalmar minha melhor amiga. Ou seria ex-melhor amiga?

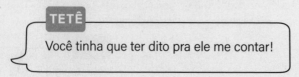

> **DAVI**
>
> Como? As pessoas fazem escolhas na vida e ele escolheu esperar pra ter o momento certo de te contar

Novo silêncio.

Eu não sabia mais o que dizer.

> **DAVI**
>
> Você sabe que eu odeio a Ingrid, que por mim o meu irmão nunca mais falaria com ela de novo. Até agora não estou acreditando que ela se declarou pra ele!

> **TETÊ**
>
> Ela o quê???????

Droga! Eu não sabia ficar calado nem por WhatsApp.

Droga! O meu irmão não tinha contado tudo.

Droga! Eu estava a um passo de perder a melhor pessoa que a vida me deu.

> **DAVI**
>
> Ela disse que ainda gosta dele

Como diz o Zeca: "Pisou no cocô, abre os dedos". Foi o que fiz. Não queria mais mentir pra Tetê.

> **DAVI**
>
> Eu não acredito que o Dudu não te contou

O terceiro silêncio da tarde.

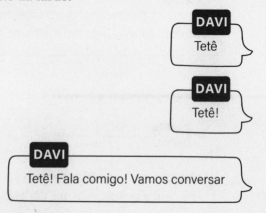

Ela leu, mas não respondeu.

E, quando eu estava no meio desse diálogo, Dudu chegou no meu quarto, bufando.

— O que você tá fazendo, cara!?

— Nada! Você que não fez o que devia e agora a culpa é minha?

— Você contou pra Tetê que a Ingrid falou que ainda gosta de mim?! Por quê?

— Porque eu não sei mentir pra minha melhor amiga.

— Era só o-mi-tir! Ela já tava péssima com toda essa história!

— Você... Você contou ou foi ela que descobriu, Dudu?

Ele baixou os olhos, os ombros, tudo. Seu corpo falou mais que qualquer outra coisa.

— Ela leu.

Queria tanto que ele tivesse tomado a iniciativa de contar. Tanto... Seria tão mais digno...

— Eu já tinha trocado Roberto por Ingrid.

— Pelo menos isso, Dudu! Ela ia enlouquecer se visse Roberto, ia achar que você estava traindo ela a sério se lesse um nome de homem e visse a foto da Ingrid.

Dudu mal ouvia as palavras que saíam da minha boca.

— Eu não estava preparado, estava passando uma matéria com ela na casa dela, estávamos superunidos, estudando, rindo, falando sobre Física... aí meu celular fez *plim*. Fiquei desconfortável, ela percebeu, viu de quem era a mensagem e virou bicho.

— Ele respirou fundo e arrematou: — E eu adoraria que você tivesse ficado calado, ou então que tivesse vindo falar comigo.

— Você não estava em casa! E, acredite, eu dava tudo pra não estar no meio de vocês dois numa hora dessas!

— Você estragou tudo, cara!

— Eu?! EU?! Tem certeza de que EU estraguei tudo, Dudu?

— É! Você! Você não sabe lidar com os sentimentos das pessoas, tinha que abrir essa boca gigante pra falar o que não devia.

— Sai do meu quarto, por favor!

— Você que veio xeretar a minha vida, Davi! Agora fica aí todo cheio de não me toques!

— Sai do meu quarto, por favor! — repeti, dessa vez mais alto.

— Ei, ei, ei! O que está acontecendo? Por que vocês estão gritando desse jeito? — Minha avó quis saber, ao chegar da hidroginástica e dar de cara com toda aquela discussão.

A confusão estava formada. A noite seria longa.

Vovó ficou indignada com o Dudu, por dar trela para a Ingrid depois de tudo o que ela fez com ele. Mesmo em se tratando de doença, achou o fim a atitude dele com a Tetê e, claro, me recriminou por eu não ter impedido o Dudu de continuar trocando mensagens com ela.

— Entendo sua preocupação e acho legítimo você ficar consternado com a doença da mãe da garota. Mas tinha que ter avisado pra Tetê logo no primeiro momento! Ainda mais se decidiu dar ouvidos pra Ingrid. Sinceridade é a base de qualquer relacionamento.

— Demorou a falar e ainda falou pela metade, vó! Não contou a história toda — dedurei.

Ah, dedurei mesmo. Aquilo estava entalado na minha garganta.

— Virou fofoqueiro agora? Que decepção, Davi! Pra que meter a vovó nessa?

— Ninguém me meteu nessa. Os gritos de vocês, que não brigam nunca, me meteram nessa — argumentou vovó. — Olha, sinceramente, eu não sei se quero ouvir a história toda. Pra mim basta. Quem sabe outra hora a gente conversa.

E saiu, com o semblante sério como nunca tinha visto.

O clima pesou. Meu irmão saiu batendo a porta, e eu fiquei no quarto pensando em como tudo pode mudar em um segundo.

A casa se transformou em silêncio. Um silêncio pesado e estranho.

Capítulo 6

AQUELE CLIMA HORRÍVEL PERDUROU POR MAIS ALGUMAS HORAS na minha casa, até que eu não aguentei mais. Já era bem tarde, quase meia-noite, e eu bem sonolento bati na porta do quarto do meu irmão.

— Desculpa, cara. Eu não devia ter falado nada — falei.

— Me desculpa também, eu fui grosso e intolerante. Acabei te metendo numa coisa que você não devia fazer parte.

— Você falou de novo com a Tetê?

— Não. Ela me bloqueou no celular, e em casa a mãe dela não passa a ligação — revelou Dudu, nitidamente triste.

— E a Ingrid?

— Pedi pra ela entender que a Tetê é meu amor, minha moça, e que as coisas tinham ficado muito feias por aqui — explicou, derrotado. — Pedi perdão, mas falei que agora eu não poderia continuar ajudando, que eu espero do fundo do coração que ela me entenda, mas que a Tetê é muito importante pra mim.

— Que bom. E ela?

— Disse que entendeu, contou que a mãe dela está melhor e reagindo muito bem ao tratamento.

— Que situação, Dudu. Eu não queria estar no seu lugar. Entendo você, entendo a Tetê e... até a Ingrid eu entendo.

— A vida não vem com manual, irmão — filosofou Dudu. — Mas fui sereno, falei que vou continuar ajudando de longe, rezando, mandando só energia boa e pensamentos positivos pra ela e pra mãe dela.

— Boa, Du.

— Ai, Davi... Eu fiz besteira, né? A Tetê não merecia mesmo... Ai... Você acha que ela vai me perdoar? — perguntou Dudu, com a tristeza saindo por cada poro de seu rosto.

— Espero que sim. Vocês fazem o casal mais bonito que eu conheço.

— Você pelo menos conseguiu falar com ela? — Ele quis saber.

— Não. Tentei a tarde toda, até agora há pouco. Só que nada.

Ao contrário do Dudu, ela não me bloqueou. Fui lido, mas solenemente ignorado. Talvez eu merecesse. Não fiz por mal, não era a minha intenção machucá-la, mas machuquei e tinha que arcar com as consequências também.

Dei boa-noite para o meu irmão e voltei para o meu quarto. Eu estava aliviado por pelo menos ter ficado bem com o Dudu, mas ainda chateado por causa da minha amiga e do meu irmão. No dia seguinte, eu iria ao tão esperado concerto com a Milena e, em vez de entusiasmado, estava mais em ritmo de velório. Respirei fundo, abri um livro pra ler enquanto o sono não vinha e me perguntei com que cabeça eu ouviria Nelson Freire.

Então, eu mesmo respondi que o problema não era meu, que eu não tinha culpa por estar no meio de uma briga de namorados, que por mais que eu amasse o meu irmão e a Tetê, eles eram maduros o bastante pra resolver o problema da melhor maneira. Ficar me martirizando por conta da minha postura ou mesmo do que ela acarretou não era inteligente da minha parte.

Eu estava tenso com a possibilidade de perder a amizade da Tetê, se é que já não tinha perdido. Estava tenso por sair com a menina mais bonita do mundo também, evidentemente. E estava triste pelo meu irmão e pela situação dele, claro.

Tentei chamar o Zeca pra desabafar. Eu já tinha mandado mensagem para ele à tarde, logo que tudo aconteceu, mas ele estava na aula de dança de salão com a mãe dele e não podia falar. Mas foi em vão. Ele nem leu minha mensagem. Ou já estava dormindo ou tinha saído pra se divertir naquela sexta-feira esquisita.

Eu precisava me concentrar no dia seguinte. Seria o dia da Milena. Eu a veria duas vezes, e isso, por si só, já era muito bom. Pena que não estava sendo leve como deveria ser meu primeiro programa sozinho com ela. Mas ela iria me deixar leve. Ela sempre deixava. Assim eu esperava que acontecesse.

Finalmente adormeci.

Minha noite foi péssima, com direito a pesadelo com a Tetê. Sonhei que uma enxurrada de palavras desesperadas saía da minha boca, mas ela não conseguia ouvir. Eu falava, falava, e, quanto mais eu falava, mais ansioso eu ficava pela resposta dela. Queria trocar, dividir, compartilhar emoções e dúvidas com minha melhor amiga. Nervoso, eu gritava com vontade, mas nada do que eu dizia parecia ter som.

Cada vez mais tenso, eu pedia desculpas, explicava minha situação, o conflito enorme que havia se instaurado dentro do meu peito, meus sentimentos em relação ao Dudu e a toda essa história, e ela simplesmente não reagia, era indiferente a mim e ao que eu dizia. Seguia andando como um robô, como se nada estivesse acontecendo.

Só quando passei na frente de uma porta de vidro e olhei pra ela, percebi que não havia reflexo. Tomei um susto, daqueles de acelerar os batimentos cardíacos: eu não estava ali. A Tetê não me ouvia porque nem sequer me via! Foi desesperador. Comecei a correr atrás dela pedindo perdão, berrando ME ESCUTA!!! EU TÔ AQUI!!! e meu grito era ignorado. Porque meu grito existia mas não existia. Era um grito mudo.

Acordei meio sem ar quando faltavam vinte e cinco minutos para o despertador tocar.

Isso me dá muita raiva! Porque vinte e cinco minutos é muita coisa! Se três minutos fazem diferença na minha vida, na qualidade do meu dia, imagina vinte e cinco? Mas quer saber? Foi melhor acordar daquele pesadelo horroroso.

Mas, com aquela noite, que manhã esperava por mim?

Tentei com todas as forças dormir de novo. Em vão. Apreensivo, quando percebi que não conseguiria mesmo mais uns minutinhos preciosos de sono, levantei e fui tomar banho. A água caía na minha cabeça e eu, de olhos fechados, só pensava em como seria encontrar a Tetê depois de tudo.

Sempre esfomeado pela manhã, naquele dia eu não consegui sequer colocar uma fatia de queijo na boca. Era como se eu, que nunca tinha tido ressaca na vida, estivesse experimentando a pior delas. Cabeça oca, coração igual, boca com gosto de desilusão, que deve ser o tal gosto de cabo de guarda-chuva que tanta gente fala. Eu estava moído, como se tivesse tomado um porre daqueles. Não restavam dúvidas, eu estava com sintomas do que se chama por aí de ressaca moral.

Quando sentei para tentar tomar café, percebi que o Dudu tinha saído.

— Seu irmão não dormiu nada, ficou fritando na cama a noite toda. Acho que fui muito dura com ele — disse vovó.

— Imagina, vó. Você deu sua opinião.

— Mas minha opinião é só uma opinião. Não sou dona da verdade, Davi. Longe disso. Vocês não têm que concordar com tudo o que eu falo — argumentou. — Ele quis ajudar uma pessoa que, a gente querendo ou não, *foi* importante pra ele. E ele foi importante pra ela também. Eu pensei bem e acho que devia ficar feliz de ver que meu neto tem um coração de ouro, mas julguei e condenei o meu menino por causa do que a Ingrid fez com ele, por causa da minha relação com a Tetê... Ele estava tão chateado que saiu de casa antes mesmo de eu acordar.

Nunca tinha visto vovó triste daquele jeito.

— Estou arrependida.

— Não fique. Nada como um dia após o outro, não é o que a senhora sempre fala?

— É isso. E mais tarde tem... Nelson Freireeee! — disse ela, tentando parecer mais animada.

— Ah. Isso. Tem, sim.

— Nossa, que desânimo, Davi. Nós vamos, né?

— Ai, na verdade estou tão sem cabeça com essa história toda, vó...

— Ah, não! Seria uma desfeita com a Milena, que gentilmente te convidou pra ir, e com a mãe dela, que comprou os ingressos. Nós vamos!

— Mas...

— Sem mas, meu filho. Uma coisa boa tem que acontecer depois do dia tempestuoso de ontem. Vamos nos divertir, ou, pelo menos, tentar. — Baixei os olhos. — A Tetê te adora, Davi. Vai tudo ficar bem entre vocês. Ela ontem estava com a cabeça a mil, achou por bem, como menina inteligente que é, não entrar numa discussão com você chateada. Isso, sim, é uma decisão sábia: não discutir de cabeça quente. Agora vai lá para seu curso de astrologia, de que você gosta tanto.

Vovó acertava sempre. Torci para que ela estivesse certa dessa vez também.

Dei um beijo nela e fui caminhando para o curso.

A aula de astrologia foi ótima, como sempre, e estar perto da Milena serviu para ajudar a esquecer um pouco aquela história toda de Ingrid e Tetê e me concentrar mais no meu programa da noite. Em todos os momentos que pudemos conversar, falamos sobre o concerto e nossas expectativas. As horas não demoraram a passar. Saí da aula, falei um "até logo" para Milena e fui para casa.

A noite chegou e com ela a hora de sair para o tão ansiado programa. Dudu nos deixou de carro no Teatro Municipal e lá chegando logo avistamos Milena e sua mãe.

Minha amiga estava, como sempre, linda! Vestia um macacão preto, All-Star branco com estrelinhas prateadas, e o cabelo encaracolado estava adornado por uma faixa que fazia um laço discreto no topo da cabeça. A bolsa grande de franjas dava um ar meio hippie ao visual.

Nossa, essa descrição poderia ter sido feita pelo Zeca, mas acho que de tanto andar com ele estou aprendendo a reparar mais nessas coisas de estilo. O meu ele define como "Mauricinho Ensaboado Sem Vocação pra Mauricinho Ensaboado", seja lá o que isso signifique.

Vovó estava linda também, toda perfumada e arrumada, feliz por estar passeando. E eu... bem... Seguindo os conselhos de Zeca, fui "despojado agressivo", de calça preta e uma camiseta mais justa do que eu gostaria, mas que ele e vovó me garantiram que tinha caído de forma "fenomenal" no meu corpo.

Depois das apresentações de praxe, Cláudia, a mãe da Milena, soltou um elogio que me desconcertou.

— Uau! Que lindo o seu amigo, Mimi! — disse ela sorrindo, de uma forma tão cativante quanto a filha.

Ruborizei. Minha avó tentou salvar meu desconcerto.

— Ah, obrigada! Meu neto é um tchutchuco mesmo!

— Vó, *tchutchuco*? — Eu me espantei e ruborizei mais ainda.

— Emoji de macaquinho com as mãos nos olhos! — sorriu Milena, tentando me salvar.

— Totalmente! — concordei.

Como chegamos antes do previsto (a carona do Dudu valeu!), paramos no bar do Teatro Municipal, onde vovó e Cláudia tomaram um espumante.

— Um brinde à música boa! — disse minha avó, com a taça no alto.

— E aos nossos meninos que apreciam música boa! — complementou Cláudia.

Milena e eu batemos nossos copos de água nos delas e ficamos um bom tempo conversando naquele teatro lindo, imponente e luxuoso sem ser ostensivo.

— Acredita que tô ansiosa? Tipo, com o coração acelerado?

— Acredito, Milena. É raro ver o Nelson Freire como vamos ver hoje — falei.

Entramos e nos acomodamos em nossos lugares. Era bonito ver aquele teatro lotado. Nelson adentrou o palco e, claro, foi ovacionado. Com sua elegância habitual, agradeceu e sentou-se ao piano. E tocou por pouco mais de uma hora, mas que para mim pareceu ser apenas vinte minutos. O tempo não passa quando a música faz bem para a alma.

Ouvindo aqueles sons celestiais, me deixei levar pela emoção e consegui não pensar em nenhum contratempo, só nas notas musicais e no lugar de paz para o qual elas me levavam. E levavam Milena também.

De canto de olho, observei-a algumas vezes durante o concerto e era lindo vê-la de olhos fechados às vezes, para sentir melhor a melodia, e em outras de olhos bem abertos, atentos e brilhantes. Em um momento a peguei olhando pra mim também. Sorrimos sem graça, cúmplices, felizes por estarmos ali juntos. E torcendo para que aquele encontro se repetisse muitas vezes. Com amigos, com família, sem amigos, sem família, com ou sem curso de astrologia antes. Era bom demais estar com ela.

Depois de longos porém importantíssimos minutos aplaudindo de pé o genial músico, partimos rumo ao Sat's, segundo Cláudia "o melhor galeto de Copacabana, do Rio, e quiçá do mundo".

O pequeno e despretensioso restaurante na rua Barata Ribeiro era vizinho do Cervantes, outro restaurante clássico da noite e da madrugada carioca, como ensinou Cláudia, que contou ser boêmia há alguns anos. Milena e a mãe, que moravam no Leme, bem perto do Sat's, viviam por lá. Os garçons a conheciam pelo nome e a dona veio nos recepcionar com sorriso e simpatia.

Depois de jantarmos, vovó alegou cansaço e disse que gostaria de ir pra casa. Eu me ofereci para acompanhá-la.

— Não, Davi. Fica, meu amor. Eu vou de táxi. Se você for pra casa agora, não vai conseguir dormir de tanta excitação com o concerto, eu te conheço. Eu, que acordo cedo pra minha caminhada matinal, prefiro ir dormir agora — avisou ela.

— É, Davi. Fica mais um pouco com a gente — pediu Milena. — Amanhã é domingo, não temos hora pra acordar.

— Por que não fazemos assim: eu acompanho sua avó no táxi até a casa dela, depois sigo com o táxi de volta e passo aqui pra pegar vocês. Assim vocês têm um pouquinho de privacidade, não é, crianças?

— Mãe! — Foi a vez de Milena ficar vermelha. — A gente não é criança e também não precisa de privacidade. Tá ótimo aqui com vocês.

— Ah, não precisa se incomodar, Cláudia. Vou sozinha mesmo, imagina, você mora aqui pertinho, eu moro lá na Cinco de Julho.

— De jeito nenhum. Vou com a senhora. Tão pertinho! Assim a gente conversa mais um pouco e fala mal desses dois perebas.

— Perebas? — repetiu Milena, tapando o rosto aos risos.

As duas se despediram da gente e ficamos a sós. E lá, mesmo com tantas pessoas em volta, a conversa fluiu tão solta e tão leve que parecia que estávamos só nós dois, como sempre acontecia. Era impressionante.

Falamos de tudo, do concerto, do blog do Zeca (do qual Milena tinha se tornado fã), da vida das abelhas... e da Tetê. Contei tudo pra ela. Foi bom desabafar.

— Sei que você é louco por ela, e ela é louca por você. Fica tranquilo. Ela vai cair em si e ver que você não fez nada de mal pra ela.

— Você acha isso mesmo?

— Não acho, tenho certeza. Ela é humana, está passando por um momento de desconfiança, de achar que ninguém é amigo dela — diagnosticou Milena. — Mas, por tudo o que você fala, ela é uma garota centrada, sensata. Uma hora vai cair a ficha.

— Obrigado pelas palavras — agradeci sinceramente. — Se quiser ir, podemos caminhar até seu prédio em vez de esperar sua mãe. É tão pertinho daqui.

— Sozinha eu não iria, porque ia ter medo, mas com você... Sei que você é capaz de me defender dos perigos da noite carioca!

Ri, vermelho até a raiz do cabelo.

Antes de irmos, Milena pediu um pudim de leite que estava com a cara ótima.

— Certeza de que não quer nem um pedacinho? Pedaço pequeno, né, porque não sou do tipo que divide comida.

Ela era divertida e leve.

— Não, obrigado. Não sou fã de pudim de leite, mas tá bonito. Bom apetite!

— Oi? Como? Espera. Eu não ouvi direito! Você não gosta de pudim de leite!? Mais uma vez. Você NÃO GOSTA de pudim de leite?!

— Não. Mas agora percebo que é bem grave não gostar de pudim de leite pra você.

— Grave? É mais que grave, isso configura desvio de caráter!

Rimos os dois, suaves como a brisa daquela noite em que o tempo não existiu. Pena que, num piscar de olhos, Cláudia mandou mensagem avisando que havia chegado com o táxi para nos levar pra casa.

A mãe da Milena não gostou da ideia de irmos caminhando sozinhos, então voltou ao restaurante, como tinha sido planejado, afinal de contas.

Ao chegarmos ao prédio, Cláudia avisou que precisava subir logo, pois estava exausta. Bocejando, rapidamente abriu a porta do carro e, antes de correr para a portaria, disse:

— Pode se despedir com calma do Davi, Milena. Eu vou subindo. Boa noite!

Fiquei mais que vermelho: me transformei em cor de beterraba.

— Boa noite, Cláudia, obrigado por tudo! — falei.

— Ai, minha mãe... — disse envergonhada a menina dos olhos de jabuticaba.

Meu coração estava acelerado, e minhas mãos, suadas. Ela pegou na minha mão e pude sentir, aliviado, que a dela também estava úmida. E gelada.

— Adorei a noite — falei, quebrando o silêncio.

— Eu gostei mais ainda — disse ela, abrindo um sorriso tímido, com os olhos pousados no chão. — A gente pode fazer isso mais vezes — completou, agora olhando nos meus olhos.

— C-claro — gaguejei, sem entender direito por quê.

Milena se aproximou para me dar um beijo de boa-noite. Entendi que seria na bochecha, mas, ao chegar perto do meu rosto, ela mudou de rumo e encostou a boca na minha. E encostou de novo. E de novo. E deu vários selinhos, um atrás do outro.

Assustado, fiquei paralisado diante daquela situação inédita e inesperada. De olhos abertos e um tanto assustados, vi o quinto selinho virar um beijo de verdade. Um beijo *com verdade*. Com alma, com língua. E com tudo o mais a que um beijo tem direito. Um beijo como o que eu ainda não tinha dado.

Um beijo... Hum... Um beijo macio e lento e suave, um beijo como todo beijo provavelmente é. Um beijo. Um beijo... bom.

Bem bom.

Não. Só bom.

Estranhamente só bom.

Porque, além de bom, ele foi ao mesmo tempo meio desajeitado, o que achei meio esquisito. Mas desajeitado só pra mim, que tinha pouca experiência no assunto. Milena pareceu gostar, porque me abraçava com vontade enquanto nos beijávamos. Eu, abobado, sem saber onde botar as mãos, parecia personagem de uma cena de comédia.

Mas não era cena. Era vida real. Era beijo real. Terminou.

Ficamos sem graça por alguns segundos, sem fazer contato visual, sem dizer uma palavra. Para mim, tinha sido bom, mas também esquisito. E tinha sido esquisito, mas tinha sido bom. Que situação! E acrescente ao peso de ser beijado inesperadamente por uma menina linda o fato de estar no banco traseiro de um carro estranho, com um taxista com cara de vilão de novela mexicana olhando pelo espelho retrovisor. Acho que é normal não me sentir plenamente à vontade e relaxado com o momento, não?

Milena quebrou o silêncio:

— Vamos marcar semana que vem um filme e pipoca aqui em casa?

Uau! Que menina de atitude!

— V-vamos. Claro. Vamos, sim.

Eu estava muito sem graça!

— Então... — tentou Milena mais uma vez.

— Então...

Definitivamente, eu não sabia como me comportar sob tensão.

— Vamos marcar! — insistiu ela.

— Bora! — falei, com tantas coisas melhores para falar. Eu sou um idiota mesmo.

— T-tá. A gente se fala. Tchau, então.

— Tchau, então.

Seja simpático, Davi! Simpático não é sinônimo de papagaio que repete cada fala da garota. Não foi o beijo que foi esquisito, você que é esquisito!, bronqueei comigo mesmo.

— Bom, então é isso aí!

"Isso aí" foi péssimo. Meu Deus!

— Quanto à Tetê, dá tempo ao tempo, tá? — filosofou ela, falando algo mais coerente na conversa.

— Você tá certa — concordei com ênfase.

Logo após meu ponto-final, aconteceu um abraço reconfortante. Abraço sereno porém forte, sincero. Ela sorriu o mesmo sorriso lindo de sempre, já com uma perna para o lado de fora do carro.

— Manda uma mensagem avisando que chegou em casa, tá?

— Mando — respondi, feliz com a preocupação dela.

Esperei que ela entrasse no prédio, dei meu endereço ao motorista e segui para minha casa pensando. Por que eu estava com aquela sensação besta, em vez de estar vibrando, querendo mais?

Na verdade, eu queria mais, mas queria meio diferente, talvez um beijo mais relaxado, sem plateia. Isso que eu queria. Fiquei analisando o que tinha acontecido.

O meu beijo era bom ou era ruim? O beijo dela era bom, mas por que não foi melhor? Beijo era daquele jeito mesmo? Bem mais ou menos? Ou tinha a ver com o fato de ser nosso primeiro beijo? Foi uma questão de encaixe? Beijo sempre tem que encaixar? Faltou a tal da química? Mas como não ter química com uma menina tão legal e tão bonita como a Milena? Já considero Milena uma amiga e por isso a sensação de desconforto? Tudo na vida é mistério? Até um beijo?

Nossa, acho que estou com sono, e isso afetou meu cérebro, pensei depois da conclusão pseudofilosófica.

Cheguei em casa e fui direto para o banho, deixar a água cair na cabeça e tentar analisar melhor. Tentar, porque não consegui. O que realmente gostei da última hora foi Milena não hesitar em tomar a atitude de me beijar. Sempre esperam que os garotos façam isso, mas acho que o mundo caminha para esse tipo de igualdade, de garotas poderem chegar num garoto sem nenhum tipo de culpa ou julgamento.

O beijo, o abraço, os sorrisos... Ainda era cedo para ter qualquer opinião definitiva sobre eles. Meu coração acelerou e meus pensamentos corriam de um lado para outro da minha cabeça, como se fossem carrinhos de Fórmula 1. Coloquei Liszt pra tocar no meu celular, desacelerar a respiração e lembrar o que realmente tinha me impactado naquele dia: a música.

Fechei os olhos e, com um sorriso feliz porém tenso, demorei a dormir. Só conseguia pensar, pensar e pensar sobre o ocorrido...

Capítulo 7

NAQUELE DOMINGO ACORDEI TARDE, MAS CANSADO. PARECIA QUE eu nem tinha dormido. Foi uma noite agitada, com muitos sonhos estranhos, pesadelos, e eu acordando e dormindo diversas vezes.

Olhei o celular e nada. Nenhuma mensagem. Nem da Milena nem da Tetê. Fiquei chateado que eu não tinha minha melhor amiga justamente naquele momento, para poder contar tudo da noite anterior. Então, apelei para meu melhor amigo.

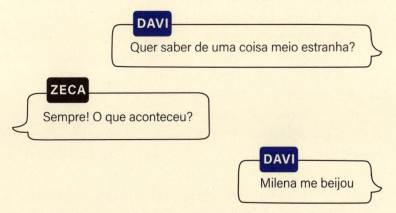

Vi que ele leu a mensagem. Só que nada de responder. Silêncio total do outro lado. Silêncio que não durou muito, pois o telefone não demorou a tocar.

— A Milena te beijou?! — Ouvi uma voz de megafone do outro lado da linha. — Pelo amor de Getúlio, me conta esse babado agoraaaa!!

Respirei fundo e falei tudo. Contei cada detalhe. Incluindo minhas dúvidas.

— Não entendi, Davi. Qual é o problema? O que tem de estranho nessa história? — perguntou ele, depois de me ouvir atentamente.

— Sei lá... Achei que sentiria algo mais. Foi tanta expectativa com tudo, sabe? A Milena é a menina mais bonita que já vi, achei... que seria explosivo, que eu estaria nas nuvens. Na verdade, foi intrigante pra mim o beijo ser só bom.

— *Intrigante*? Uau. Só você, Davi. Eu queria ter esse seu vocabulário, sabia? Sério mesmo.

Ri do comentário e segui com o diálogo que tinha o propósito de me fazer entender (ou pelo menos tentar entender) o que se passava dentro de mim.

— Zeca, você que é mais experiente nessas coisas, me fala a verdade: não era pra ser incrível? — quis saber, torcendo para que ele tivesse a resposta na ponta da língua.

E ele, obviamente, tinha.

— Claro que não! Olha a situação como um todo, Davi! Analisa. Um taxista com cara de mau, um beijo inesperado de uma menina linda, sua falta de experiência no assunto... Ai, lindão, relaxa! Acredita em mim: muuuuitos primeiros beijos são ruins. E muitos são mais ou menos. Só um ou outro primeiro beijo que é incrível. O seu foi bom! E bom é ótimo dentro das estatísticas! Levanta as mãos pro céu!

Rimos juntos. Eu estava vendo a hora em que o Zeca ia falar em percentuais. Que figura! Ele tinha praticamente um tratado sobre o primeiro beijo. E parecia ser muito convicto sobre o tema, o que me deu uma boa animada. Eu escolhi acreditar piamente em tudo o que ele falou.

— Sério mesmo? — perguntei, com um sorriso quase satisfeito no rosto.

— Sério! Se não encaixou como você achou que deveria, não é culpa nem de um nem de outro — analisou. — A culpa não é das estrelas... É do taxista! — concluiu, às gargalhadas.

Zeca e sua leveza me convenceram de que eu tinha carregado nas tintas, dado ao assunto uma importância gigante, quando, na verdade, era só um beijo. O primeiro de outros que podiam vir a acontecer.

Só que, em seguida, o Zeca tocou em um assunto nada leve pra mim.

— Falando em culpa, conversei com a Tetê. Que uó, hein, Davi? Que uó!

— Ah... Ela te contou? — perguntei, meio que desanimando de novo.

— Claro. Tudo. Nos mínimos detalhes.

Engoli em seco.

— E o que você acha? — perguntei, ansioso pela resposta. O Zeca podia ser louco, divertido e avoado, mas era também sensato e pé no chão.

— Quer saber? Falei pra ela que entendi o Dudu, entendi a Ingrid e entendi você.

— Jura? Ai, que alívio!

— Imagina, não tinha outra coisa pra dizer pra ela. É tudo muito delicado, é um terreno cheio de lama.

— Terreno lamacento, Zeca.

— Isso aí — falou Zeca.

— E ela? — eu quis saber.

— Ficou com raiva de mim, acredita? Achando que não tinha mais amigos, que ninguém é sincero com ela, que nasceu pra ser sozinha, que de uma hora pra outra perdeu o namorado e os dois amigos...

— Ah, que absurdo! Lógico que a gente continua amigo dela!

— Claro, vai cair a ficha quando a cabeça dela esfriar. Ela falou isso porque não queria ouvir que eu entendo todos os lados da história. Que não cabe a mim julgar ninguém. Nem a ela. Enfim, deu ruim e a Tetê agora está se sentindo traída por todo mundo. Por mim, inclusive. Logo eu, que não tenho nada a ver com isso.

Fiquei chateado quando desligamos o telefone. Aquele problema parecia uma bola de neve rolando ladeira abaixo. Só aumentava de tamanho.

Mandei uma mensagem para a Tetê, na esperança de ela me responder. Só que não tive resposta.

À tarde, Milena deu um *oi* no WhatsApp e conversamos um pouco. Foi como se nada tivesse acontecido. Tudo normal, como antes. Gostei. Foi menos tenso do que eu pensava que poderia ser. Não rolou nem sequer um "A gente não precisa falar do que aconteceu no táxi, né?", nem um "Você quer falar sobre o beijo?". Nada.

Que alívio!

— Ei, que caras são essas? — perguntou Samantha, ao chegar na sala de aula na segunda-feira com Erick e olhar para mim e para o Zeca.

— Cara de quem tá numa situação uó com a Tetê — resumiu Zeca.

— Sério? Mas o que aconteceu? É grave? Ela nem me contou! — estranhou Samantha.

— Ah, vá! Desde que você e o Erick começaram a namorar, você deu uma sumida da vida da Tetê.

— Não dei não, Zeca! — defendeu-se Samantha.

— Tá, três, quatro meses depois que você e o Erick começaram a namorar, você tem razão, no comecinho vocês ainda eram bem grudadas... — corrigiu meu amigo.

— Mas ela... ela sabe que pode contar comigo! Que não é porque não estamos mais tão próximas, falando todos os dias, que minha amizade e meu carinho por ela não existem mais — tentou ela mais uma vez.

— Acho que ela não sente assim, não, Samantha. Ela não insiste com você porque é uma moça fina e elegante, não vai suplicar por atenção. Mas, na boa, acho ridículo garota que se afasta das amigas pra ficar grudada no namorado.

— Ai, Zeca, não fala assim, vai! — pediu Samantha.

— Mas, amor... Vamos admitir. Você deu mesmo uma distanciada das suas amigas, principalmente da Tetê — admitiu Erick.

— Boa, Erick! — aplaudiu Zeca. — Agora se compara com o Maravilherick. Ele tá aí, fazendo as mesmas coisas que ele fazia antes de te namorar, jogando bola, saindo só com os amigos... Num namoro é importante uma palavrinha chamada individualidade, Samantha. Fica a dica. Nossa, isso dá um ótimo post pro meu blog.

— Dá mesmo — opinei, tentando embarcar na conversa.

— Eu vivo falando pra Samantha que ela precisa ver mais as amigas, que é importante cada um ter sua própria vida, que um mais um é igual a dois, não a um.

— Uau, Erick. Isso aí! Esse negócio de "nós dois somos um" é coisa de música cafona, que não funciona na vida real.

— Bom que você tá falando isso. A Samy escuta você, Zeca — falou Erick.

Samantha estava visivelmente desconfortável com a situação, esforçando-se pra rir, mas nitidamente querendo dar um murro no Erick por ele emitir tantas opiniões contrárias à dela na nossa frente.

— Boa, menina inteligente. Agora, já que tô sincerinho, aproveito pra falar que não engulo esse seu parceirão novo que todo mundo acha maneiro, tá, Erick?

— O Caio? Ah, por quê? Coitado... O cara é na dele, gente boa até dizer chega — defendeu Erick.

— Não consigo achar isso dele. O Caio tem cara de papagaio — definiu Zeca.

Só não ri porque estava preocupado com a ausência da Tetê. Ela não era de faltar à escola, muito menos de chegar atrasada.

— Papagaio? Ele nem tem nariz grande, seu maluco! — reagiu Erick.

— Mas tem olhar de papagaio, um olhar que parece bonzinho mas é maligno, olhar que não inspira confiança, olhar traiçoeiro, de bicho que pode te dar uma bicada e te machucar a qualquer momento, por mais legal que você seja e sem motivo nenhum.

— Nossa, você implicou mesmo com o coitado do Caio! Tô até com pena dele — comentou Erick.

Só o Zeca, em todo o mundo, seria capaz de descrever em minúcias um papagaio e ter tantas opiniões formadas sobre um animal que, para mim, é absolutamente inofensivo.

— Gente! Papagaio é assim? Eu sempre amei papagaio, acho a coisa mais fofa — Samantha se manifestou.

— Você já conheceu um papagaio? Conviveu com papagaio? Já foi amiga de um papagaio?

Àquela altura, já estavam todos rindo. Menos eu, que só queria saber de falar com a Tetê.

— Não, nunca fui apresentada a um papagaio, Zeca.

— Eu já e fui bicado, tá? E ele era super meu amigo, ok? — contou Zeca.

— Super? Vocês se falavam todos os dias, estudavam juntos, iam à praia, essas coisas? — debochou Erick.

Zeca virou os olhos e seguiu com seu ensinamento sobre papagaios.

— O Eustáquio era da vizinha da minha avó e me conheceu bebê. A gente nunca foi grudado, mas ele me conhecia bem. Sempre que eu ia visitar a vovó acabava dando um jeito de brincar com ele. Em troca de dez anos de amor e carinho, o que ele me deu? Uma bicada. Do nada! Machucou bastante, sem contar o susto. Chorei pra caramba. Se estou aqui hoje com vocês, se não fui morto por um papagaio dissimulado e com instinto assassino, é porque realmente não estava na minha hora de ir para o andar de cima.

Só o Zeca pra fazer o clima ficar mais leve quando eu estava me sentindo com uma tonelada sobre os ombros, olhando para a porta a cada minuto pra ver se a Tetê aparecia. Nada.

— Aí, semana que vem, hein? Vamos ganhar do povo do terceiro ano, hein? Anota aí, hein? — chegou Caio Papagaio.

Pobre Caio. Ele não tinha cara de traiçoeiro, não. Parecia boa gente. E era amigo de infância do Erick, não podia mesmo ser má pessoa. Mas o Zeca quando implica... sai de baixo.

— Hein? Hein? — implicou Zeca. — Ô, Caio, você acha que você é bom, mas bom mesmo é o Erick, hein? — espetou.

Eita! Ele estava impossível.

— Meu parça é ótimo, mesmo. Mas nós dois juntos... Não tem pra ninguém! Nossa tabelinha é perfeita. Tipo Messi e Neymar no Barcelona, sabe? — falou Caio, modéstia lá na Indonésia.

— Sou mais Pelé e Coutinho, esses sim eram imbatíveis . É só minha opinião, mas tudo bem — rebateu Zeca, na lata.

— Uau! Você entende de futebol! — disse Caio, surpreso.

— E qual é o espanto? — questionou Zeca.

— Ah... — Caio ficou sem graça, baixou os olhos.

— Porque eu sou gay?

— Desculpa...

— Que pensamento mais ultrapassado, Caio! Então gays não podem entender de futebol? Eu, hein! Em que mundo você vive? — estrilou Zeca. — Eu vejo um monte de jogos, principalmente os do Mengão. Um Fla-Flu eu não perco por nada. Fica a dica.

— Você tem razão. Acho que é porque nunca conheci nenhum gay. Foi péssimo, mals aê.

Pelo menos reconheceu a besteira que tinha feito. Bom sinal, Caio Papagaio era, sim, boa gente.

— Superdesculpado. Relaxa — reagiu Zeca, de boa.

O Zeca é na dele, na maioria das vezes. Exagerado, fala com as mãos, cheio de estilo, mas sabe ficar quieto e usar e abusar da discrição quando necessário. Sua autoconfiança é tanta que às vezes causa estranhamento nos mais inseguros. Ele nunca deixa alguém sem resposta. Quem me dera ser assim...

A professora de História entrou na sala, mas nada da Tetê. Quando a turma toda estava compenetrada na aula, ela chegou. Pediu desculpas pelo atraso e caminhou até o fundo, de cabeça baixa. Sentou-se isolada, nem olhou pra minha cara, nem para a do Zeca. Não olhou pra ninguém, na verdade.

No intervalo, Zeca e eu fomos falar com ela.

— Eu não quero conversar com vocês!

— Mas a gente quer conversar com você — falei.

— E você precisa ouvir, senão vai ficar alimentando esse bando de minhocas que estão passeando na sua cabeça. — Zeca foi direto. — Você não pode brigar comigo porque eu disse que consigo entender o lado de cada um.

— E por favor, acredite, eu estou sofrendo desde o dia que descobri que ele estava falando com a Ingrid — desabafei.

Ela baixou os olhos, fez um silêncio interminável e então falou:

— Eu conversei com meu avô. Ele também entende o Dudu. Ele e a Ingrid foram namorados e a doença da mãe dela é séria. Pediu que eu me colocasse no lugar dele. Que se ele não falasse com ela isso diria muita coisa sobre a personalidade dele. Ele acha que o coração do Dudu não seria tão bom se ele não falasse com ela.

— Minha avó falou a mesma coisa — comentei.

— Mas por que ele não me contou logo, então?

— Medo de te perder! Ele te ama! — expliquei.

— Ai, não fala assim que eu derreto, Davi — pediu Zeca.

— Mas você, Davi... Você não me contar... — Deu pra ver que Tetê estava prendendo o choro.

— Tetê! Por favor, se coloca no meu lugar! Eu fiquei numa sinuca de bico, sofrendo sem saber como agir, querendo acreditar que meu irmão estava fazendo a coisa certa, torcendo para que tudo terminasse bem porque vocês são o casal mais bonito que eu conheço e morrendo um pouco todos os dias por não poder dividir com minha melhor amiga o que estava se passando. Falei pra ele que, quanto mais tempo passasse sem você saber, pior seria.

Ufa! Disse tudo o que eu queria dizer. Ela ainda não estava olhando no meu olho, mas seus ouvidos estavam bem abertos — e a respiração forte, pausada, profunda.

— Você disse isso pra ele? — perguntou Tetê, agora de cabeça erguida.

— Disse. Pode perguntar.

Ela suspirou.

— Tá. Eu preciso pensar. Você também entende que não tá sendo fácil pra mim. Que um lado meu está morrendo de saudade de você. E do Dudu. Ainda mais porque ele não me disse que ela se declarou pra ele.

— Isso não quer dizer nada pra ele, Tetê! É você que ele ama! — interveio Zeca.

— Mas eles tiveram uma história, a garota tem a cara de pau de reaparecer, sabendo que ele tá namorando, e se declara pro Dudu? Poxa! Como vocês querem que eu me sinta? Estou me sentindo desrespeitada!

— Não foi a intenção dele. Nem a minha... — admiti.

— De boas intenções o inferno tá cheio, Davi — declarou ela. O clima pesou. — Gente, preciso pensar. Não sou de fazer nada de cabeça cheia, mas, por favor, me deem um tempo, sim? Zeca, você eu até entendo, pensei bem no que disse, mas... o Davi tá difícil de encarar agora.

A professora da aula seguinte chegou, a conversa cessou e meu coração apertou. O resto da manhã foi esquisito. Tetê preferiu ficar longe de mim e eu respeitei a decisão dela. Ela precisava de espaço.

O mês de maio estava quase acabando e nada de a Tetê se reaproximar de mim, por mais que eu tentasse de todas as maneiras, via chamadas, WhatsApp ou sinal de fumaça. Quando não era ignorado, ela respondia monossilábica. Contei do beijo da Milena por mensagem e nem isso ela comentou. Quer dizer, leu e só disse: "Legal". Isso, vindo da Tetê, era pior do que ler e não falar nada.

— Pelo menos as suas mensagens ela responde — falou Dudu ao me ver no celular.

— Dá tempo ao tempo, Dudu. Está tudo meio recente — tentei consolá-lo.

— Eu sei. Mas acho que perdi minha moça, Davi...

Deu pena.

Junho começou e os dias se seguiram meio mornos. Continuei com minhas aulas de astrologia, vovó com sua hidroginástica e sua biriba com as amigas. Eu e Milena continuamos como estávamos antes do beijo, normais, o que eu achei ótimo, porque ainda não sabia como lidar com tudo aquilo. Se ela viesse me pressionar para ficarmos ou algo do tipo, eu não saberia mesmo o que fazer. Dudu continuou estudando e trabalhando feito louco. Nunca mais o vi trocando mensagens ou falando com a Ingrid. Torci internamente para que ele tivesse bloqueado o número dela para não ter mais confusão.

No colégio, Tetê ainda estava estranha, introspectiva, quieta. Logo ela que, depois de desabrochar no ano anterior, estava tão feliz consigo mesma. Confiante, sorridente, cheia de luz. Mas a luz parecia ter se apagado. No intervalo, Samantha veio conversar comigo.

— Ela disse que tá se sentindo como no outro colégio, excluída, mal-amada, sem amigos... — contou Samantha.

— Ainda bem que você se reaproximou dela, Samantha. É bom ela saber que pode contar com alguém.

— Calma, Davi. Tudo vai passar. Prometo que tudo vai acabar bem — garantiu ela. — Ah, você vai na reuniãozinha que a Bianca está organizando na casa dela? A Tetê deve ir.

— Não sei se estou com vontade. Preguiça dessas coisas — confessei.

— Vamos, bobo. Todo mundo vai. Aí, lá vocês aproveitam pra conversar.

— Tem certeza de que a Tetê vai?

— Ah, todo mundo vai!

Respirei fundo e fiquei de pensar. Quando acabou o intervalo, entrei na sala de aula e, apesar de saber que a Tetê precisava de espaço, não resisti e me aproximei:

— Tetê... Eu adoro você! Deixa de ser turrona e vê se entende o meu lado.

— Davi, eu entendo e juro que não tenho feito outra coisa senão pensar e repensar toda essa situação. Só me deixa ficar quietinha mais um pouco, tá?

Senti uma luz no fim do túnel. Ela já não parecia mais rancorosa, tentou interagir de maneira agradável comigo e não foi monossilábica. Tempo, tempo, tempo, tempo...

Só que, em casa, Dudu passou a me tratar secamente. Parecia que ele depositava em mim todas as esperanças de a Tetê voltar a falar com ele. Como se eu tivesse alguma ingerência nas atitudes de uma garota. Ou alguma culpa no que estava acontecendo.

Justamente numa hora em que eu precisava dos dois, eu me senti sozinho no mundo, sem ninguém pra conversar!

Ah! Que saco de situação também, viu? Eu estava tão irritado que não fui à tal festinha da Bianca. Soube que o Caio simulou um striptease, que o Orelha caiu de cara no chão, que Samerick se desentendeu (que novidade!), e Tetê, Samantha e Valentina combinaram de passar o fim de semana seguinte na serra, no sítio dos pais da Samantha, e que ela tinha um amigo português que viria passar as férias na casa dela. O amigo fez sucesso, conheceu todo mundo pelo Skype e ganhou muitos elogios das meninas.

Ou seja, não perdi nada.

Na semana seguinte à tal viagem para a serra, Tetê entrou na sala de aula com Valentina e Samantha. As três estavam entrosadíssimas. Era impossível não ouvir a conversa, as amigas falavam alto, riam alto, tão histriônicas que tanta "felicidade" parecia falsa. Dava a impressão que ela tinha encontrado novas melhores amigas, e que eu e o Zeca realmente já não tínhamos mais tanta importância na vida dela.

Ouvi dizer que Samantha tinha viajado sem o namorado pra ser uma coisa "só para meninas" e que elas fizeram o pacto de não falar de garotos (o que eu duvido que elas tenham conseguido), de comer brigadeiro, de ver *Once Upon a Time* e *Pretty Little Liars*, de jogar e ficar de bobeira na piscina. Eu e Tetê trocamos olhares, mas não durou muito. Em vez de ficar perto de mim, como sempre, ela decidiu mudar bruscamente seu rumo e caminhou decidida para perto das meninas.

No intervalo, fui tentar conversar com a Tetê mais uma vez. E, finalmente, ela falou comigo:

— Eu ainda não sei o que vou fazer, Davi. Tá tudo muito recente. Fico tentando entender por que o Dudu escondeu essa história de mim. Se ele tivesse falado desde o começo, contado da doença da mãe da menina, acho até que eu poderia ficar chateada num primeiro momento, mas depois iria dar força.

— Até parece que você é calminha assim.

Ela revirou os olhos.

— Como tá o Dudu? — perguntou ela, com o olhar preocupado.

Aquela pergunta era um bom sinal. Saber que a Tetê se preocupava com meu irmão me deu uma esperança de que as coisas iriam voltar à calmaria depois da tempestade.

— Imagina uma pessoa que perdeu tudo num furacão? Casa, comida, família? Ele tá assim, mas não perdeu nada disso. Na cabeça do Dudu, ele perdeu você, que parece ser bem pior do que perder tudo o que ele tem — falei. — Você é tudo para o meu irmão, Tetê.

Ela respirou fundo, olhou para baixo e depois olhou pra mim.

— Foi difícil demais entender por que você não me contou, mas meu avô me convenceu de que você só queria o meu bem — contou ela. — Além disso, você é íntegro e fez um pacto com o seu irmão. Davi não quebra pactos — concluiu com um sorriso triste.

Fiquei feliz e orgulhoso com o reconhecimento da Tetê. Ela me conhecia profundamente, sabia do meu caráter. Se eu prometo uma coisa, eu cumpro. Não conseguiria combinar uma coisa com o meu irmão e fazer outra.

— Manda um abraço pro seu avô e agradece a ele — falei.

— As meninas também te defenderam no fim de semana, viu? Você tem um verdadeiro fã-clube.

— Agradece a elas também — pedi. — Agora... posso te dar um abraço?

— Pode, idiota, vem aqui. — Ela me puxou para um abraço apertado e cheio de saudade.

Ainda abraçados, ela explicou:

— Eu precisava de um tempo pra botar a cabeça no lugar, viu? Desculpa, Davi.

— Tá desculpada — falei, aliviado. Será que finalmente as coisas voltariam ao normal? Eu precisava checar, e não resisti em perguntar: — Mas... E o Dudu?

— Pra ele eu preciso de um pouco mais de tempo. Ainda tô me sentindo traída, sem chão, sem convicção, sabe? Perdi a confiança.

— Sei... Eu entendo, Tetê — respondi.

Embora tenha sido muito ruim ouvir aquilo, claro que eu entendia tudo perfeitamente. Eu conhecia a Tetê e podia imaginar muitas das coisas que estavam passando na cabeça dela naquele momento.

— Adoro você, não quero brigar mais não, viu, idiota? — Tetê me apertou mais forte ainda.

— Nem eu! — Retribuí o aperto.

Como era bom sentir minha amiga perto de novo, física e emocionalmente falando. De olhos fechados, pensei em quão ruim foi me sentir enganando a Tetê e ficar longe dela.

Um lado meu pensou em comentar sobre o beijo com a Milena. Mas eu não me sentia lá muito à vontade para falar de uma coisa romântica naquela hora. Achei melhor ficar quieto e fingir que nada tinha acontecido. Se acontecesse de novo, como o Zeca acreditava que aconteceria, aí, sim, eu dividiria com ela todos os detalhes, como fazíamos antes de todo esse estresse com o Dudu.

— Agora me conta do beijo com a Milena, pelo amor de Getúlio! O assunto já é praticamente antigo, mas eu não esqueci, não. Vamos nos atualizar, por favor — pediu ela.

Um lado meu pensou "Droga!" (eu não estava mesmo a fim de entrar nesse assunto) e o outro pensou "Até que enfim ela quis saber do beijo!", pois denotava que ela estava voltando mesmo ao normal comigo. Ainda não a sentia como a Tetê de antes, mas ela estava voltando. Ufa!

— O que você quer saber?

— Tudo!

— Não tem muito o que contar... — reagi, tímido e um tanto desconfortável. Nem sei por que fiquei desconfortável, mas fiquei.

— Como não? Você gostou? Foi bom? Foi péssimo? Lindo? Romântico? Selvagem? Bateção de dente? Língua bacana? Bacana no sentido de textura, desempenho e elasticidade. E a velocidade? Era língua calma ou língua de ventilador descontrolado? Anda, conta!

Meu Deus! Por que garotas se preocupam tanto com ESSE TIPO DE DETALHE?

Antes mesmo que eu respondesse, Zeca resolveu falar por mim com o dom que só ele tinha de aparecer onde não era chamado:

— Foi bom. Inesperado, estranho, como ele diz, mas bom. E que bom que aqui tudo parece estar voltando ao normal! Bom dia pra vocês também!

Eu quis voar no pescoço dele. Como tinha cara de pau de se meter nesse nível na minha conversa com a Tetê? Olhei feio pra ele.

— Pô, Zeca!!

— Que foi? Menti? — perguntou Zeca com naturalidade, me encarando assustado.

Nem respondi.

— Bom e estranho? — assustou-se Tetê.

— Não foi exatamente assim... — tentei explicar. Fui cortado mais uma vez.

— Foi inesperado, teve plateia mal-encarada, ele *não* é um garoto beijador, ela foi toda-toda pra cima dele, então foi um beijo legal pero *no mucho*, mas foi legal — Zeca falou por mim.

— Legal pero *no mucho*, mas legal? Caramba! — exclamou Tetê, tapando a boca.

Estranhei. Será que a Milena tinha falado algo pra Tetê? Garotas não precisam de muito tempo de convívio para se tornarem grandes amigas.

— Por quê? A Milena gostou muito? Gostou tipo amou? Para! Gostou tipo tá apaixonada? Tipo quer casar e ser feliz pra sempre com o Davi? Ai, que bafo!

— Para, Zeca! — pedi, firme.

— Apaixonada? Não! Ai, Zeca, que absurdo. Foi só um beijo — falou Tetê serenamente. — Mas acho que ela gostou. Sei lá, também.

— Sei lá?! — Zeca repetiu. — Sei lá? Ah, Teanira, vá caçar Pokémon com suas BFFs de fim de semana, mas não acha que engana a gente, não, violão!

— A gente não, violão? — gargalhou Tetê.

— É, tô andando muito com o Davi. Me ouvi agora e achei que tinha 102 anos.

Os dois riram juntos. Até eu ri. Zeca logo voltou ao assunto:

— Até parece que a Milena não falou hooooras sobre esse beijo com você.

— Falou! — declarou Tetê, sucinta.

— O QUÊ?! Você tem falado com a Milena, Tetê?

— Direeeeeto! — respondeu ela.

— Então, fala! — pediu Zeca.

— Fala o quê, Zeca? — Tetê quis saber.

— O que a Milena falou do beijo!

— Que foi legal.

— Só legal? — perguntei.

— Só legal.

— Se for só legal tá tranquilo, pro Davi foi só legal também. — falou Zeca, e ficamos todos meio no ar.

— Tá, mas agora precisamos falar de algo sério. O que eu digo pro meu irmão, Tetê? — Mudei o foco da conversa, antes que entrássemos em um terreno perigoso. — Fala, Tetê. Você vai deixar meu irmão nesse sofrimento por quanto tempo?

Ela suspirou. Um suspiro lento, profundo.

— Diz pra ele... diz pra ele me dar mais um tempo.

— Sério? — perguntei, um tanto desapontado.

— Sério.

— Tetê, vou te fazer um pedido, então. Para de ler e não responder as mensagens. Coitado. O Dudu te ama, e seu silêncio tá deixando ele louco — falei.

— Quem mandou me esconder uma coisa tão grave? Ele devia ficar feliz que eu desbloqueei o número dele, isso sim.

Baixei os ombros. Era difícil discutir com a Tetê.

— Você não acha que já castigou ele o suficiente?

— Não quero mais falar disso. O que tiver que ser, será — decretou ela.

— Eu acho você uma grandessíssima imbecil se largar o Duduau por causa da Ingrid, que já é um assunto tão velho que está até de cabelo branco. Vai dar o boy de bandeja pra ela? Me poupe, isso é burrice — implicou Zeca, com sua sinceridade habitual.

— Zeca! — bronqueei. — O meu irmão nunca mais vai ficar com a Ingrid. Ele não sente absolutamente nada por ela.

— Mas é homem, e homem não sabe ficar sozinho por muito tempo. O Duduau gosta de namorar, é caseiro. Se levar um toco e se sentir carente, pega a primeira que aparecer. Mesmo que a primeira seja a Ingrid.

Uau. O Zeca, quando atacava de sincero, sai da frente.

Pensativa e aparentemente preocupada com o discurso, Tetê pediu licença para ir ao banheiro e não voltou mais. Pouco depois, a vi conversando animadamente com Laís, Bianca, Valentina e Samantha. Deu pra escutar que elas estavam comentando que Samantha iria no fim do dia buscar o tal amigo português no aeroporto do Galeão.

Capítulo 8

NO DIA SEGUINTE, LOGO QUE CHEGUEI À ESCOLA, SAMANTHA VEIO corrraendo falar comigo, dizendo que o amigo dela havia chegado de Portugal e que ela estava doida para apresentá-lo para mim e para toda a turma.

— O nome dele é Gonçalo, Davi. Estou combinando com todo mundo de ir hoje, lá pelas cinco horas, em um quiosque no Leblon, depois te passo o nome. Vamos? Me diz que você vai, por favor!

— Ah, acho que eu consigo, sim, Samantha — topei, e fiquei pensando que seria divertido conhecer alguém que falava a mesma língua que eu, mas era estrangeiro.

De repente, a Laís veio correndo na nossa direção, morrendo de rir com o celular na mão.

— Gente, o blog do Zeca tá cada vez melhor. Esse cara tem talento! Olha isso, tô adorando! — disse, mostrando o texto na tela.

BLOG
DO ZECA

HOME   PLAYLI T   **DICAS**   MODA   CONTATO

Outro dia li em algum lugar que não me lembro o seguinte "ensinamento": A verdade é uma só: "Mulher bonita é mulher feliz." Variante de "A melhor maquiagem é a felicidade".

Pelo amor de Getúliooooo! Então agora felicidade é sinônimo de beleza, gente? É só ser feliz pra ser bonito? Todos os seres humanos felizes no planeta são bonitos?

Não, claro que não!!!!! 🙄

Por acaso você acha que a Fernanda Lima fica parecendo uma cacatua eletrocutada quando tá triste? Que a Kendall Jenner vira uma garça com hemorroida quando bate uma bad? Que a Marina Ruy Barbosa fica igual a uma iguana desidratada quando sofre? Não, meu povo!

Do mesmo jeito que dinheiro não traz felicidade, felicidade não traz beleza. Pode trazer, sim, um brilho no olhar, um viço na pele mas beleza, BELEZA propriamente dita, não. E tudo bem! Por que é tão importante ser bonito? Perseguir psicopaticamente esse padrão de beleza irreal de hoje em dia vale a pena? Não, claro que não!

  — Nossa, tá certíssimo! Ahahaha! Adorei! — divertiu-se Samantha.

— Eu rolei de rir — comentou Laís. — Mas ainda bem que depois o Zeca falou de autoconfiança, que isso, sim, deixa a gente bonita.

— Senão o povo tacha logo você de fútil. Porque, você sabe, as pessoas às vezes não entendem o que leem ou nem chegam a ler tudo, mas criticam mesmo assim. Zeca não é bobo! — ratificou Samantha.

O autor do texto viu que falavam dele e foi se aproximando.

— Espero que não estejam mencionando meu santo nome em vão! — Zeca bradou.

— Estávamos falando do seu post no blog! Tá ótimo o que você vem escrevendo! E a gente estava comentando que o povo nem lê direito e critica, mas você conseguiu já se defender dos *haters* — explicou Samantha.

— Pois é, na hora de escrever eu tenho tentado me preocupar com a opinião das pessoas, e olha que não ligo nada pra opinião dos outros. Mas na internet é complicado, não quero saber de *hater* na minha vida. Já tenho problemas demais pra enrugar minha pele — concordou Zeca.

— Quanto maior o sucesso, maior o número de *haters*. Fato — analisou Valentina, que se aproximou e entrou na conversa, e falava, provavelmente, em causa própria.

Zeca estava pensativo, mas logo concluiu:

— Ai, isso me cansa. Mas já percebi que na internet não entendem muito ironia, deboche. Aí fica difícil. Às vezes, quero só fazer piada, mas posso ser tachado de politicamente incorreto ou outras chatices por gente que não entende que eu estou só fazendo piada. O mundo tá muito chato, cobrando e julgando tanto. Às vezes dá vontade de desistir.

— Ah, não! Não desiste! Continua que está ótimo, Zeca — pediu Laís.

Samantha aproveitou que a turma estava reunida e reiterou o convite.

— Falei com todos, né? Às cinco no Leblon, pra todo mundo conhecer o Gonçalo. Vamos enturmar meu amigo, *please*.

— Você falou com a Tetê? — eu quis saber.

— Eu ainda não encontrei com ela, mas quando encontrar eu falo — disse Samantha. — Ah, Davi, se você quiser levar aquela sua amiga da astrologia, pode levar! Tetê me falou dela. Quanto mais gente, melhor!

— Hum, obrigado, Samantha — agradeci, sem dar mais explicações, porque na verdade eu nem saberia o que falar.

O fato é que eu não tinha explicações nem para mim. Eu só sabia que não me sentia nem um pouco à vontade de chamar a Milena para aquele programa. Eu ainda não tinha decidido o que nossa relação significava, se ela iria para a frente, para trás ou ficaria no mesmo lugar. Achei melhor não misturar os mundos e alimentar algo que eu nem sabia se queria que crescesse.

— Ai, gente, tô louca pra conhecer o portuga ao vivo. Ele era muito gato pelo Skype! — falou Valentina.

— Na verdade, ele não é português, lembra que eu disse que ele tinha nascido aqui no Rio? — explicou Samantha. — O pai dele, sim, nasceu em Lisboa, e a família foi para lá quando o Gonçalo tinha 8 anos. Mas a gente nunca perdeu o contato. É louco, porque a distância meio que até aproximou a gente.

— Ah, entendi — falei, meio desapontado, por querer conhecer um estrangeiro legítimo. — Mas ele tem sotaque, né?

— Sim, ele é totalmente portuga no jeito de falar e de vestir. É muito engraçado!

— Ok. Tô louca pra conhecer o portuga brazucaaaa! — bradou Valentina.

— Olha ela toda interessadinha! — brincou Zeca, fazendo a menina corar.

— O Gonçalo é lindo mesmo! Tipo modelo, todo fortinho, barriga tanque, coisa de loucooo! — disse Tetê, chegando de repente, para surpresa de todos, e sentando na roda de conversa.

— Tetê! — gritei.

— Olha outra fã do moço aí, toda interessada — perturbou Zeca.

Todos se assustaram e olharam pra mim.

— Essa empolgação é só pela beleza do cara, né? Tem o Dudu na sua vida ainda... — quis confirmar.

Tetê ficou sem graça, mas Valentina, sua nova melhor amiga de infância, falou por ela:

— Davi, relaxa! A gente fala assim de garotos bonitos mesmo. Com ou sem namorado na área. É coisa de menina.

Entendi, mas era realmente estranho pra mim compreender tamanha empolgação por causa de um garoto. Além disso, ultimamente eu estava vendo bastante a Tetê conversando com o Caio, entrosada demais para os meus parâmetros. Fiquei achando que o namoro dela com meu irmão estava indo por água abaixo.

O sinal tocou, todo mundo dispersou para entrar na sala, mas puxei a Tetê de lado para confirmar minhas aflições.

— Tetê, desculpa, mas... Sei lá... Tenho visto você e o Caio conversando de um jeito íntimo demais nos últimos dias, agora vejo essa animação com o português... Você desencanou do meu irmão? Ele vai sofrer pra burro!

— Davi, a história do Gonçalo a Valentina já explicou. Menina é assim mesmo. Agora, eu e o Caio? É sério isso? O Caio é um dos caras mais legais que eu conheço, um fofo, que está virando meu amigo de verdade — reclamou ela, antes de respirar para uma breve pausa e prosseguir: — E olha só, Davi, eu não sei em que pé está a minha relação com seu irmão e também não me sinto na obrigação de te dar qualquer tipo de explicação.

Não disse que a Tetê ainda não era a minha Tetê? Estava voltando aos poucos, mas, depois desse discurso, percebi que nossa amizade tinha andado algumas casas para trás.

Tetê é uma garota teimosa e cabeça-dura às vezes, o que não tem a ver com Sagitário. Preciso fazer o mapa astral dela. Aposto que tem ascendente em Touro. Touro ou Capricórnio.

MINHAS IMPRESSÕES SOBRE A PESSOA DE
SAGITÁRIO (TETÊ)
REGENTE: JÚPITER

COMO É:
Alegre, curiosa, sortuda, otimista, delicada, livre. E, o melhor de tudo, ri com vontade (e não tem preguiça de sorrir com a boca toda, bem Tetê pós-aparelho).

DO QUE GOSTA:
De bons livros, de cuidar da casa e dos amigos, é ótima ouvinte, adora dar conselhos e não abre mão da liberdade. Quer ver um sagitariano feliz? Coloque-o num avião que ele fica feliz da vida, seja o destino Quixeramobim, Veneza ou Amsterdã.

DO QUE NÃO GOSTA:
Injustiça. Também não tem muita paciência com gente de raciocínio lento. Inteligente ao extremo, costuma se afastar de quem tem pouco mais de dois neurônios. Dividir os problemas não é algo fácil para o sagitariano, que prefere sofrer em silêncio a compartilhar a dor com alguém.

O QUE FAZER PARA CONQUISTÁ-LA:
A mulher de Sagitário procura um homem que saiba protegê-la, que dê colo e carinho mas que também respeite sua

individualidade. É uma garota muito difícil de conquistar e que não se deixa encantar facilmente. Como diria o Zeca, garotas de Sagitário podem ser consideradas CPM (Chatinhas pra Namorar) por alguns garotos.

FUJA SE FOR DE:
Peixes, Capricórnio, Escorpião, Touro, Virgem e Câncer.

COMBINA COM:
Libra, Áries, Leão e Aquário.

O DIA SEGUINTE AO PRIMEIRO ENCONTRO:
Se quiser esperar mais um dia para entrar em contato, eu recomendo. O sagitariano gosta de liberdade, de espaço, e uma chuva de mensagens ou um telefonema podem fazer com que ele se sinta sufocado ou tema perder sua individualidade.

À tarde, enquanto eu assistia a mais um episódio de *Stranger Things* — série que demorei para começar, mas que agora não conseguia parar de ver —, vi que tinha sido adicionado a mais um grupo de WhatsApp que acabara de nascer.

(**GIRÍSSIMOS**)

Davi, Gonçalo, Samantha, Tetê, Erick, Laís,
Valentina, Bianca, Orelha e Zeca

SAMANTHA

E aí, gente? Partiu quiosque? Vamos no Riba, tá?

ZECA

Partiu Riba! Louco pra conhecer esse boy magia!

GONÇALO

😵 Então muito prazer, o boy está no grupo. Não se considera magia, mas se tu achas que magia é uma palavra adequada à minha personalidade, aceito de bom grado

ZECA

Ui, desculpa, ó, pá. Nem te conheço e já saio te chamando de boy magia 😵 Eu não valho nada mesmo!

GONÇALO

Nada que pedir desculpas, está tudo bem

SAMANTHA

Vamos daqui a pouco para pegar mesa. Quero que o Gonça veja o pôr do sol. Vamos lá umas cinco mesmo?

DAVI

Cinco também conhecido como daqui a quarenta minutos?

ERICK
Desculpa o Davi, Gonça. Ele é ruim de piada mas é um cara muito gente boa

GONÇALO

TETÊ
Bem-vindo, Gonçaloooo! Tá todo mundo querendo te conhecer, não é só o Zeca, tá?

GONÇALO

SAMANTHA
Para tudo! O que é giríssimo? Um negócio que gira? 😁

GONÇALO
Giro é bonito em Portugal. Foi uma homenagem da Samantha para a terrinha do meu pai

SAMANTHA
Sou dessas. Fofa e homenageadora de amigos fixes

LAÍS
Fixe? (Bem-vindo Gonça!)

> **BIANCA**
> Oi Gonçalo, bem-vindo, mas infelizmente não vou conseguir ir hoje!

> **SAMANTHA**
> Fixe = legal, maneiro, gente boa

> **GONÇALO**
> És quase uma portuguesa, Samy! 👏👏👏 Problema algum, Bianca, teremos novas oportunidades certamente

> **SAMANTHA**
> 😊 Até daqui a pouco, gente! O Gonçalo é mais portuga que brazuca, viu? Preparem-se para conhecer o sotaque mais fofo do mundo!

> **ORELHA**
> Foi mal, povo, mas não vai dar pra mim tb!

Na hora marcada, após uma breve caminhada do metrô até a orla, cheguei ao Riba, um quiosque muito bonito, com cadeiras na calçada e também na areia, gente bonita à espera do pôr do sol, com bebidas coloridas nas mãos, beliscando petiscos apetitosos. Estavam todos lá, menos o Erick (que demorava mais que a mais demorada das mulheres para se arrumar), Samantha e Gonçalo. Mas não se passaram nem quinze segundos, e

Samantha chegou com um rapaz — Gonçalo, óbvio — que exclamou assim que se aproximou e viu o lugar:

— Uau! Que sítio fixe!

— Oi, povo! Esse aqui é o Gonçalo, agora apresentado pessoalmente.

Todos se cumprimentaram, e Zeca confirmou as impressões do português.

— Realmente, arrasou na escolha do lugar, Samantha! E do amigo, que é realmente gato. Só vou conseguir beber um suco, porque é meio carinho aqui. Mas vale muito a pena pelo visual — disse nosso blogueiro.

— Ah, também não viemos aqui pra encher a cara de comida, vai todo mundo jantar em casa depois. É só um lugar legal pra estarmos juntos, né? — comentou Tetê.

— É isso — falou Samantha. — Indicação da minha mãe, que veio com as amigas outro dia e amou.

— Bom que o dia tá lindo e o pôr do sol vai ser um espetáculo — comentou Valentina.

— É espantoso como aqui no Rio, mesmo no inverno, que é praticamente a estação que estamos entrando, está sol e calor!

— O Rio é sempre assim, quente e ensolarado. Sempre lindo! — falou Laís.

— Ver esse pôr do sol vai ser muito giro — previu Gonçalo.

— De girar a cabeça. — Tentei fazer graça.

Todos me olharam com cara de interrogação. Não por não terem entendido a "piada", mas por não entenderem o motivo pelo qual eu insistia em falar quando não tinha nada de bom pra ser dito.

O Gonçalo era realmente muito legal. Parecia nos conhecer há tempos, tamanho o entrosamento. Simpático e alto-astral, ele nos fez rir várias vezes falando das diferenças entre Brasil e Portugal, das gafes dos brasileiros quando viajam pra lá.

— Há o queque, um bolinho muito saboroso, e há a queca, palavra que muita gente usa para se referir ao... Como é que vou dizer? — falou ele sem jeito. — Ao... ato sexual. Por isso, nunca peçam uma queca bem quentinha no balcão, como fez uma amiga minha em Lisboa, por sugestão minha, claro. O vendedor ficou louco por ela, todo sedutor, todo se seduzindo, como vocês dizem. Eu não conseguia parar de rir e ela não entendia nada — contou Gonçalo às gargalhadas.

Que sonho ir para Portugal. Taí uma viagem que eu adoraria fazer com minha avó, que também não conhecia a terra de Camões.

— Samy falou muito de vocês, especialmente do Zeca — contou Gonçalo.

— Bem ou mal? Manda a real, hein! — pediu Zeca.

— Desculpa, não percebi — respondeu Gonçalo.

— Não percebeu o quê, doido? — reagiu meu amigo.

— Perceber é entender. O Gonçalo é mais português que brasileiro, eu avisei. Lá eles não dizem "não entendi". É "não percebi" — explicou Samantha.

— Aaaaaah, táááá! Mas e então, ela falou bem ou mal de mim?

— Muito bem, Zeca, muito bem!

A hora passou voando e foi ótimo o entardecer com amigos na cidade tão linda em que morávamos.

— Posso saber por que neste lugar com tantas praias maravilhosas, só Zeca e Valentina têm cor de sol? Tetê e Davi são mais brancos que os mais brancos dos europeus, Laís também é clarinha! — disse Gonçalo.

— Eu não sou de praia mesmo — respondi.

— Ah, morro de medo de câncer de pele, então só tomo sol bem cedo, nos fins de semana, com protetor solar 70! — contou Laís.

— Eu também não sou de praia, nunca vou. Só ultimamente passei a frequentar mais a praia pra fazer caminhadas e uns exercícios por causa do meu... do... meu... namorado...

Tetê baixou os olhos.

Sem nada dizer, apenas pousei minha mão sobre seu braço, e ela sorriu com os olhos para mim.

Esperamos o sol sumir atrás do morro Dois Irmãos e ficamos mais uma horinha jogando conversa fora antes de pegarmos o metrô de volta pra casa. Fomos embora todos juntos. Gonçalo estava exausto, já que não tinha se acostumado ainda com a diferença de fuso horário. Fazia só vinte e quatro horas que havia chegado e ele ainda estava um pouco no horário europeu, com sono, como se fosse tarde da noite.

— Amanhã o Gonçalo vai me mostrar o filme em que ele atuou lá em Portugal. Querem ver também? — perguntou Samantha.

— Ora, Samy! — bronqueou o garoto.

— Ué, não podia convidar, Gonça? — questionou ela.

— Você disse que fazia teatro, não falou que trabalhava como ator de cinema também — comentou Tetê.

Gonçalo ruborizou.

— Samantha não sabe manter a língua dentro da boca! Não trabalho como ator, só fiz esse filme — explicou ele. — Íamos ver só nós dois, mas é claro que estão todos convidados.

— É sobre o quê?

— Olha, Zeca, verdade seja dita: o filme é ruim. Piroso e ruim.

— Piroso? — questionei.

— Cafona. Brega. Como vocês dizem mesmo?

— Cafona ou brega, tanto faz — respondi à dúvida dele.

— O guião, perdão, o roteiro é péssimo, demasiado lento, o filme é escuro, mas... há quem goste — resumiu, sincero. —

O pai de um amigo meu conhece o realizador, acho que realizador é diretor aqui, não é? Ou produtor?

— É diretor mesmo... — esclareceu Samantha.

— Pois então, ele soube que estavam precisando de adolescentes para o elenco, sabia que eu fazia teatro havia anos, indicou-me e pronto. Fiz uma participação.

— Que irado! — comentou Tetê. — Mas é sobre o quê?

— Vou tentar resumir em cinco palavras: natureza, sedução, vassouras, cogumelos gigantes e pestanas, que vocês aqui chamam de cílios, penso eu. Que tal o filme? — falou Gonçalo, visivelmente constrangido.

— Ui! — fez Zeca.

— Ui, nada! Pelo menos ele tem um filme no currículo, tá? — comentou Valentina.

— Não qualquer filme. Estamos a falar sobre o pior filme já feito em todos os tempos — definiu Gonçalo, fazendo a gente rir.

— Mas é isso que você quer ser? Ator? Eu morro de inveja de quem já sabe o que quer fazer da vida. Já, já eu vou ter que decidir, e queria ser tantas coisas... — comentou Laís.

— Não sei se ator é minha vocação real. Entrei no teatro para perder a timidez porque era a pessoa mais envergonhada que já pisou neste planeta — contou Gonça. — Gosto muito das artes, de um modo geral, componho, escrevo poemas...

— A Tetê está escrevendo um livro — contei, orgulhoso.

Ela riu, toda felizinha por eu ter mencionado o fato de ela resolver contar sua história de bullying e autoaceitação num livro.

— Ah, que giro! Sobre o quê?

— Sobre mim — respondeu ela, vermelha, uma graça. — Mas vamos voltar a falar de você. Seus pais são artistas? Daí tanto talento para as artes?

— Que nada! Meus pais são advogados, então acho justo estudar Direito. E é um assunto que me fascina, acho que eu daria um bom advogado, sabes?

— Mas eles não têm nada de artístico no gene? — perguntei.

— Meu pai. Ele toca todos os instrumentos lindamente. Mas nunca quis viver disso, sempre tratou como um hobby, o que eu acho um grande desperdício. Mamãe é escritora, tem dez livros publicados, todos para crianças, mas não lhe dão quase dinheiro algum.

— Ah, então você tem a arte no sangue — comentei. — "Arte no sangue" foi péssimo, não foi?

— Não, foi fofinho, Davi — elogiou Samantha.

— Então amanhã estamos todos convidados pra conhecer seu lado ator, oba! — comemorou Zeca.

— Era uma coisa só pra minha amiga aqui, mas como ela abriu a boca, claro que estão todos convidados. Será um prazer ver pessoas que acabei de conhecer assistindo a um filme que nunca deveria ter sido feito.

— Exagerado! — brincou Samantha.

— Então está marcado! — disse Zeca. — Amanhã não perco por nada esse cineminha!

— Sete e meia lá em casa, tá bom? — perguntou Samantha.

— Ótimo! — concordamos.

— Eu não vou poder, tenho médico — disse Laís.

— E eu tenho terapia — confessou Valentina. — É, eu tenho feito, sim!

— Tudo bem, a gente reapresenta a sessão outro dia — falou Samy.

— O bom de amanhã é que meus pais vão sair pra jantar com uns amigos e vamos ter a casa só pra gente — contou ela.

— Obaaaa! Dançar de meia pela casa todaaaa! — gritou Zeca.

Ao perceber nossas caras de espanto com o comentário, ele questionou:

— Que foi? Vocês não costumam deslizar de meia pela casa ouvindo música alta?

— Não! — respondemos em coro, rindo muito do maluco do Zeca.

— Vocês nunca dançam pelados de meia pela casa? — perguntou Zeca, meio chocado.

— Pelados?! — gargalhou Samantha.

— Claro que não! — respondemos todos em coro.

— Bobos. Não sabem o que estão perdendo!

Capítulo 9

QUANDO CHEGUEI EM CASA, CONTEI PARA O DUDU SOBRE NOSSO programa no Leblon, sobre o Gonçalo e sobre o "ato falho" da Tetê, que acabou se referindo a ele como namorado.

— Não entendo. Ela ainda me considera namorado mas precisa de mais um tempo? O que ela quer que eu faça? Me ajoelhe? Eu até me ajoelharia, mas nem falar comigo ela fala! — gritou meu irmão, sem esconder a tristeza.

Deu pena dele.

— Calma, Du, ela precisa do tempo para organizar os sentimentos...

— Já falei que bloqueei a Ingrid, que expliquei a situação e a menina entendeu, e que ela, Tetê, é a pessoa mais importante da minha vida, que dói todo dia ficar sem falar com ela... Já tô achando que ela não gosta tanto de mim quanto diz que gosta.

— Não é nada disso... Ela é sagitariana, gosta de ter o espaço dela e gosta de lealdade. Está se sentindo traída, mas tenho certeza de que te ama. É só questão de tempo.

— Espero que você esteja certo, meu irmão. Senão eu vou começar a achar que ela quer me castigar, e isso não é legal.

No dia seguinte, na escola, contamos para Bianca, Erick, Orelha e Caio como o Gonçalo era legal, o que tinha rolado e sobre o filme.

— Mas a gente marca outro dia com todo mundo pra ver, tá? Meus pais não vão estar em casa, eles iam implicar se eu levasse, tipo, umas dez pessoas lá — explicou Samantha.

— Ah, esses encontros assim sempre são cagados. Nunca dá certo — Zeca se meteu na conversa.

— Já pensei em tudo. No grupo da Valentina vão estar Laís, Orelha, Caio e Bianca. Assim o Gonça não se confunde porque é muita gente, gente! — avisou Samantha.

— Caio sem a Tetê? Estranho... — comentou Bianca, cheia de veneno.

Fiquei de ouvido em pé, mas não disse nada.

— Tetê? Mas a Tetê tem namorado, gente! — argumentou Laís.

— Se casamento termina, namoro então... — brincou Zeca.

Quis quebrar todos os dentes dele. Mentira, isso é só modo de falar. Quis quebrar só os dois da frente.

— Ah. Isso foi engraçado, não foi?

Notando minha cara feia, Zeca logo emendou:

— Ai, seu louco-que-não-entende-piada. Tô só fazendo graça!

— Eu sei — tentei disfarçar a irritação. — É que o namorado da Tetê é um cara muito bacana, e eu gosto muito dele. Não gosto de vê-lo sofrer, sabe? — Parti em defesa do meu irmão.

— Ah, Davi, isso é jogo baixo. — Bianca entrou na conversa.

As aulas daquele dia correram bem, embora a última tenha sido esquisita. Eu vi Caio e Tetê (que é a garota mais estudiosa e compenetrada em sala de aula que eu conheço) trocarem pelo menos uns seis bilhetinhos seguidos de risos abafados, o que me irritou profundamente.

Era inacreditável que o Caio Papagaio agora vinha deixando os amigos do fundão para sentar na frente todos os dias, atrás da Tetê. Taí. Os dentes DELE eu queria quebrar. Todos. Sidão, o professor, chegou a chamar a atenção dos dois.

— Dona Teanira e seu Caio, que conversa animada está rolando aí? Querem que eu pare a aula aqui para que vocês continuem? Se quiserem, posso ler esses bilhetinhos em voz alta pra turma toda saber do que se trata. Querem?

Tetê ficou roxa. Baixou a cabeça na hora. Caio não. Estufou o peito feito um pavão, e dava pra sentir que ele gostou de virar o centro das atenções por estar trocando bilhetes com a melhor aluna da turma.

— Mals aê, prof! Tô só aqui tentando aprender por *gosmose* com essa menina que, além de inteligente, é bonita pacas.

Eu quis voar em cima dele. Pela cantada tosca e pelo *gosmose*, devidamente corrigido pelo Sidão. *Gosmose*... "É osmose, imbecil!", eu tive vontade de berrar. Zeca olhou pra mim com a boca aberta e os olhos arregalados. Tetê ficou mais envergonhada ainda, e logo em seguida virou uma berinjela quando a turma começou a fazer gracinhas, a gritar "aêêê" e "Tá namorando! Tá namorando!".

— A fila anda, fessor! — disse Orelha, para gargalhadas gerais.

— Aí, Tetê, pra quem não tinha ninguém no ano passado, que mudança essa escola fez na sua vida, hein? — comentou Valentina, perdendo uma grande chance de ficar calada. — E ainda ganhou uma amiga fofa, linda e inteligente: eu.

— Aí pegou pesado, Valdeci! Inteligente onde? — devolveu Caio.

— Não me chama de Valdeci, Caio! Já falei que odeio! Para com essa mania ridícula! — chiou ela.

— Silêncio, turma! Ou vocês querem teste-surpresa agora? — Sidão botou a voz de barítono para fora e a turma ficou imediatamente mansa e silenciosa.

Na saída, como Tetê não tocou no assunto da bronca em sala de aula e fingiu que nada tinha acontecido (provavelmente aquela tinha sido a primeira bronca que ela tinha levado de algum professor), eu também não quis passar recibo e puxei outro assunto antes de me despedir de todos:

— Tudo certo pra hoje na casa da Samy?
— Super! Não perco Gonçalinho por nada! — disse Zeca.
— Será que rola nude?

Rimos com a espontaneidade do nosso amigo. Tetê também riu, o que me irritou um pouco. Sei que eu estava chato, cobrando dela uma atitude mais correta, de quem está sofrendo, e não toda risonha. Mas sei que no fundo ela estava sofrendo.

E eu sei como são as sagitarianas, elas sofrem em silêncio. A última coisa que eu queria era invadir a privacidade dela e virar *persona non grata* na sua vida. Infelizmente, eu acho que ela já estava, consciente ou inconscientemente, eu não sei, mais distante de mim.

— Minha mãe vai me levar, eu pego vocês dois e vamos juntos — falou Zeca.
— Beleza. Na volta a gente pode rachar um Uber — sugeri. — Erick vai com a gente?
— Cara, hoje é...
— O dia do futebol na praia — cortou Samantha, irritada.
— Isso — assentiu Erick, com cara de saco cheio.
— Vamos só nós quatro mesmo. Nós e nossa estrela — concluiu Samantha.

Às seis horas, quando eu estava entrando no banho, o celular apitou.

> **GIRÍSSIMOS**
>
> **ZECA**
> Gente! Deu ruim. Não vou conseguir ir hoje
>
> **SAMANTHA**
> Ahh não! Por quê?
>
> **ZECA**
> Longa história. Negócio de ♥. Um dia explico

Não resisti e mandei uma mensagem privada para o Zeca.

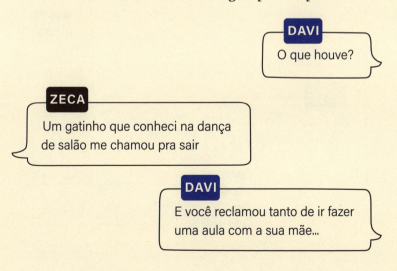

> **DAVI**
> O que houve?
>
> **ZECA**
> Um gatinho que conheci na dança de salão me chamou pra sair
>
> **DAVI**
> E você reclamou tanto de ir fazer uma aula com a sua mãe...

ZECA

Afe! Falei muito, né? Disse que era #coisadevelho

DAVI

Mil vezes

ZECA

😂 Mas depois lembrei da Dança dos Famosos e pensei: quem sabe um dia não tô na TV dançando tango na cara da sociedade?

DAVI

Que bom que você vai sair

ZECA

Não vou ficar sofrendo pelo falecido. A fila anda

DAVI

Isso aí!

ZECA

Vai e depois conta tudo! Com detalhinhos, pelo amor de Getúlio!

DAVI

Pena que você não vai. Mas a Tetê vai, então vai ser legal do mesmo jeito

ZECA

Claro que vai!

Mas no grupo Giríssimos, uma mensagem apareceu na tela.

TETÊ

Caríssimos giríssimos, eu também vou perder a sessão de hoje

GONÇALO

Ah não! Então cancelamos, malta! Marcamos outro dia!

DAVI

Ok então

SAMANTHA

Ok nada!! Neeeem pensar! Qualquer coisa a "malta" marca outro dia e vê DE NOVO!

GONÇALO

Impossível ver duas vezes a mesma bosta, Samy! 😂😂😂

SAMANTHA

😜 Mas hoje meus pais vão sair, a casa vai ser só nossa, podemos botar música alta, dançar, falar bobagem! Vocês pensam que isso acontece todo dia?

Enquanto os outros se comunicavam, escrevi para Tetê no privado:

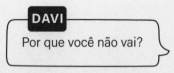

Ela leu imediatamente mas demorou para responder.

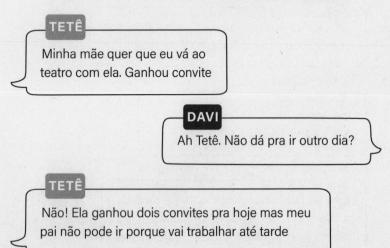

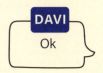

Não sei se comprei aquela história de teatro. Que droga duvidar da Tetê a essa altura do campeonato!

Voltei ao nosso Giríssimos.

> **SAMANTHA**
> Davi, você vem, né? Vou ficar muito chateada se todo mundo furar, na boa

Respondi na hora.

> **DAVI**
> Não, eu vou sim. Vai ser divertido!

> **GONÇALO**
> Esteja preparado para o pior filme de toda a sua existência 😣 Tua vida nunca mais será a mesma depois de hoje

Aquele Gonçalo era mesmo bem-humorado.

> **ZECA**
> Davi me representa! Davi representa a Tetê! Somos todos Davi!!!🖤🖤🖤

SAMANTHA

😂 Pode vir até mais cedo, Davi! Se quiser te pego aí, estou com minha mãe e o Gonçalo no Rio Sul, e posso te pegar em casa quando sairmos daqui

Muito carinhoso da parte da Samantha se oferecer pra me pegar em casa. Mas eu disse que ia de ônibus tranquilamente, já que o shopping onde elas estavam era pertíssimo da casa dela, e a volta para me pegar era desnecessária. Só que ela gentilmente insistiu e eu não tive mais como negar.

Enquanto eu corria para me arrumar e não me atrasar, meu celular tocou. Não acreditei quando vi quem era. Meu coração palpitou.

— Oi Davi!!

— O-oi, Milena! Quando tempo! Tudo bem... Tudo... Tudo bem?

— Tudo médio. Tô com saudade, você sumiu e quero te sequestrar hoje. Ou ser sequestrada por você. Quero muito voltar a ter a amizade legal que a gente tinha. Vou te falar a real: não quero que um beijo afaste a gente, Davi. Poxa!

Ufa! Respirei aliviado. Mas também ri sem graça. Que bom que ela era melhor com as palavras do que eu, e que bom que também estava desconfortável com nosso breve porém inconteste afastamento.

— O que você vai fazer hoje? Topa um cinema?

— Eu estava entrando no banho quando você ligou. Hoje vou ver um filme, mas na casa de uma amiga da escola.

— Tô sabendo, é a Samantha, né? A Tetê me contou.

— Ah, você tem falado com ela, é verdade. Ela me falou também.

— Tenho, sim. Gosto muito dela.

— Também gosto. Mas enfim... Ela não vai, e praticamente todo mundo furou, e eu prometi que ia.

— Ah, achei que você ia acabar não indo por causa dela. Ela tem um lance com o pai dela, né? Ou é com a mãe? Ai, não lembro, é muita gente na casa da Tetê! — Milena riu.

Mas me deixou meio encucado. Meninas não costumam contar detalhes uma para a outra? Como Milena não sabia EXATAMENTE o que Tetê ia fazer e com quem?

— Ela vai com a mãe ao teatro.

— Ah, é, isso mesmo — confirmou. — Mas e então? Fica chato você aparecer comigo lá na Samantha? Fala pra ela que sou limpinha e que, mesmo não sendo sábado, eu tomo banho quando vou à casa das pessoas.

Que enrascada! O que fazer? Ficava ou não estranho aparecer na casa da Samantha, aonde eu nunca tinha ido, com uma garota que ela nunca viu na vida?

— Vou falar com ela e já te respondo por WhatsApp.

Contei a situação e Samantha adorou a ideia de ter mais gente para ver o filme do Gonçalo, já que todos tinham furado. Então em seguida mandei mensagem para a Milena.

DAVI
Tudo certo, Milena. A rua é República do Peru, 70, apartamento 302. A gente te espera lá. A sessão começa às 9 tá? Até lá

MILENA
Fechado! 😘

Enquanto eu me vestia, não pude deixar de me perguntar: será que teria beijo de novo? Será que seria melhor dessa vez? Sem um motorista com cara de mafioso, certamente seria beeem melhor. Mas tinha o Gonçalo, a Samantha. Mas... ah! Eles tinham a nossa idade! Entenderiam, caso acontecesse algo entre nós. Mas...

Será que a Milena vai querer me beijar de novo?

Será que eu vou querer beijar a Milena de novo?

Quero.

Quero sim. Não.

Não sei.

Não quero. Ela mesma falou do beijo com naturalidade.

Ninguém tem que beijar ninguém.

Ou tem?

Para, Davi! Para! O futuro ninguém sabe como vai ser.

Vamos botar toda a atenção no presente. Que camiseta você vai usar? Essa aqui! O Zeca aprovaria? Não, claro que não. Então... Então... Já sei! Roxa! Boa, essa camiseta roxa é bonita. E foi o Zeca que me deu de amigo oculto no ano passado. Lembro bem o que estava escrito no cartão: "Roxo é a sua cor. Se joga sem medo de ser feliz! Digo, de ser Flicts!"

Ele se referia, obviamente, a *Flicts*, livro premiado do Ziraldo, que li na infância com a minha avó. Adoro a mensagem da história, sobre caráter, respeito e ser diferente. Ele dá a entender que todas as pessoas, por mais diferentes que sejam, possuem seu lugar no mundo. E Flicts também encontra seu lugar: a... Lua! Logo a Lua, o lugar que eu mais adoraria conhecer no universo. Por isso achei bem bacana o Zeca citar Flicts quando me presenteou com a camiseta roxa. Logo ele, que é totalmente flicts, e com muito orgulho. Pronto. Jeans, All-Star e camiseta roxa.

— Não vai levar um casaco, meu amor? — Dona Maria Amélia não falhava!

Avós e casacos, taí uma relação de amor profundo, inabalável e eterno. E um pouco estranho também. Não importa quanto esteja marcando o termômetro, a minha, pelo menos, sempre questionava a ausência de casaco.

Peguei um cinza e azul meio velho (nunca fui de comprar roupas. Tenho um corpo só, não preciso de muitas peças no guarda-roupa) e parti para a portaria, quando Samantha avisou que estavam chegando em frente ao meu prédio.

Quando abri a porta de casa, vovó não resistiu:

— Nunca te vi tão bonito! E cheiroso! Vai com Deus, amor meu, divirta-se!

Antes de descer, corri pra dar mais um beijo naquela que era a pessoa mais importante da minha vida, com a qual eu gostaria de ir pra Lua, pra Marte, pra Brás de Pina e para o Polo Norte.

Quando abri a porta do carro, ouvi uma exclamação de Samantha de um jeito que nunca tinha escutado.

— Noooooosssaaaaaa!!! — Ela falou assim mesmo, com todas as letras multiplicadas. — Tá lindooooooo!!!

Vera, a mãe de Samantha, sorriu e apenas disse a frase mais mãe que ela poderia ter dito:

— Tá bonitão mesmo, hein, Davi?

Gonçalo, simpático porém tímido, também tentou um elogio:

— Pareces o Kanye West com menos ousadia.

Será que aquilo era um elogio ou um deboche? Ao perceber minha cara de peixe fora d'água, ele acrescentou:

— Tás bonito, Davi. Tás muito bonito mesmo!

Baixei os olhos envergonhado e sorri sem jeito, em agradecimento. Seguimos para a casa da Samantha e lá, ao entrar, nos deparamos com o pai dela, seu Zé Roberto, conhecido como Baby, bebendo um suco na cozinha.

— Experimentem essa limonada, por favor! Ela é espetacular! Só eu faço limonada suíça que não dá afta — ofereceu ele, servindo rapidamente vários copos e praticamente forçando a gente a beber. Foi engraçado. — Bebam e deliciem-se!

— Muito modesto o meu pai, como vocês podem ver — brincou Samantha.

Limonada nunca me deu afta, mas se as que o pai da Samantha tomou deram afta nele, quem era eu pra discordar que a dele era *sensacional*?

— Hum! — fiz, tentando parecer deliciado, ao experimentar a mais açucarada das mais açucaradas das limonadas.

Por isso não dava aftas. Era açúcar com um pouco de limão. Só um pouco.

O casal não demorou para se despedir.

— Davi, se ficar muito tarde e você quiser, pode dormir por aqui, viu? Tem lugar suficiente pra todo mundo. A Samy ajeita tudo pra você — disse Vera.

— Sim, vamos chegar tarde e, caso você esteja com muito sono, pode dormir na sala de televisão onde o Gonçalo também está dormindo. O sofá vira uma bicama. Não tem necessidade de pegar táxi ou Uber de madrugada — complementou o pai da Samantha.

O que dizer numa hora dessas?

— Obrigado, Baby. Se precisar, vou considerar o convite, sim!

— Sua amiga que está vindo também pode dormir aqui, o convite se estende a ela — completou Vera, simpática. — A cama da Samantha também tem bicama embaixo.

Que casal querido!

Os dois saíram rapidamente e nos vimos sozinhos na casa. Gonçalo foi à cozinha e voltou perguntando se não tinha cerveja.

Ele falou que não era de beber, mas que aquela noite merecia um brinde. Nem eu nem Samantha nos animamos com a ideia. Nunca fui de beber, nem tinha vontade. Até porque meus pais morreram por conta de um motorista bêbado na estrada. Bebida pra mim nunca foi algo sedutor, muito pelo contrário.

— Então que não tenha cerveja. Não precisamos de álcool pra nos divertir! — resignou-se Gonçalo.

— Não precisamos de álcool pra nada, na verdade! — completou a anfitriã.

— Só para desinfetar as mãos — opinei, ganhando olhares de desdém de ambos.

Samantha foi além e me deu um soquinho no braço.

— Olha só, Davi! Estás a malhar? — zoou ela, apertando meu bíceps.

— Só em outra vida eu vou malhar, dona Samantha — respondi.

— Pois eu vou ao ginásio quase todos os dias em Lisboa — contou Gonça.

— Ginásio? — perguntei.

— Academia, como vocês chamam aqui! — respondeu ele.

Enquanto Milena não chegava, ficamos falando de várias coisas até cair no assunto do blog do Zeca, e abrimos o computador para mostrar para o Gonçalo um post recente que ele tinha feito sobre músicas e playlist para ficar feliz.

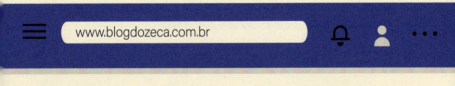

BLOG
DO ZECA

HOME **PLAYLIST** **DICAS** **MODA** **CONTATO**

Quando quero dançar e não tenho companhia (o que acontece praticamente todos os dias), coloco a playlist a seguir, com músicas para todos os gostos, porque não sou desses que, se gosta de uma coisa, não pode gostar de outra. Pelo contrário, quanto mais coisas agradarem aos meus ouvidos e ao meu coração, melhor pra mim. Dadivoso e pessoa de alma boa que sou, divido minha trilha feliz com você, leitor(a), porque a felicidade é incrível, mas é melhor ainda quando compartilhada. Ouça alto. E se seus pais reclamarem do volume, não vai dizer que foi seu novo blogayrinho do coração que mandou, tá?

BEST DAY OF MY LIFE – AMERICAN AUTHORS

(É pra pular pela casa inteira cantando "This is Gonna Be the Best Day of My Life! La-a-a-a-a-a-a-a-alaaaaife!" Quer coisa melhor que começar o dia falando que ele vai ser o melhor da sua vida? Eu canto, eu acredito.)

BE GENTLE WITH ME – BOY I LEAST LIKELY TO

Amo música animadinha. E essa fala de corações partidos de forma alegre e positiva, bem pra cima, como a própria música. E tem um instrumentinho lá atrás, todo delicadinho, que faz a música um bálsamo para os ouvidos. Bálsamo para os ouvidos é cafona? Reclamem com a Tetê, a revisora deste blog, que insistiu pra botar essa porcaria de bálsamo no texto.

BOOM SHACK-A-LAK – APACHE INDIAN

Essa é maravilhosaaaa! Da década de 1990, minha mãe ama e a gente dança desengonçado na sala e se acaba de rir. Não entendo quase nada do que o cara fala, mas o ritmo e a voz meio de robô zangado já me fazem dar um sorriso aos primeiros acordes.

SHAKE IT OFF — TAYLOR SWIFT

Além de alegrinha, essa música é a minha cara. O povo pode falar, os *haters* podem odiar, tô nem aí. E tem uma parte que ela fala "dancing on my own", ou seja, dançando sozinho, ou seja, eu. Taylor me representa.

TWIST AND SHOUT — BEATLES

Preciso dizer alguma coisa? É twist, é shout, é Beatles. Se joga. Próxima, por favor.

MY WAY — CALVIN HARRIS

Me chama de *one thing* e me deixa ficar no seu caminho, Calvin Harris! Nunca te pedi nada!

Fomos colocando músicas sugeridas pelo nosso blogueiro favorito e fazendo o que ele indicava. Rimos muito, dançamos e cantamos. Seguimos lendo, ouvindo e, claro, nos divertindo e contando casos para o Gonçalo, gargalhando muito da figura que era o Zeca. Que noite boa!

Quase duas horas se passaram e nós nem percebemos. Só vimos que eram quinze para as dez quando o interfone tocou, avisando que a Milena estava chegando.

— Milena tá subindo! Bora ver o filme do Gonçaaaa! — anunciou Samantha.

Alguns minutos depois, Milena e Samantha apareceram na sala de tevê. Samy puxava minha pisciana preferida pelo braço.

— Já viramos melhores amigas, Davi. Ela sabe tudo de Áries! — brincou Samantha.

MINHAS IMPRESSÕES SOBRE A PESSOA DE
ÁRIES (SAMANTHA)
PLANETA REGENTE: MARTE

COMO É:
Superprotetora, amiga, apaixonada, criativa, divertida, animada, sempre empolgada para tudo, seja para um lanche qualquer, uma balada ou uma viagem de fim de semana com a escola. Mas também é mandona, teimosa e impaciente. E faz a linha supersincera, o que pode afastar algumas pessoas.

DO QUE GOSTA:
Gosta de ser admirada por pessoas que considera bonitas e é intensa quando o assunto é amor. E gosta de fazer o que gosta, para convencê-la a fazer o que não está muito a fim é preciso ter ótima lábia. Caso contrário, ela vai te convencer a fazer o que ela quer, do jeito que ela quer, pois os nativos desse signo têm um incrível poder de persuasão.

DO QUE NÃO GOSTA:
De esperar. Quer tudo pra ontem. E odeia gente que se aproxima pra se dar bem com seus contatos, sua alegria, sua determinação em fazer acontecer. O ariano gosta de ter controle sobre tudo e todos e não suporta quando é incompreendido.

O DIA SEGUINTE AO PRIMEIRO ENCONTRO:
O ariano gosta de ser bajulado, mas não tem paciência pra mimimi. Vá direto ao assunto, seja objetivo sobre o que quer ou esqueça.

COMBINA COM:
Touro, Capricórnio, Virgem e Escorpião

FUJA SE FOR DE:
Leão, Sagitário e Gêmeos

— Ela sabe tudo de todos os signos. Fazemos o mesmo curso e ela é das alunas mais aplicadas! — elogiei, enquanto cumprimentava Milena com dois beijinhos.

— Sou nada. Ele que é — retrucou Milena, sorridente como sempre.

Para não entrarmos nessa troca mútua de elogios e constranger os demais, mudei de assunto para pôr em foco o grande astro da noite.

— Como se chama o longa? — perguntei, curioso.

— *As vassouras e seus devaneios* — respondeu Gonçalo.

— Não, sério. Como se chama? — insisti.

— *As vassouras e seus devaneios*! — repetiu ele.

Ele estava falando sério! O ridículo e inacreditável título era aquele mesmo. Que medo. O que falar numa hora dessas?

— Ah...

— Uma bosta, né?! A bosta começa pelo título! Não digam que não avisei! — frisou Gonçalo.

— Não! Não é nisso que eu estou pensando. Estou pensando apenas na peculiaridade do título — tentei.

— Peculiaridade? Davi, como disse a Samy, tu és um cara especial — falou o luso-brasileiro.

Fiquei sem graça. Mas eu estava mesmo desconcertado, espantado com o título. Parecia pegadinha. Não era.

— Anda, vamos botar logo, porque já tô ficando com sono — avisou Samantha, enquanto colocava o DVD.

O filme era realmente escuro, como nosso ator havia alertado mais cedo. E totalmente sem pé nem cabeça. Loooongos planos-sequência de cabelos sendo escovados uniam-se aos de vassouras que ganhavam vida durante a madrugada. Era nesse nível o filme do Gonçalo. NESSE NÍVEL! Era surreal. Louco, na essência da palavra louco. Era *inassistível*. *Inassistível* é uma palavra que não existe, mas que é completamente coerente como que agente estava vendo na tevê.

— É, gente, acho que isso é um filme... conceitual... como os cineastas gostam de dizer — arriscou Milena.

— Acho que é mais um filme *bostal*. Uma bosta com B maiúsculo, não te parece, Davi? — perguntou Gonçalo, rindo.

Envergonhado, mas querendo ser sincero, falei:

— É verdade. É uma bosta com B maiúsculo!

Rimos alto.

Samantha se mexeu no colchão abaixo do sofá, fazendo um barulho esquisito.

— Ih! A Samy dormiu — comentou Milena.

— Temos que falar mais baixo — complementou Gonçalo.

— O filme é tão ruim que teve o efeito de um sonífero na garota! — brinquei.

— Você tem insônia? Veja *As vassouras e seus devaneios* e resolva seu problema para sempre! — Gonçalo fez piada.

Rimos de novo.

— Shhh! — fiz, com medo de acordar nossa amiga, que parecia dormir feito pedra.

Estávamos sentados acima dela. Eu no meio, com Gonçalo do meu lado esquerdo e Milena, à direita, próxima à porta.

O filme era realmente muito, muito, muito, muito ruim! Eu precisava de mais muitos "muito" pra definir a real ruindade do negócio. Gonçalo não estava exagerando: era o pior filme já feito. Depois de um tempo, não dava mais para ficar fazendo chacota.

Precisei ficar calado para tentar entender se tinha alguma coerência na história.

Enquanto assistíamos, agora compenetrados na tela, num dado momento senti que o Gonçalo encostou a perna dele na minha. Isso chamou minha atenção, mas achei que foi sem querer, sem ele perceber, e não dei importância. Não demorou muito e ele desencostou, e eu concluí que tinha sido mesmo algo aleatório.

Só que depois de alguns minutos... ele encostou de novo! E ficou com a perna lá, encostada na minha, embora tivesse todo o espaço do mundo, já que o sofá era bem grande. Estava tudo escuro e Milena não percebeu nada.

Só que aquela perna encostada na minha começou a me causar um incômodo, uma sensação esquisita, estranha. Minha respiração acelerou e tentei me manter calmo — pelo menos *tentei* —, pensando que nada estava acontecendo. Afinal de contas, nada estava acontecendo! Só a perna de um amigo que estava encostada na minha...

Dali em diante, perdi toda a concentração no filme. Não conseguia mais prender minha atenção na tevê. Comecei a sentir um nó no estômago. Gonçalo seguia firme com a perna ali, encostada em mim. Depois de um tempo, percebi que o nó no estômago era mais um frio na barriga. E, de repente, senti um arrepio subir bem pelo meio da minha coluna vertebral, até minha nuca. Achei que eu estava passando mal. Achei que tinha comido alguma coisa que não tinha feito bem pra mim.

Comecei a respirar profundamente, tentando me acalmar e me controlar. Quando fiquei mais calmo, vi que eu não estava passando mal do estômago ou algo assim. Eu estava estranho mesmo. Eu estava bem, bem estranho com aquela situação.

Gonçalo, aquele garoto bonito, de bem com a vida e cheio de energia e vida, estava encostando a perna dele na minha, e ele já estava mantendo aquela perna assim havia pelo menos uns quinze minutos. Era óbvio que ele estava fazendo isso de propósito.

Bom, era fácil terminar com aquilo. Era só eu afastar a perna, me mexer, fingir que estava me ajeitando no sofá, conversar com a Milena...

Mas a verdade é que eu simplesmente não conseguia desencostar a minha perna da dele.

Aquela sensação começou a ficar muito agradável quando eu me acalmei. E parecia estranhamente familiar. Eu já tinha sentido aquilo, ou algo bem semelhante. Quando eu senti aquilo? Sim, senti algo parecido quando a Milena me beijou. Quando ela me beijou, era estranho, mas bom. Mais estranho que bom.

Só que agora eu estava sentindo mais "bom" que estranho. Eu tinha que confessar isso para mim mesmo. Samantha dormia profundamente e, mesmo sem olhar para o lado, percebi que Milena brigava com o sono, batendo cabeça. Ela estava meio que "pescando", abrindo e fechando os olhos. Parecia que nenhuma das duas estava ali. Eu não me atrevia a me mexer muito. Gonçalo assistia à tevê. Ou pelo menos parecia que estava assistindo.

Aquela situação toda era surreal para mim. A perna do Gonçalo encostando na minha, o filme rolando, a perna dele encostando de novo, minha respiração acelerando... As meninas dormindo, e eu pensando: "Que medo... que bom... que errado... que certo... que bom!" E por mais cabeça aberta e livre que eu acreditasse ser, também passava pela minha cabeça: "Que loucura".

É muito doido ter todos esses tipos de pensamentos ao mesmo tempo...

Tudo estava muito estranho. Eu estava achando estranho, mas não estava achando estranho. Dá pra entender? Eu queria aquilo, mas não queria aquilo. Por mim e por tudo o que aquilo representava. Mas aquilo era tão pouco... E tão muito!

De repente pensei: "A Milena está aqui ao meu lado! Eu a beijei outro dia! Quer dizer, ELA me beijou... Eu estou louco? Eu sou doente, será?"

Só sei que, naquele momento, desejei com todas as forças que ela não estivesse ali. Porque eu queria continuar a sentir o que eu estava sentindo, porque estava bom. E também não queria continuar a sentir o que estava sentindo, porque estava bom! Eu também queria continuar, porque nunca tinha sentido nada parecido. E não queria continuar, porque nunca tinha sentido nada parecido! Nunca tinha sentido, e nem fazia sentido. Mas fazia tanto sentido...

Aos poucos, Gonçalo, ainda olhando fixamente para a tela da tevê, assim como eu, foi deslizando sua mão vagarosamente até a minha e, muito discretamente, deixou a mão dele ao lado da minha mão. Olhei para o lado e vi que Milena tinha perdido para o sono, e havia recostado no sofá, de lado, de boca aberta. Timidamente, dei meu dedo mínimo para ele. E ele acariciou levemente meu dedinho. Depois de alguns segundos, entrelaçamos mais um dedo, e depois mais outro. Não trocamos uma palavra, mas dava pra sentir que nossas respirações estavam em compasso, e nossos corações, igualmente acelerados, batiam em harmonia.

Então, entrelaçamos os dedos. A mão dele por cima da minha, que estava apoiada no sofá. Minha mão estava (muito) suada, fria, embora eu estivesse quente. Não sabia se eu transpirava de vergonha, de estranhamento ou de medo de uma das duas meninas acordar. Ou de vontade de que aquele momento não acabasse. De repente, o celular de Milena apitou e, com o susto, nossas mãos se separaram e demos um pulo para trás. Milena despertou, Gonçalo imediatamente apertou o pause, e ela, meio sonolenta, olhou para o celular, leu a mensagem e falou:

— Ai, gente, nossa, caí no sono, desculpa! Mas relaxa, Gonça. Pode deixar rolando, só vou lá fora telefonar pra minha mãe.

— Imagina, a gente espera.

— Acho que vou demorar um pouquinho. Ela disse que não tá achando uma bolsa minha de jeito nenhum e quer sair com ela, mas eu não tenho ideia de onde está. Já volto.

Milena levantou e saiu pelo corredor. Samantha continuava imóvel, babando no sofá. Ao longe, ouvíamos a voz da Milena: "Tenta ver na parte de cima. Agora cata embaixo das meias. É, mãe! Das meias! Porque sim, porque sou louca e bagunceira! Achou? Ah, que bom".

Gonçalo e eu viramos na mesma hora para rir, cúmplices, da conversa da Milena com a mãe.

De repente, Milena voltou e falou:

— Pronto, gente, resolvi. Mas vou aproveitar e ir ao banheiro. Onde é?

— Podes usar o lavabo, lá na sala — indicou Gonçalo.

Assim que Milena saiu, foi muito doido. Imediatamente nos encaramos. Olhos nos olhos. Eles pareciam ter um ímã, não conseguíamos parar de nos olhar. Menos de um metro de distância nos separava. Senti um frio na barriga, minhas pernas bambearam. Eu senti novamente um arrepio correr pela minha coluna. Quando eu menos (ou mais) esperava, Gonçalo segurou delicadamente minha nuca com as duas mãos e me deu um beijo. Na boca. De língua. Seguro, macio e confortável. E eu senti como se meu coração fosse uma bola de fogo prestes a explodir no meu peito.

E ele veio tão desarmado, tão de boa, tão leve, tão...

E foi um beijo tão suave e tão seguro ao mesmo tempo...

Tão forte e tão doce...

Tão... tão bom...!

Não.

Muito mais que bom. Muito bom! Muuuuiiittto bom!
Como eu imaginava que um beijo perfeito deveria ser.
Isso, perfeito. Perfeito! Aquele foi um beijo perfeito!
O beijo dele, o nosso beijo, era um beijo perfeito.
O melhor beijo que podia existir.

Capítulo 10

QUANDO NOS AFASTAMOS DO NOSSO BEIJO PERFEITO, EU E Gonçalo sorrimos um para o outro, em uma cumplicidade tranquila. Mais que tranquila: serena. Eu sentia como se tudo se encaixasse, como se tudo passasse a fazer sentido, como se tudo estivesse certo a partir daquele momento. Experimentei uma paz como nunca havia sentido antes. De repente, ouvimos passos. Milena estava voltando. Nos sentamos no sofá como estávamos antes e a ouvimos falar, assim que entrou na sala de tevê:

— Minha mãe perguntou a que horas ela pode vir me buscar. Falei pra vir daqui a uns vinte minutos. Tá bom, né?

— Claro. Daqui a dez, quinze, no máximo a tortura acaba — respondeu Gonçalo descontraído, aparentando naturalidade.

— Que tortura o quê! Acordei cedo pra nadar e por isso dei uma dormida. Mas o filme é bom.

— Menos, Milena. Menos — pedi, brincando.

Os dois riram.

— Davi, cê vai comigo?

Ah, não! Eu não queria ir com ela. Eu queria ficar mais! Engoli em seco, buscando a desculpa que eu daria para ficar mais tempo com o Gonçalo e...

— O Davi prometeu fazer brigadeiro pra gente e pra dorminhoca aqui depois do filme. Eu se fosse você ficava também... — falou ele por mim.

— Adoraria, mas vamos marcar outro dia? Não sou a melhor companhia com sono...

— A pessoa vem com sono e ofereço o quê? Um sonífero! Que péssima primeira impressão tiveste de mim, Milena! Espero que me perdoes!

Impressionante que, mesmo com todo o falatório, Samantha nem sequer se movia. Aquilo sim era um sono pesado!

O filme acabou e alguns minutos depois a mãe da Milena avisou por mensagem que a filha podia descer. Ela perguntou se eu não poderia descer com ela e eu, claro, fui com prazer acompanhar minha... *amiga*. Milena me deu um abraço demorado e disse no meu ouvido:

— Vamos marcar alguma coisa só nós dois semana que vem? E sem esse portuga, que se acha e obriga a gente a ver filme ruim?

Não bateu bem escutar aquilo. De chato o Gonçalo não tinha nada. E ele estava longe de se achar! Confesso que me senti mal ao ouvir palavras tão ácidas saindo da boca da sempre tão doce Milena.

— Não deixa sua mãe esperando, menina! Depois nos falamos. Beijo!

Já no elevador, voltando para o apartamento da Samantha, senti um frio na barriga, uma alegria inesperada. Gonçalo tinha deixado a porta encostada. Entrei e fui para a sala de tevê. Não havia ninguém. Levei um susto quando Gonçalo entrou no cômodo.

— Cadê a Samantha? — perguntei.

— Ah, fiz ela ir para a cama. Ela pediu desculpas por não aguentar ficar acordada.

— Milena também já foi — comentei.

— Ah, me perdoa pela história do brigadeiro. É que... eu realmente não queria que tu fosses embora — disse ele com um leve sorriso.

— Eu achei uma ótima saída. Também não queria ir embora — admiti, um tanto tímido.

— Espero que tu saibas mesmo fazer brigadeiro — falou ele, rindo.

— Eu sei, aprendi com uma amiga. Mas quer mesmo que eu faça? — perguntei, meio descrente.

Ele sorriu, doce.

— Na verdade, eu estava pensando em outra coisa.

Gonçalo se virou, pegou o celular e conectou à caixa de som da sala de tevê. A música começou e ele não hesitou em chegar perto de mim e me puxar para me dar mais um beijo.

Eu estava um pouco assustado com tudo aquilo que estava acontecendo, mas ao mesmo tempo querendo muito viver aquela experiência. Então resolvi me entregar ao momento e me permiti beijar mais uma vez aquele garoto tão gente boa, tão bonito, tão carismático, tão simpático e tão... apaixonante.

Apesar de ser tudo novo pra mim naquela situação, o *sem* imperou: foi sem julgamento, sem crítica, sem preconceitos, e sem pré-conceitos também. Só sentindo e me deixando levar por aquela sensação, a melhor de toda a minha vida até então.

Senti meus cinco sentidos mais presentes do que nunca. O cheiro dele era muito bom, o toque da sua pele na minha era ótimo, o gosto de chiclete de menta do beijo dele não podia ser melhor.

O som da sua voz me acalmava e me fazia sorrir... E olhar pra ele, nas pausas do beijo, era mágico. Como ele era lindo! Tudo fazia sentido como jamais tinha feito.

Quanto mais ele me beijava, mais eu queria beijá-lo. Por mais estranho que parecesse, era tudo tão natural, tão real, tão eu. Sim, aquilo era eu! Eu! Pela primeira vez na vida, eu acho que estava sendo eu. Sem medo (talvez só um pouco, vai, não do beijo, mas do pós-beijo), sem amarras, sem máscaras.

Apesar do volume baixinho, para não acordar Samantha, que dormia no quarto ao lado, "Rock and Roll Life Style", do Cake, tocava no exato minuto em que nos beijávamos, o que deixava tudo ainda mais rock, mais redondo, mais certo.

Oh! Yeah! Right!, dizia a música. Certo. Muito certo.

Um vulcão parecia ter entrado em erupção dentro de mim. Eu estava fervendo. De timidez, de vontade de beijar mais e de insegurança também. Senti que tantas questões fizeram meu corpo falar e de repente eu travei. Não sei por quê, mas travei. Sentei no sofá, todo tenso.

— Que foi? De repente ficaste rijo como uma rocha, Davi. Algum problema? — perguntou ele, passando os dedos delicadamente no meu cabelo.

— Não. Quero dizer... Sim. Quero dizer... Não sei!

Eu estava realmente confuso.

— Não gostaste?

— Não! Gostei! — respondi no ato, e queria tanto que ele acreditasse em mim que elevei o tom de voz. Imediatamente, baixei para não acordar a Samantha. — Gostei muito!

Ele sorriu terno, segurou meu rosto com as duas mãos e olhou no fundo dos meus olhos, como ninguém jamais tinha me olhado. Minhas mãos transpiravam, meu estômago parecia ter um aspirador por dentro, de tanto que mexia. Era um misto de frio com calor que nunca sequer suspeitei que pudesse existir.

— Tu és lindo, Davi. Por dentro e por fora. Não deixe ninguém dizer o contrário, está bem? — falou Gonçalo, com seu sotaque único.

Achei tão bonito ele falar isso... E ele... Como ele era bonito!

Bonito de olhar, bonito de sentir perto. A cada minuto que eu o olhava, ele ficava mais lindo.

— Anda, vamos para a cozinha fazer aquele brigadeiro.

Achei uma boa saída para que eu pudesse relaxar. Chegando à cozinha, resolvi fazer a receita de micro-ondas mesmo.

Enquanto o prato rodava no aparelho, nos beijamos mais uma vez, e esse beijo foi ainda melhor que todos os anteriores. Intenso, eu diria. Cheio de sentimento e verdade. Quando acabou, tomei coragem e disse para ele:

— Sabe, é a primeira vez que eu beijo um garoto.

— É sério? — estranhou ele.

— Sério — olhei pra baixo.

— Mas por quê? — Gonçalo quis saber.

— Por que o quê? — Eu é que estranhei a pergunta.

— Por que nunca beijaste nenhum garoto?

— Sei lá, porque nada me levou pra isso. Na verdade, até o ano passado minha vida era bem solitária, eu só tinha beijado uma garota até então. — Respirei lentamente para prosseguir — E outro dia beijei a Milena.

Falei isso e enrubesci.

— Por isso estavas tão tenso? Por ela estar cá conosco? — perguntou ele.

— Talvez. Não. Sim. Sei lá...

— Ah, Davi. Estou entendendo. Vem cá, dá-me um abraço!

E ele me deu um abraço tão acolhedor, tão compreensivo, tão afetuoso, tão aconchegante! Ele parecia entender a montanha-russa cheia de sustos que rodava dentro de mim.

— E a Samantha? Ela... Ela sabe? — perguntei.

— De mim? Ou do meu interesse por você?

Ruborizei.

— As duas coisas — confessei.

— Quando saímos do quiosque ontem falamos sobre você.

— Ah, é? E o que falaram, posso saber?

— Eu perguntei de você, se tinha namorado. E ela disse que não sabia se você era gay ou não.

— A Samantha falou isso? — Eu me assustei legitimamente. Na verdade, eu meio que fiquei chocado com a percepção deles.

— Falou que ninguém na escola sabe, que tu és muito "na sua", que ela nunca te viu nem com meninos e tampouco com meninas.

Era chocante como as pessoas podiam perder tempo confabulando sobre a sexualidade de outras pessoas. Achei aquilo extremamente sem graça e até deselegante. Mas não entrei nesse mérito e falei exatamente o que me veio à cabeça naquele momento.

— Mas eu não sou gay! Quer dizer, eu nem sei se sou! Ou se agora sou... — fui confusamente sincero. — Nunca nem pensei nisso, sabia?

Ele sorriu e prosseguiu.

— Eu jamais teria tomado a iniciativa de te beijar se achasse que tinha algum clima entre você e a Milena. Pra dizer a verdade, achei até vocês meio distantes, imaginei que tu tinhas dito pra ela vir mais por educação e gentileza que por amizade.

— Mas foi exatamente isso! Desde que eu e a Milena nos beijamos, estamos estranhos um com o outro, por mais que a gente não admita. E vou te confessar uma coisa: acho que ela me beijou muito mais por curiosidade do que por vontade. A Tetê tava dando muita força, sabe como é menina.

— Sei, sim.

Ele deu o sorriso mais bonito que eu já tinha visto. Como era bom conversar com ele. Pela primeira vez, eu podia falar dos meus sentimentos com uma pessoa que não ia me julgar ou se magoar.

Nos abraçamos mais uma vez, até que o micro-ondas apitou.

Estava pronto nosso brigadeiro.

— Queres ver os erros de gravação? São muito mais divertidos que o filme.

— Bora!

Botamos o doce numa tigela e voltamos à sala de tevê, onde tudo tinha começado. Assistimos abraçados aos extras de *Vassouras e seus devaneios* até terminar. Parecia que éramos velhos amigos, cúmplices, parceiros. Parecia que nos conhecíamos havia anos. Era confortável estar ali com ele.

Será que sou gay?, era a pergunta que passeava pela minha cabeça. Mas e o beijo na Milena? Que não foi incrível, mas do qual eu gostei também? *Beijar um garoto me torna gay?* Meu Deus, quantas questões! *Para de pensar e aproveita o momento, Davi!*, dei bronca em mim mesmo.

"A gente está aqui pra ser feliz", diria o Zeca. E é verdade. Não era hora para pensar em rótulos. Existe hora para pensar em rótulos? Devo perder meu tempo pensando em rótulos?

O que aconteceu com o Gonçalo e não aconteceu com a Milena foi a batida do coração. Com a Milena, acho que ela acelerou pelo susto. Com o Gonçalo, pela emoção.

— Vamos ver um filme?

— Acho melhor eu ir andando... — falei. — Minha avó deve estar preocupada.

— Não... Fique mais um pouco... Ligue pra ela e diga que vamos... ver uma série, então.

Concordei e mandei uma mensagem, em vez de ligar. Enquanto Gonçalo procurava no Netflix uma série para assistirmos, já bem mais relaxado encostei minha cabeça no ombro do português brasileiro mais lindo da Via Láctea e... adormeci.

Acordei quando Samantha entrou na sala e acendeu a luz.

— Own... Que fofos os dois dormindo assim! — comentou ela.

Eu devo ter virado uma berinjela de tão envergonhado que fiquei.

O Gonçalo também tinha dormido (e com a colher de brigadeiro na mão!). Nem Samantha nem ele pareciam minimamente constrangidos. Só eu estava desconfortável com a situação.

— Relaxa, Davi. Eu dei a maior força quando o Gonça quis saber de você.

— Ele perguntou de mim? Então você sabe que ele... ele... que ele...

— Davi! Eu sei que o Gonça é gay! Ele é meu melhor amigo!

Baixei a cabeça, sem graça.

— Você não falou nada!

— Ué, por que falaria? Não tem nem por que falar, Davi! Por acaso eu comentaria alguma coisa se ele fosse hétero?

— O que querias que ela falasse? "Oi, tenho um amigo gay que mora em Lisboa e vai passar as férias cá em casa." Saber que sou gay muda alguma coisa?

Droga. Gonçalo ficou chateado.

— Desculpa... Vocês... Vocês têm toda razão! — admiti o óbvio. — Falar pra quê, né?

Que vergonha!

Sentindo meu constrangimento por tamanha falta de tato e de sensibilidade, Gonçalo me abraçou carinhosamente. Era como se me dissesse com o corpo: "Tudo bem, não precisa se sentir culpado, você é humano, falou por impulso".

— Só pra deixar claro, não me sinto nada ofendido por você ter falado isso, ok?

Foi a minha vez de abraçar a alma mais bonita que eu já tinha visto. Ele entendeu que não foi por mal, foi só falar sem pensar e sem questionar. Todo mundo faz isso o tempo todo. Que alívio saber que ele não ficou magoado.

— Deixa eu contar! Deixa eu contar! — Samantha finalmente estava animada depois de horas de sono profundo. — No dia do quiosque, assim que nós dois ficamos sozinhos, ele perguntou de você. Na verdade... agora que tô lembrando, Gonça... A primeira vez que você perguntou foi quando viu a foto do Davi no perfil do Whats!

— Mas a foto não é minha.

— É do Isaac Newton. Sensacional! — afirmou Gonçalo, rindo com o corpo todo.

Ri também, tímido, mas adorando ele adorar a foto do Isaacão. Eu gostava de mudar a foto do Whats. Sempre colocava algum cientista incrível, um filósofo, um descobridor.

— Só o Gonçalo mesmo pra saber a cara do Isaac Newton. Eu jamais saberia! — falou Samy.

— Eu faço colagens com recortes de fotos, tás lembrada? Estás lembrada do Junt...

— Junta-Mentes? Eu amo esse nomeeee! Até batizando suas obras você arrasa — derreteu-se Samantha.

— Junta-Mentes?

— É um mosaico que fiz usando só fotos de cientistas. Demorei umas duas semanas só imprimindo e recortando. Podes calcular que conheço a cara deles todos de cor e salteado — explicou ele. — Sinto-me da família do Darwin, adoraria tomar um café com Galileu Galilei e bater um papo com Thomas Edison.

— E com Stephen Hawking? — eu quis saber.

— Não ia conseguir nem falar perto desse gênio.

— Ah, tá, dos outros você ia ficar tranquilão — brincou Samantha.

— Não, mas os outros já morreram, o Hawking está entre nós.

— Espera, gente, é muita informação pra processar! — pedi. — Quer dizer que, além de atuar, eu estou na frente de um artista plástico que ama cientistas?

— O Gonça arrasa! Múltiplos talentos. Já encomendei um quadro com meu retrato, pra botar no meu quarto, mas ele ainda não tem coragem de fazer uma coisa grande — entregou ela. — Quer dizer, isso é o que ele diz. Eu acho mesmo é que ele tem preguiça de fazer uma coisa grande.

Gonçalo revirou os olhos e deu uma apertadinha no nariz da Samantha.

— Vou aos poucos, Samy, aos poucos. Sou novato nas artes — falou ele, modesto. — Quero estar bem seguro na hora de fazer uma coisa para si. És muito importante pra mim, não quero dar nada meia-bomba, meia-boca, sei lá como vocês falam.

Não era só no beijo que tínhamos sintonia. Era o cérebro, o raciocínio, os interesses, as atitudes, o discurso. Eu estava realmente impressionado com aquele garoto. E que sensação gostosa!

Com aquela conversa toda, nosso sono foi embora rapidinho. Sentamos no sofá para devorar o brigadeiro ouvindo música e rindo. Foi demais. Discutimos assuntos sérios (falamos de política, de machismo, de reciclagem de lixo, de futuro), amenidades, youtubers, filmes, *The OA* (Samantha não tinha visto a série, levou muita bronca da gente). Falamos muito, de tudo, de tanta coisa interessante. Que noite boa! Eu não queria que acabasse. De repente, do nada, Samantha soltou a pérola:

— Acho que você combina com o Gonça muito mais do que com a Milena, sabia?

— O q... O quê? O que você... Voc... O que você sabe da Milena? — arregalei os olhos.

— Sei que a Tetê, antes desse estresse todo com o Dudu, contou pra mim que tava botando pilha pra vocês dois ficarem — explicou a anfitriã. — E não precisa ter bola de cristal pra ver que ela paga muuuuita paixão pra você.

— Não achei, não — Gonçalo se intrometeu na conversa. — Pelo contrário, achei que ela o tempo todo quis passar a ideia de "somos amigos independentemente de beijo".

— Você beijou a Milena? — quis saber Samantha. Agora era ela quem estava de olhos arregalados.

Eu e Gonçalo respondemos juntos. Foi muito bonitinho.

— Ela me beijou.

— Ela o beijou.

Olhamos um para o outro, cúmplices, sorrindo satisfeitos. Olhando um no fundo do olho do outro.

— Tá bem, então. Tá explicado o olhar apaixonado.

— Ela não está apaixonada. Não sejas louca! Não está nem perto disso — falou Gonçalo.

— Eu também acho. Você viajou agora, Samantha — opinei.

E quando Samantha foi à cozinha pegar água para todos nós (por que brigadeiro dá tanta sede?), eu e Gonçalo ficamos nos olhando, mutuamente encantados. Era muita sintonia. Nossos corpos se chamaram. E, apesar de abraçá-lo com intensidade, tudo entre nós era muito suave. Peguei o rosto dele e, com as bochechas quentes como uma chaleira, beijei sua boca delicadamente. Cada beijo era melhor, mais bonito, mais...

— Não aguento vocês dois! Que coisa foooofa! — Samantha adentrou a sala cortando meus pensamentos e o clima, claro. — Entendi por que nenhum dos dois se ofereceu pra me ajudar. Querem ficar sozinhos e eu tô empatando, é isso?

— É, é isso — respondeu Gonçalo, rindo. — Deixes de parvoíce, eu e o Davi vamos ter muito tempo para nos encontrar, não é, Davi?

Foi a minha vez de dizer "É", todo bobo por descobrir ali, naquele momento, que ele ia querer me ver de novo. Que bom!

Gonçalo se levantou, pediu licença para ir ao banheiro, e deu uma desarrumada no meu cabelo. Enquanto ela servia água em copos grandes e coloridos, aproveitei para perguntar:

— A Tetê... A Tetê sabe do... do interesse do Gonçalo em... em mim? Você falou pra ela que... — Eu estava nervoso.

— Não! Relaxa! Não falei nada, jamais falaria. Nem vou contar nada. Não sou dessas, Davi.

Eu sabia. Samantha era discreta, uma menina doce que não combinava nada com fofoca e disse me disse. Na dela, nada intrometida, nada enxerida.

— E aí? Tá bom o negócio aí, né? — perguntou com a curiosidade estampada no rosto.

Tudo bem, ela não era *zero* enxerida. Respondi com os olhos que estava mais que bom.

— Cê jura que não vai contar pras meninas sobre o Gonçalo? Achei a Valentina toda interessada.

— Não, a não ser que role um interesse legítimo. Enquanto ficar nesse oba-oba, vou ficar na minha e deixar fluir. Se ela tiver que saber, vai ser da maneira mais natural possível — divertiu-se ela. — É engraçado, porque o Gonça não tem o menor jeito de gay.

Rimos juntos.

— Lembras do susto do Erick quando contei? — perguntou Gonçalo, voltando para perto de mim.

— Hahahaha! Lembro, claro! A gente tava se falando por Skype e o Erick tava aqui em casa e ouviu você reclamando de um ex. Mas, depois do espanto, ele ficou super de boa! Você não tem jeito de bicha purpurina, amor, você não é o Zeca. Por isso algumas pessoas se surpreendem.

Que casal bacana, Samantha e Erick. Vivem brigando, mas têm uma excelente qualidade: discrição. Discretos e nada preconceituosos. Deu orgulho ser amigo deles.

— Tem alguém esfomeado nessa casa?

A voz de Vera cortou meus pensamentos. Ao contrário de Gonçalo, que continuou como estava, com a mão na minha, eu dei um pulo e levantei do sofá apressado. Por algum motivo que nem eu sabia explicar, eu não queria ser visto com o Gonçalo daquele jeito.

— Já voltaram?! — indagou Samantha.

— Sua mãe implicou com a mulher do Alvarenga, e você sabe como sua mãe é quando implica, né? — explicou o pai da minha amiga.

— Ô se sei — reconheceu Samantha.

— Aí cismou de vir embora e eu vim, né? Ainda tive que parar pra comprar comida pra madame.

— Era tudo natureba demais pro meu gosto, filha. Só bebi um vinho orgânico e comi uns petiscos crus. Era tudo cru! E a mulher só fala de dieta, de balança, de corpo, ai que preguiça! — desabafou Vera. — Passamos na Guanabara e compramos pizza de champignon e marguerita. Quem quiser é só chegar na cozinha — avisou.

Pizza da Guanabara significava um pedaço de concreto estômago adentro. Enquanto Gonçalo e Samantha se preparavam animados para ir comer a famosa pizza, eu achei melhor agilizar pra ir embora. Sem contar que fiquei chocado com o fato de os dois terem comido um pote inteiro de brigadeiro e ainda considerarem comer pizza.

— Vou já encontrar vocês na cozinha. Vou só pedir um Uber antes. Tá na hora de ir pra casa. O sono tá brabo — contei.

A anfitriã foi na frente com os pais.

— Algum problema? — perguntou Gonçalo, pegando a minha mão. — Pulaste no sofá! Estavas tão a mil! Ias ficar com vergonha se a tia Vera ou o tio Baby nos vissem juntos?

Caramba! Gonçalo era direto. E eu não sabia a resposta.

— Não pulei do sofá.

— Pulaste, sim.

Baixei os olhos e admiti:

— Pulei. Desculpa.

— Por quê?

— Não sei. A resposta é exatamente essa: não sei.

Ele me abraçou forte. E, depois de um tempo, eu disse:

— Não sei como é a sua relação com seus pais, com os pais da Samantha, com a sua sexualid...

— O pai e a mãe sabem que sou gay há anos. Os pais da Samy certamente sabem também, embora sempre tenham sido discretos. Ela é minha melhor amiga há muito tempo. Estou num ambiente familiar. Nada aqui me envergonha ou constrange. — Ele respirou fundo e concluiu: — Na verdade, nada na vida me envergonha ou constrange.

Foi um tapa nos meus pensamentos preconceituosos. Um tapa no meu medo. Nos meus medos.

— Entendi.

— Mas tudo bem. Tá tranquilo, como vocês dizem. Foram só alguns beijos, não precisa se preocupar, ficar tenso, nada.

SÓ alguns beijos? *Só* não era uma palavra adequada para aquela situação. Eu queria falar tanta coisa, mas não conseguia.

— Acho que estás a pensar demais. Se vai ter outra vez, se não vai ter... Calma... — continuou ele.

Gonçalo ficava mais legal a cada vez que abria a boca. Tentei driblar os mil diálogos internos que aconteciam na minha cabeça para perguntar:

— Vai... vai ter uma segunda vez?

— Achei que já tinha deixado claro, mas vá lá. Sim, Davi, gostava imenso de ver-te novamente. Se quiseres... uma segunda, uma terceira, uma quarta...

Não falou uma quinta, uma sexta... Calou-se e, gentilmente, levou meu rosto para perto do seu e beijou doce e carinhosamente meus lábios. Eu me senti acolhido e reconfortado.

— Deixa estar. É tudo muito novo, não é?

— Muito. Muito novo.

— Então não coloque peso onde não há peso. Não se cobre, não queira respostas, apenas viva o momento.

Quanta maturidade para um garoto praticamente da minha idade...

— O seu, a sua, os seus pais.... os seus pais sabem, sabem da... do... de... Que bom. Eu... Eu nunca... Minha avó nem...

Ele fez apenas:

— Shhh... Não existem fórmulas, manuais. Segue sua vida e deixa ver o que acontece. De novo: foram só alguns beijos e abraços.

— E troca de emoção, e uma sintonia absurda, uma cumplicidade rara de se ver... — comecei a enumerar quando meu celular apitou. Era o Dudu, perguntando se eu queria que ele me buscasse.

Cancelei o Uber e combinei com meu irmão que desceria em quinze minutos, como ele pediu, e fui para a cozinha, onde uma cheirosa pizza seria devorada por Gonçalo, Samantha e seus pais. Apesar do aroma convidativo da comida, recusei e esperei na companhia deles o Dudu chegar.

Na cozinha, apesar de estar de corpo presente, minha mente estava longe. Pensei em tanta coisa enquanto eles comiam e conversavam: no beijo bom do Gonçalo, no conforto que eu sentia nos braços dele, na reação feliz da Samantha.

E também no meu passado, no tanto que implicavam comigo uns anos antes. "Bicha enrustida" foi uma das coisas mais preconceituosas que ouvi quando estava no Fundamental. Ao lado desse "xingamento" vinham "nerd assexuado" ou simplesmente nerd, como se isso fosse uma ofensa.

A maneira que arrumei para me blindar dos ataques foi me retrair cada vez mais. Deixei de falar com as pessoas, fiquei quieto no meu mundo, nos meus livros, respondendo apenas ao que me perguntavam, isolado, sem amigos. Erick e Zeca eram as únicas pessoas que se preocupavam em levar mais de dois dedos de prosa comigo.

Por isso, a chegada da Tetê na minha vida foi tão importante. Solar, ela me tirou do buraco onde eu fiquei escondido durante anos com o objetivo claro de não me mostrar para ninguém. Nem por inteiro, nem pela metade. Por isso, para muita gente, eu era uma incógnita. Mas quer saber? Até pra mim eu era uma incógnita.

Desci e logo vi o carro do Dudu. Ele piscou o farol e andei até seu carro.

— E aí? Como foi?
— O filme ou passar a noite com eles?
— As duas coisas.
— A noite foi ótima. Milena parecia amiga de longa data da Samantha e do Gonçalo. O filme foi péssimo. Péssimo mesmo.

Dudu riu.

— Sério? Ruim assim? Tipo não salva nada?
— Tipo não salva nada. Roteiro, luz, som, trilha, atuações, direção, argumento... Nada. É só ruindade.

Dudu estava diferente, parecia leve. E merecia ficar leve.

— Conta da Milena. Rolou alguma coisa?

Opa. Leve e futriqueiro, pelo visto.

Não rolou com ela. mas rolou com o português brasileiro mais bonito do mundo, eu deveria dizer. Mas eu ainda não conseguia dividir essa notícia nem comigo mesmo, imagina com meu irmão. Estava tudo tão recente! Antes de contar pra ele, se é que eu contaria, eu precisava digerir as informações. Eu contaria para a Tetê? Talvez, mas não a Tetê de agora, e sim a que eu conheci ano passado. Mas ela estava tão distante... Ou será que aquela Tetê não existia mais?

— Você está feliz, Davi?

Por que o Dudu queria saber se eu estava feliz?

— Eu, hein? Que pergunta é essa?
— Ué, não posso querer saber se meu irmão preferido está feliz?
— Claro que pode — respondi, sorrindo com o carinho dele. Respirei fundo e disse a mais pura verdade: — Estou feliz, sim, Dudu. Muito feliz!

— Que bom! Eu quero ficar feliz assim.

— Vai ficar, irmão. Vai ficar...

O Dudu parecia ter largado mão de batalhar pela Tetê. Aquele discurso parecia o de um cara que termina com a namorada e começa vida nova.

— Além do filme, o que vocês fizeram? Você ficou um tempão na casa da Samantha.

— Ah. Ouvimos música, falamos bobagem, rimos, dançamos, lemos o blog do Zeca um pouco... fizemos brigadeiro... Nada de mais...

Nada de mais. Eu sei. Que mentira enorme eu contei para o Dudu. Mas não senti vontade de falar nada, nenhum detalhe, nem sobre a pior limonada do mundo, nem sobre a Milena babando no sofá ou da Samantha e em como foi bom conhecê-la melhor, nem dos beijos do Gonçalo. Resolvi apenas sentir.

Já em casa, na minha cama, deitado e com um livro nas mãos, eu não conseguia ler. Nem dormir. Minha cabeça fervilhava com o que tinha acabado de acontecer, eu estava sem chão. Eu! Logo eu, um garoto que dificilmente fica sem palavras, que sempre sabe o que pensar, que tem resposta para tudo!

Sou absolutamente incapaz de dar um nome ao sentimento inédito que tomava conta de mim naquele instante.

Do alto dos meus 16 anos, eu, Davi Pereira da Costa, estava experimentando uma sensação que jamais sequer supus que existisse.

E que sensação boa!

Capítulo 11

ACORDEI DIFERENTE NAQUELE SÁBADO. EU TINHA UM SORRISO novo no rosto. Tudo estava igual, mas tudo não parecia mais ser igual. Era como se eu tivesse aberto a porta de um mundo novo, que eu ainda precisava explorar, mas que era cheio de possibilidades. E, ao mesmo tempo que eu tinha medo, por ser um mundo desconhecido, também sentia entusiasmo e alegria de viver, porque eu finalmente me sentia inteiro, totalmente encaixado com o que eu realmente era. Eu parecia uma criança que ganhava um brinquedo novo e que agora ia brincar muito e explorar todas as maneiras de se divertir.

Lembrei então de cada momento da noite anterior, das mãos do Gonçalo, dos olhos dele, do abraço. Dele como um todo. Era muito sentimento!

De repente, saí daquele transe de sentimentos e pensamentos com o barulho do celular, que me fez pular da cama.

MILENA
Bundinhaaaa! Ficou lá na Samantha até muito mais tarde ontem?

Droga! Que choque de realidade! Taí... eu não queria falar com a Milena. Não naquela hora. Mas por que ela estava me mandando mensagem se a gente ia se ver logo mais no curso? Então lembrei que excepcionalmente naquele dia não teríamos aula. Droga, por que eu precisava acordar cedo, então? Eu podia ter continuado a sonhar... dormindo ou acordado mesmo.

Se fosse para acordar com uma mensagem, eu queria era ver outro nome piscando na tela. Um que começava com *Gon* e terminava com *çalo*. Bom, já que eu tinha visualizado, restava responder.

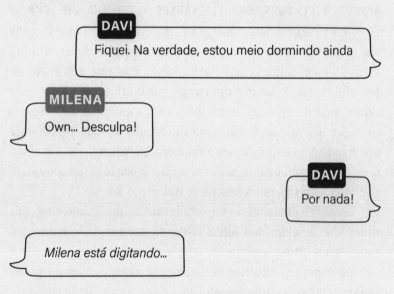

Pensei com meus botões: por que ela está digitando se eu ACABEI de dizer que ainda não acordei direito?

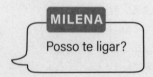

DAVI

Não... Ainda tô babando no travesseiro. Te ligo quando acordar de vez, tá?

MILENA

Não, nem precisa. Só queria saber se você ia ficar chateado se eu saísse com o Caio, um garoto da escola de vocês

DAVI

Caio? Não. Claro que não. Por que eu ficaria?

MILENA

Ah. Porque eu e você... ah! A gente se beijou e tals... E depois ficou meio estranho e blá-blá... Mas aí a gente desficou e ontem foi sussa e tamo mó amigo de novo agora, né?

Ou as letras estavam embaralhadas ou eu que estava com os olhos pesados ainda, mas não estava entendendo direito os detalhes da história. Só sei que estava sem nenhuma vontade de entrar numa conversa com a Milena sobre o Caio. Até torci pelo casal.

MILENA

Sei que tá rolando um negócio entre ele e a Tetê

Aquela frase me fez despertar de vez. Como assim? Digitei com fúria.

> **DAVI**
> Um negócio? Não tá rolando negócio nenhum! Quem te falou um absurdo desses?

> **MILENA**
> A Tetê mesmo. Ela me ligou pra saber se eu queria ir à praia e falou que esse Caio vai, e que é um fofo e que tá todo se querendo pra cima dela. Mas ela não quer. Fué! 😝

Ah, bom! Respirei aliviado. Mas levemente irritado com a insistência da Milena, e também com seus fués e tals e blá-blá-blás. Ela estava chata e sem-noção, ou eu é que estava de mau humor por ela ter cortado minhas lindas lembranças da noite anterior?

> **DAVI**
> Não é aquele negócio de quando um não quer, Milena. A Tetê é que não quer, então...

Fui grosso, eu sei. Mas, poxa, eu cheio de pensamentos românticos, viajando nos meus sentimentos e na minha nova visão das coisas, e aquela menina enchendo de palavras meu telefone? Nossa, era incrível como minhas sensações em relação à Milena mudaram tão rápido.

> **MILENA**
> Beleza, então. Vou ver qual é

MILENA

Se animar, liga. Vamos no Posto 6, quero tentar fazer SUP. Vai que o Caio me ensina...

DAVI
Boa!

    Depois de um pequeno estranhamento por causa da troca de mensagens e de alguns bons minutos de preguiça na cama, eu me levantei, tomei café e voltei para o quarto. Minha avó reclamou que eu estava introspectivo demais. Perguntou se tinha acontecido alguma coisa na casa da Samantha. "Talvez tenha acontecido a melhor coisa da minha vida na casa da Samantha, vó", eu gostaria de ter dito. Mas não disse.

    Eu precisava entender o que estava dentro de mim. Então, peguei o telefone para ligar para o Zeca. Só que na mesma hora meu celular fez *plim*. E eu abri um sorriso enorme.

GONÇALO

Bom dia, dorminhoco. Já tomaste o pequeno-almoço? Vi que checaste as mensagens há pouco, tens tempo pra falar comigo?

    O sorriso não abandonou meu rosto nem quando eu estava respondendo. Por que sorri? Sei lá. Acho que só pelo fato de ver o nome dele na tela. E talvez por ler pequeno-almoço no lugar de café da manhã.

DAVI

Bom dia! Não tomei pequeno-almoço ainda, e claro que tenho tempo pra falar com você

"Tenho todo o tempo do mundo", cheguei a digitar. Mas apaguei. Fiquei com vergonha. Digo que estou feliz por ele escrever? Isso não tem problema, tem? Tem, sim, vai parecer que eu estou apaixonado, louco pra namorar. Ou que estou querendo alguma coisa mais. Bom, isso eu estava mesmo. Mas é uma cobrança desnecessária, não? Droga! Cadê a Tetê ou o Zeca para me ajudarem a lidar com esse negócio de relacionamento?

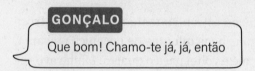

GONÇALO
Que bom! Chamo-te já, já, então

Chamar-me? Que legal! Será que ele queria me ver? Será que ele queria me ver?!!

— Alô?

— O negócio é o seguinte, cara. Eu quero te ver. Você quer me ver? — disse ele, sem nem um alô antes, e imitando, ou tentando imitar, o sotaque carioca.

Só que ao ouvir aquilo, sorri com o rosto inteiro.

— Não rias, parvo! — disse ele, rindo. — Pensei em vermos um filme de verdade hoje à noite. Que achas?

— Acho ótimo! — respondi prontamente.

— Que queres ver?

— Não tendo nenhuma relação com vassouras ou devaneios, pode ser qualquer coisa. Qualquer coisa MESMO — brinquei.

Gonçalo riu.

— Está bem. Vou ver o que está em cartaz e escolho então. Posso?

— Deve — respondi, feliz com o telefonema, e mais ainda com a ideia de vê-lo de novo, e dessa vez sozinho.

— Então vou ver aqui e te mando mensagem com as opções de filmes, salas e horários, ok?

— Ok.

— Um beijo — ele diminuiu o volume da voz para dizer isso.

— Um beijo — falei beeem baixinho para ninguém escutar. E desliguei.

Pouco tempo depois, ele me mandou as opções mais próximas, no Roxy, no Estação Botafogo, no shopping Rio Sul. Mas... preferi marcar com o Gonçalo em um cinema na Barra, em vez de na Zona Sul, como era de se esperar (já que moro em Copacabana). Expliquei para ele que era melhor irmos a um lugar onde não corrêssemos o risco de ser vistos e despertar curiosidade. O Rio de Janeiro é uma ervilha, uma cidade grande que mais parece uma vila, especialmente Copacabana, um bairro onde todos se conhecem e se cumprimentam, onde moram todos os amigos dos meus avós, e todos eles são assíduos frequentadores de salas de cinema.

Como trocamos apenas mensagens de texto, sem vídeos ou fotos, não deu pra saber se ele tinha entendido ou ficado chateado com minha sugestão de irmos para longe. Com o metrô estaríamos no cinema do shopping Downtown em poucos minutos, nem era tão distante assim, apenas poucas paradas. "É tudo muito recente e novo para mim, eu não quero me expor", era a frase que eu não parava de repetir para mim mesmo, como se quisesse acreditar nela piamente.

Eu precisava falar com alguém. Sem Tetê por perto, tinha que ser o Zeca mesmo!

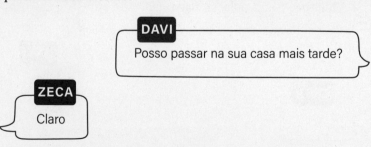

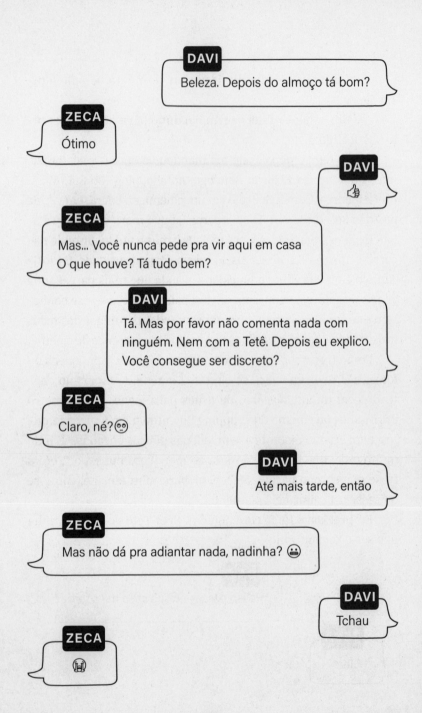

— O que você vai fazer no Zeca? — perguntou minha avó na hora do almoço.

Eu não queria mentir pra ela! Pra ela não.

— Vou trocar uma ideia com ele — limitei-me a dizer.

Vovó assentiu e, uma hora depois, parti rumo ao apartamento do meu amigo, que ficava a três quarteirões do onde eu morava.

Zeni atendeu a porta com a simpatia que lhe era peculiar, e logo foi me encaminhando para a cozinha me convidando para experimentar a *panna cotta* que ela tinha feito pela primeira vez.

— Ah, não, acabei de almoçar, muito obrigado!

— Não, senhor! Pode experimentar minha primeira *panna cotta*! Preciso de opiniões!

A mãe do Zeca parecia irritada! Cheguei à cozinha e dei de cara com meu amigo com fisionomia de terror comendo o tal doce que, só descobri lá, é uma sobremesa típica da Itália. *Panna cotta* é o pudim de leite dos italianos, digamos assim.

Sem muitas palavras, Zeni me serviu um pedaço bem maior do que eu gostaria, colocou brutamente o prato na mesa e me ordenou, "gentil" que só ela:

— Senta e come.

Sentei e comi, né?

Não estava bom, mas também não estava ruim.

— Fala. Não tá uma delícia?

— Ah, tá! Tá, sim! Hmmmmmmm... — falei com os dentes cerrados. Eu estava virando um mentiroso profissional.

Só que, pelo jeito, eu tinha chegado no meio de uma discussão entre mãe e filho.

— Mãe, deixa de ser chata! Nunca mais falo nada pra você!

— Não menciona mais a comida da sua madrasta nesta casa, José Carlos!

— Não me chama de José Carlos, por gentileza?

O clima estava pesado, dava pra ver. Mas eles eram tão histriônicos e gesticulavam tanto que deu vontade de rir. Mas não ri.

— Sabe, Davi, a Zeni não aceita que a esposa do meu pai faz uma *panna cotta* deliciosa. Só porque é a sobremesa preferida dela.

— Não me chama de Zeni, por gentileza? — Ela imitou o filho.

— A DONA Zeni, excelentíssima senhora minha mãe, é um ser mais teimoso que uma elefanta empacada — debochou Zeca.

— Não é isso, Zeca! Você nunca comeu *panna cotta* na Itália! Não pode julgar uma *panna cotta* sem conhecer a original.

— É, mãe, eu nunca comi a *panna cotta* original porque eu nunca fui à Itália!!! No dia em que eu for, eu te falo se a dela é melhor ou não que a de lá, tá?

— Pois EU FUI à Itália! COM O PALHAÇO DO SEU PAI! E foi a melhor coisa que comi na vida, na Sicília, num restaurante pequeno e charmoso que tinha um pé de limão na entrada!

— Era limão-siciliano? — Zeca soltou um risinho.

— NÃO É HORA PRA DEBOCHE, JOSÉ CARLOS!!

— Tá bom, mãe, desculpa. Qual a culpa que a Tônia tem de fazer bem esse doce? É só um doce... — tentou Zeca.

— É o MEU doce! Esse doce é meu! Se alguém tem que fazer esse doce bem, esse alguém sou eu!

Zeni disse isso e saiu voando da cozinha rumo ao seu quarto. Se não me engano, eu vi uma lágrima brotar no olho dela. Parecia uma cena ensaiada.

— Liga não, Davi. Ela deve estar na TPM — comentou Zeca.

— TPM é a sua avó, José Carlos! — gritou ela, lá de longe.

— Cara, a minha mãe tem ouvido biônico, sério mesmo. Devia ser estudada.

Ri sem jeito. Ele continuou:

— Não precisa comer tudo, não, Davi. Esse ataque todo é só ciúme culinário, que eu sei. Mamãe gosta da Tônia, mas daí a ela fazer uma *panna cotta* melhor do que a dela... Aí é demais. Né, mãe?

Zeni quis sorrir, mas prendeu o riso. Zeca estava certo. Era ciúme culinário, coisa que eu nem sabia que existia. Mulher é um negócio estranho, mesmo...

Fomos para o quarto do Zeca e ele ligou o som. Tiramos os tênis, ele sentou na cama, eu no chão, em cima de uma almofada.

— Vai. Conta.

Esse era o Zeca. Quase nada ansioso, quase nada curioso. Apesar da intimidade que eu tinha com ele, senti minhas mãos começarem a transpirar. Respirei fundo e comecei.

— Eu... Eu... Eu...

Bom, eu *tentei* começar.

— Você, você, você... Fala de uma vez, Davi!

Respirei fundo e segui o conselho do Zeca.

— EufiqueicomoGonçalo!!!

Ele arregalou os olhos. Escancarou a boca. Levou as duas mãos espalmadas ao lado das bochechas. Parou de respirar. E ficou estático. Parecia aquele fantasminha espantado do Whats.

— Repete. Mas devagar. Eu acho que não ouvi direito.

— Eu. Fiquei. Com. O. Gonçalo.

— O portuga? Da Samantha? — insistiu ele.

— Portuga que não é portuga, é brasileiro. Mas a gente chama de Portuga. Esse mesmo.

— Sei! O portuga bafônico! Aquele lindo de doer!

Apenas abaixei a cabeça, corado, sentindo cada pedaço do meu corpo esquentar e pulsar esquisitamente. Com os olhos no chão, continuei esperando palavras que simplesmente não vieram. Eu não conseguia emitir nem um som. Nem uma risadinha nervosa, nem uma engolida em seco. Nada.

De repente, o silêncio foi quebrado pelo Zeca.

— TENHA A SANTA PACIÊNCIA, DAVI!! PELO AMOR DE GETÚLIO! Você pegou o portuga ontem e só vem me contar agora?!! Quase uma semana depois?!! — Zeca deu um ataque bem ao estilo Zeca de ser. — Me fala tu-do! E aí? Foi bom?

Voltei a olhar para ele. Sério, firme.

— Foi. Muito bom. Muito bom. Muito bom.

Um breve silêncio se fez.

— Eu sabia!

— Sabia o quê?

— Que você tinha uma coisa gay aí dentro.

— Oi?

— Cara, Davi, eu tenho meu *gaydar*! A gente se conhece há uns anos já e... — Ele respirou fundo antes de continuar: — Eu peguei a fase de todo mundo te zoar pelo seu jeito.

— Que jeito?

— De gay! Quer dizer, não gay, não tipo eu, louca purpurina. Outro tipo de gay. O seu tipo de gay.

— Pera, Zeca. Eu não sou gay. Quer dizer, eu nem sei se sou! Eu nem sei *o que* eu sou! Beijar um menino me faz gay? Tá tudo confuso na minha cabeça. Eu também beijei uma menina. E aconteceu tudo ontem, muito rápido, sem eu esperar, eu não pensei, eu só senti... e me deixei viver a experiência! Eu nem sei se tá certo o que eu fiz!

— Ai, Davi, tá vendo? É isso que eu estou falando! Esse é seu tipo de gay!

— O que você quer dizer? Aquele papo de armário? — Tentei começar a entender as coisas. A tentar entender, pelo menos.

— Isso! Deixa eu te explicar... É gay que recebeu a carta, mas não abriu, entendeu? Que ganhou a raquete, mas não quer jogar e por isso guardou na gaveta. Que sabe a receita, mas não fez o bolo ainda. Que visualizou, mas não respondeu. Tracinhos azuis, amor!

— Ai, Zeca, sei. Não precisa desenhar. Só acho que... não sou nada disso! É diferente o que aconteceu, sabe?

— Eu entendo. Muitas vezes a gente se vê de um jeito diferente do que os outros veem a gente. Lembro de ter sérias dúvidas em relação à sua sexualidade. Te defendia e tudo, lembra? E amei quando acabou essa bobagem. Aliás, você agiu bravamente nessa fase. Ignorar é sempre a melhor coisa a fazer pro povo parar de azucrinar. Te admiro muito pela serenidade, pela maturidade e pela inteligência emocional com que você lidou com aquele bullying ridículo.

Poxa, gostei! Foi bacana o elogio!

— Obrigado, Zeca. Talvez só tenha agido assim porque passei anos ignorando as brincadeiras de mau gosto que faziam comigo. Desde criança sofro com apelidos, sofro por ser inteligente, sofro pelo meu jeito de me vestir...

— Sofria! Agora que eu cuido do seu *style*, isso não acontece mais. Você virou referência em bom gosto masculino, amor!

Ai, Zeca e seus exageros... Nem comentei.

— Sofro por morar com minha avó, sofro por ter a cabeça grande, por falar do jeito que eu falo, como velho, sofro por usar óculos, por não pegar gente...

Foi duro relembrar que minha vida escolar não foi fácil até aqui. Eu realmente sofri calado muitas vezes. Em outras eu realmente ignorava, por julgar imaturas e sem importância as pessoas que me atacavam por atacar.

Respirei fundo antes de repetir a pergunta cuja resposta eu mais queria saber:

— Beijar um garoto faz de mim gay? É isso, Zeca?

— Precisa de rótulo mesmo? Agora, que tá tão recente? Relaxa, Davi.

— O Gonçalo falou a mesma coisa.

— Querido, quem precisa definir a gente são os outros, para nos entender. Esse problema é deles! A gente só precisa sentir o que a gente sente! E ser o que a gente é! Não precisamos de definições sobre o que somos para viver coisas boas. Por acaso você precisou de algum rótulo ontem para o que aconteceu com o Gonçalo? E para saber que foi bom?

— Não. Eu só me joguei na experiência.

Zeca tinha razão! Se eu pensasse muito, nem viveria aquilo. Nem aproveitaria.

— Davi, meu amigo. Eu sempre suspeitei que você ia gostar mais de ficar com meninos do que com meninas, só não quis dizer nada. Estava esperando você perceber. Porque fiquei com medo de perder sua amizade.

Aí eu me espantei.

— Como assim?

— Eu tenho um amigo, o Luis Claudio, que era muito amigo de um cara chamado Gui. Os dois se conheciam desde o primeiro ano do Fundamental, era uma amizade linda — contou ele. — Só que um dia, quando eles tinham 16 anos, o Luis, depois de muito tempo desconfiando, e também chateado pelo fato de o Gui não se abrir com ele, tomou coragem e perguntou se o Gui era gay.

— E aí? — perguntei, curioso.

— E aí que o Gui deu um escândalo, desacatou o Luis Claudio todinho e nunca mais falou com ele. Mudou de escola, trocou de telefone, bloqueou o garoto nas redes sociais. Sério, ele sumiu do mapa.

— Mas... mas... ele era gay, afinal?

— *Era*, não. É! Super! Mas não saiu do armário até hoje. Não consegue. Acha que não é gay. Mente pra ele mesmo. Pega umas meninas uma vez na vida, outra na morte. A gente vê que ele vive uma vida morna, sem graça, sem amor, sem afeto, sem emoção, e que sofre se segurando, porque ele não solta os sentimentos. Ele não é o que poderia ser — explicou.

Arregalei os olhos.

— Mas como foi pra você, Zeca? Você sempre teve certeza de que era gay? — Eu precisava saber disso.

— Não, muita calma nessa hora! Eu também já peguei menina, Davi. É normal isso, principalmente quando a gente tá se descobrindo, mas ainda não se descobriu e quer ter certeza de como a gente funciona, sabe?

— S-sei. Acho que sei.

— Mas, sinceramente, hoje em dia eu acho uma bobagem não mostrar para o mundo quem você é, não assumir sua orientação afetiva e sexual. Tem preconceito ainda no mundo? Tem. Tem preconceito ainda dentro de nós mesmos? Tem, pra muita gente. É difícil? Olha, não vou dizer que é facinho, não. Mas a gente só supera assim. E só vive bem quando se posiciona e conquista respeito de todos os lados. E aprende a não dar ouvido pra bobagem, mas nisso você já está bem experiente, né?

O Zeca era tão bem resolvido! Sensato, coerente, maduro. Cada vez mais eu descobria o amigo incrível que eu tinha. Ainda mais nesse assunto, que agora era também um assunto meu, e que eu podia compartilhar com ele, que me entendia e entendia tão bem disso.

— Verdade, Zeca. — Eu estava com a cabeça a mil, não conseguia falar muita coisa. Era muito pra processar dentro de mim.

— Por causa dessa história, embora eu tenha sentido muita vontade, nunca tive coragem de perguntar nada pra você, Davi — confessou ele. — Eu sempre tive muito medo de perder meu único grande amigo.

Fiquei emocionado com ele. Que bom conversar com o cara que se entende, se aceita e se respeita desde sempre.

— Seja qual caminho você seguir, não é fácil se posicionar, se definir, se assumir. Não é fácil lidar com o que pensam das nossas posições. Mas é o que eu sempre digo... A gente tá nessa vida pra...

— Ser feliz! — completei sua frase-mantra.

— Isso! Mas uma coisa você não deve esquecer: não deixe de ser feliz por causa dos outros, tá? Por causa do que os outros pensam. Ou dos preconceitos dos outros. Seja feliz por você!

— Ai, Zeca, me dá um abraço aqui! — pedi.

Eu estava tendo reações que eu não reconhecia!

Depois do abraço, contei que tinha marcado cinema com o Gonçalo na Barra. E confessei que tinha marcado tão longe por medo, vergonha, ou nada disso ou tudo disso.

— O pior preconceito é aquele que a gente tem com a gente mesmo. Não faz isso, Davi. Se você gosta dele, vai fundo, cara. Independentemente de ser menino ou menina, ele é uma pessoa que te fez bem, que te fez feliz. Jogar isso fora por causa de rótulo...

— E por causa de um certo oceano de distância, né, Zeca?

— Ah...

Ah...

— Cê não vai deixar de viver o presente pensando no que pode acontecer no futuro, né? Alou! Ninguém sabe como vai ser o futuro, acorda!

— E se... E se eu me...

— Se apaixonar? Own, que lindo! — disse ele, fazendo coraçãozinho com as mãos.

— Como assim, lindo? Ele mora em outro país!

— E daí? Depois você pensa nisso! Primeiro vive, depois pensa. A vida é o que acontece com você enquanto você está ocupado fazendo outros planos. Sábio John Lennon, que vomitou arco-íris quando criou essa frase.

Eu tinha tantos medos e questões, mas o Zeca parecia deixar tudo tão simples.

— E minha avó? E o Dudu? A Tetê?

— Davi! Para de se cobrar tanto! Que coisa mais pesada! Ninguém tem nada a ver com a sua vida. Você fala a hora que quiser falar, quando quiser falar, SE quiser falar! Agora se ouve! Ouve seu coração.

Uau. Me ouvir. Ouvir meu coração. Era exatamente isso de que eu precisava na vida.

O que o Gonçalo representava pra mim? O que ele significava pra mim?

— Não pensa em rótulo, Davi. Pensa que a gente está em pleno século XXI e que a chatice e a caretice de outros tempos ficaram pra trás. Pelo menos pra maioria das pessoas.

— Hum... Será?

— Claro que ainda tem quem estranhe, já disse. Mas tem tanta gente estranha! E tá ficando feio recriminar quem só quer ser feliz sem fazer mal a ninguém. O mundo mudou, Davi. Por favor, não se comporta como uma pessoa de outra geração. Não agora. E não estou falando de vocabulário, de jeito de falar. Estou falando de comportamento mesmo. Para o seu bem, permita-se viver sem medo, sem culpa.

— Mas e se minha avó...

— Dona Maria Amélia? Aquela senhora fofa, animada e de bem com a vida? Amor, ela vai ser a primeira a te dar força! Ela te ama! Vai ser igual à minha mãe! Vai se aproximar ainda mais se você descobrir que é isso mesmo que quer e resolver mostrar para o mundo.

— Cara... Calma... Nem consigo respirar direito! É muita informação.

Ele me explicou que o Gonçalo podia, sim, estar chateado com a ideia de que eu não queria ser visto com ele por... vergonha. Por preconceito.

— Eu não sou preconceituoso! Nunca fui! — reagi, irritado.

— Você acha mesmo? Então por que marcou lá naquele outro país chamado Barra da Tijuca? Longe de todo mundo que você conhece? A Barra é mais longe que o Piauí, Davi! — exagerou de propósito. — Um: vocês não têm nada ainda. Dois: qual o problema você ir ao cinema com um amigo?

— E se ele acabar virando mais que amigo?

— E qual é o problema?! — Zeca espantou-se mais ainda.

Suspirei e baixei os olhos.

O Zeca estava coberto de razão. Eu era um preconceituoso ridículo. Mais um que se porta como liberal, livre, cabeça aberta, século XXI, mas, no fundo, no fundo, é um baita de um preconceituoso. E, como bem diz minha avó, nada pior do que preconceito. Fiquei bem triste comigo mesmo. Mas resolvi que ia mudar isso.

Capítulo 12

SAÍ DA CASA DO ZECA MAIS ANGUSTIADO DO QUE QUANDO CHEGUEI, me condenando por me julgar, por me descobrir preconceituoso, e me sentindo um bostinha sem personalidade. Mas além dessas questões, tinha uma que me angustiava também: como eu deveria cumprimentar o Gonçalo? Com abraço? Com beijo no rosto? Com selinho? Aperto de mão?

Era muito doido para a minha cabeça pensar que eu não tinha sentido nada daquilo com a Milena. Nem tive dúvidas em como falar no dia seguinte, nem em como seria quando eu a encontrasse de novo. Isso realmente era inédito na minha vida. Em todos os sentidos.

Não sabia o que dizer, como agir. Decidi que abraçaria e diria um "E aí? Tudo bem?". Ensaiei um "Dormiu bem?", mas desisti.

Menos é mais, como dizia meu sábio vô Inácio. Nossa, o que ele pensaria dessa situação toda? Ah, melhor nem entrar nessa questão.

Marcamos na saída do metrô da Barra, para pegarmos o BRT para o shopping onde ficava o cinema. É... Nem ir junto com ele eu quis. Eu sou um idiota mesmo. Podíamos ir conversando no caminho, o tempo passaria voando. E seria muito mais agradável, claro. Cheguei e ele já estava lá. E por mais descaradamente cafona que isso soe, parafraseando Pixinguinha, o meu coração bateu feliz quando o viu, meus olhos sorriram e eu, antes de me aproximar, estanquei.

Precisava respirar fundo, sem fazer questionamentos, sem ter angústias, sem nada. Precisava só deixar o sentimento fluir. E tudo fluía para que eu corresse para abraçar o Gonçalo. Mas não podia ir com tanta sede ao pote. Sei lá se ele estava sentindo o mesmo que eu.

Ele estava!

Como eu sabia? Quando ele me viu, seu rosto todo sorriu para o meu e se iluminou. E ele abriu os braços para um abraço apertado e sincero. Que foi muito, muito bom.

— E então? Como estás? — perguntou ele.

— Bem. Bem...

Foi tudo o que eu disse. Claro que eu queria ter dito MUITO, MUITO BEM!!! Assim mesmo, em *caps lock*. Ele me deixava desajeitado, sem ação, sem palavras. Ele era a imprevisibilidade que eu precisava na minha vida.

Em vez de BRT, preferimos caminhar até o Downtown, e em menos de dez minutos estávamos lá. Aos poucos, fui me soltando e me sentindo cada mais à vontade com aquele garoto que surgiu como um meteoro na minha vida e bagunçou tudo em mim. A melhor bagunça que eu, sempre organizado e certinho, podia ter.

Durante o filme, nada aconteceu além de mãos timidamente se tocando. Uma hora, ele aproximou seu rosto do meu e disse, bem baixinho no meu ouvido:

— Não consigo parar de pensar em você.

Senti meu rosto todo enrubescer. Me arrepiei de cima a baixo e sorri por dentro e por fora.

— Desculpe, eu sei que isso pode parecer um clichê, mas é a pura verdade. É exatamente o que eu estou vivendo. Eu até perdi o sono, acredita?

— Se é clichê, é o clichê mais lindo que eu já ouvi. E vindo da sua boca, é a coisa mais original que eu já ouvi — falei sorrindo. — Além do mais, não tenho nada contra clichês, que fique bem claro.

Senti que meus olhos sorriam enquanto eu conversava com ele.

— Queria que ontem tivesse durado pra sempre — sussurrou Gonçalo no meu ouvido.

Aquele *pra sempre* me pegou, porque eu sabia que esse "pra sempre" acabaria logo. E eu não sabia se deveria alimentar aquela faísca que começava a ficar forte dentro de mim. Baixei os olhos, depois os fechei, sem saber como reagir.

Gonçalo aparentemente entendeu o oposto. Ele levantou meu rosto delicadamente e falou:

— Calma, não te assustes. Só quis dizer que tu mexeste comigo. Não significa que vamos namorar.

— Não significa que vamos namorar? — repeti a pergunta, mas com outra entonação, como se eu estivesse desapontado.

A frase saiu da minha boca antes mesmo que passasse pelo meu cérebro. Isso nunca tinha me acontecido. O Gonçalo me tirava do eixo. Mas isso era ruim? Não, não era!

— Tu queres? — perguntou ele, sorrindo.

— Acho que sim.

— Shhhhh! — fez um espectador.

Ele me deu um selinho rápido e carinhoso, e calamos a boca, virando para a frente. Entrelaçamos as mãos bem forte, e ficamos assim até o final do filme, quando as luzes se acenderam. Em dado momento, senti necessidade de ficar ainda mais próximo dele. Então peguei sua mão, coloquei entre meu ombro e meu rosto e fiz com ela uma espécie de travesseiro. O melhor e mais macio dos travesseiros. Sorrindo, ficamos assim alguns minutos. Maravilhosos e intermináveis minutos. Meu coração estava quente.

O filme acabou e resolvemos ir ao McDonalds, na praça de alimentação. Enquanto devorávamos um McChicken, meu telefone apitou.

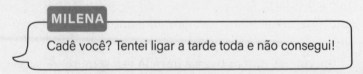

Ai, ai. Engoli em seco enquanto meu cérebro era atacado por perguntas. O que escrever de volta? Deveria mentir ou falar a verdade? Ou meia verdade? E se ela percebesse? Mas o que ela perceberia? O que teria de mau ela perceber alguma coisa?

Eu tinha desligado o celular. Primeiro, porque não queria ser incomodado quando estava no Zeca. Depois, o mantive assim porque meu livro, o sensacional *O sol também é uma estrela*, da jamaicana Nicola Yoon, que li durante todo o trajeto do metrô, estava num momento muito interessante. Depois, entrei no cinema e só liguei ao sair. Antes mesmo que eu respondesse, ela digitou de novo e mandou mais uma mensagem, que eu decidi responder.

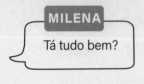

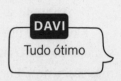

— Desculpa, é a Milena. Tô aqui sem saber o que dizer.
— Se quiseres dizer que estás sozinho ou com outra pessoa, podes ficar à vontade, não se...
— Shhh — foi a minha vez de pedir silêncio.

> **DAVI**
> Vim ao cinema com o Gonçalo e agora estamos lanchando

— Contei pra ela que estou com você.
Ele deu um sorriso tão bonito e tão puro! E tão feliz!
Era a conversa que eu tinha tido com o Zeca já fazendo efeito.

> **MILENA**
> Ah... Onde vocês estão?

> **DAVI**
> Na Barra

> **MILENA**
> 🙀 Por que tão longe?

> **DAVI**
> Longa história

Ela leu e demorou a responder.

> **MILENA**
> Tá tudo bem?

> **DAVI**
> Tudo ótimo

MILENA
Você gostou mesmo desse garoto, né?

O que ela queria dizer com essa pergunta?

DAVI
Gostei. Muito

MILENA
Cuidado, hein? Acho que ele é bicha enrustida

Fiquei muito irritado com o comentário da menina!
— Que foi? Algum problema? — perguntou Gonçalo.
— Nada. Tudo resolvido. Não vou perder tempo com essa menina enquanto estou aqui com você, já vou dispensar.

DAVI
E se ele for gay? Algo de errado nisso?

MILENA
Nossa! Calma!

DAVI
Estou calmo. Agora tenho que ir para não deixá-lo comendo sozinho

MILENA
A Samantha e o Erick não estão com vocês? Você está sozinho com ele?

DAVI
Estou. Foi isso que escrevi acima

Botei o celular para vibrar e guardei novamente no bolso, de onde ele não deveria ter saído, aliás. Só que ele vibrou de novo e eu não resisti. Sucumbi à curiosidade e peguei o aparelho do bolso para ver o que ela tinha respondido. Eram vários emojis. O primeiro com os olhos virados pra cima, outro com a mão no queixo pensando, e por aí vai. Parecia inconformada. Chata. Ah, me irritei.

— Será que a Samantha está certa? Será que você é um *crush* real dessa Milena?

— Sei lá. Mas pouco me interessa agora pra falar a verdade. — Fui sincerão.

Ficamos de papo a tarde inteira e, na volta, sugeri que andássemos por Ipanema, na altura da rua Farme de Amoedo, um conhecido reduto gay no Rio, onde eu achei que me sentiria menos observado, julgado, sei lá. Escolhemos uma casa de sucos para ficar mais tempo juntos e nos deliciamos com um de carambola e outro de morango com água de coco.

Foi uma tarde perfeita, com um cara perfeito.

No domingo, acordei com uma mensagem do Gonçalo dizendo que já queria me ver. Eu também queria! E como! Falamos por mensagem e combinamos de ir ao boliche à tarde. Na Barra de novo! Dessa vez, Samantha e Erick iriam também.

Vera nos levou de carro e ficou de nos buscar. Ia dar uma volta no shopping enquanto jogávamos. Foi uma tarde muito divertida, embora eu e o boliche definitivamente não tenhamos nascido um para o outro. Na verdade, a aptidão para esportes tinha ido toda para o Dudu. Eu sempre tive dois pés e mãos esquerdos, como dizia meu avô.

— Não ficamos tão juntos quanto ontem, mas para mim foi bom igual — disse Gonçalo, enquanto pagávamos a conta.

Senti meus olhos indisfarçavelmente felizes.

A semana passou e eu e Gonçalo nos vimos todos os dias, e nos falamos várias vezes por dia. Eu queria que o tempo parasse quando eu estava com ele.

Fomos ao cinema, à praia (no fim da tarde, como eu gosto), a várias pizzarias (como ele gosta de pizza!), levei-o à Confeitaria Colombo, no Centro, passeamos pelo Pier Mauá, tão lindo revitalizado, fomos conhecer o MAR, comemos pastel na feirinha da São Salvador, em Laranjeiras, visitamos o Pão de Açúcar e o Corcovado. Turistei com o não turista mais turista que eu conhecia.

— Achas-me piroso, digo, cafona, por querer fazer essa programação tão clichê?

— Acho lindo. Já disse que com você nada é clichê! — romantizei.

— Sabes o que é mais fixe? Conhecer, ou melhor, reconhecer esta cidade linda em vossa companhia — declarou ele, sentado na mureta da Urca, após fazer uma selfie comigo.

Vendo a vida passar e sentindo o cheiro do mar, com aquela vista belíssima da Baía de Guanabara e do Aterro do Flamengo, nossos silêncios cada vez maiores, nossa cumplicidade aumentando a cada minuto, ele respirou fundo e lançou:

— Pois então... Vamos falar de nós...?

Minhas mãos ficaram geladas, úmidas. Ele me desestabilizava. Aquela situação tão inédita era muito desconcertante, em todos os sentidos. Um desconcertante bom, vale dizer.

— Vamos — assenti.

— Sei que moramos a um oceano de distância...

— Sei, mas sei também que a vida é o que acontece com você enquanto você está ocupado fazendo outros planos. — Repeti a famosa frase.

— Isso quer dizer que... — disse ele.

— Que não sei de nada, que quero viver o presente, viver este momento que é o melhor da minha vida até agora — desabafei, com meu coração acelerado como jamais esteve.

— Davi, o fato é que, acho que não é novidade nenhuma agora, mas gosto imenso de ti.

Ouvir aquela frase saindo da boca do menino mais bonito do mundo foi como ouvir Mozart tocando ao vivo, do meu lado. Baixei os olhos. Suspirei. Demorei alguns bons segundos para dizer a mais pura verdade:

— Eu também gosto muito de ti, Gonçalo. Perdão. Gosto imenso de ti.

Ele sorriu com a boca inteira.

— Gostas?

— Gosto — respondi, ouso dizer, charmoso, sem conter o sorriso de felicidade.

Eu conseguia sentir meu coração bater em cada parte do meu corpo: pescoço, costas, cabeça, ombros, joelhos e pés.

— Então eu estive pensando... Se queres... queres... — Ele pausou para tomar fôlego e fazer a pergunta mais linda: — Sei que é cedo, que mal nos conhecemos, que... Ah... Tantas coisas... mas... cogitarias a ideia de me namorar?

Foi a minha vez de respirar fundo.

— Namorar? Precisa ter um rótulo? — questionei, ao lembrar da pergunta que o Zeca tinha me feito quando fui consultá-lo.

Ele sorriu com os olhos, depois com a boca. O corpo todo dele sorriu. Como ele era bonito, como me fazia bem estar perto dele!

Eu não queria estar em lugar nenhum no mundo a não ser ali, do lado dele. Por que não querer aquilo? Por que fugir daquilo?

— Sei que é precipitado, pode até parecer egoísta o que vou dizer mas... não queria que você ficasse com ninguém além de mim. Essa é a verdade — disse ele, todo fofo.

— Não vou ficar — respondi com meu coração. — Não tenho a menor vontade de ficar.

— Não? — perguntou ele, sorrindo.

— Ô, Gonçalo, você foi a terceira pessoa que eu beijei na vida! Não sou exatamente uma pessoa que beija, que fica muito por aí, percebe? Não precisa se preocupar! — Rimos juntos. Prossegui fazendo graça: — E acho prudente aproveitar enquanto você, por questão de miopia ou burrice, quiser me beijar.

— Tu és tão giro...

— Sou não. Sou feio e cabeçudo. E meu cabelo não é exatamente bonito. Mas que bom que você me acha giro.

— Então achas boa a minha proposta? De ficarmos juntos enquanto eu estiver aqui?

— Por mim está fechado — disse, com uma certeza tão grande que chegou a me assustar.

— E o futuro, quando chegar, resolvemos juntos o que fazer com ele, certo? — concluiu.

Foi a minha vez de sorrir com o corpo.

— Certíssimo!

E, naquele cenário de cinema, depois de alguns instantes deliciosamente silenciosos, de olho no olho, demos nosso primeiro beijo (beijo-beijão, que fique claro) em um local público. E nem doeu. Nem deu vergonha. Nada. Eu não estava fazendo mal a ninguém, ora pois!

Depois, pegamos o ônibus rumo à Copa. Em casa, meu irmão contou que a Tetê tinha enfim respondido a uma mensagem dele, e que estava cogitando encontrá-lo para conversar qualquer dia. Fiquei feliz. Tudo finalmente estava caminhando bem. Para meu irmão e para mim, que poderia finalmente contar para a amiga que a vida me deu o tantão de novidades que aconteceram enquanto ela esteve distante.

Pensei em contar para o Dudu, mas temi sua reação. Ele era meio conservador, eu achava. Mas eu também me considerava moderno e dei de cara com meu próprio preconceito. Resolvi que depois eu cuidaria do Dudu. Mas aposto que ele estava achando meio estranho, sabendo quão tímido eu sou, o fato de eu estar no cinema com um cara que eu tinha acabado de conhecer.

O que será que estava passando pela cabeça do meu irmão? Será que eu deveria contar logo? Ou não? Bom... A Tetê precisava saber. Ela tem a boca grande, mas sabe mantê-la bem fechada quando é necessário. E eu confiava que ela entenderia meu "segredo" e faria isso por mim sem nenhum sacrifício.

Capítulo 13

Assim que cheguei ao colégio, na segunda-feira, Tetê voou no meu pescoço para me dar um abraço. Estranhei a atitude, mas não demorou dois segundos pra ela contar o motivo:

— A gente voltou!

— Jura?!!! Aêêêêê! — festejei.

— Como assim? O Dudu não te contou?

— Não, eu já estava dormindo quando ele chegou ontem, e saí hoje antes de falar com ele. Não deu tempo de a gente se falar ainda! Poxa, mas fico tão feliz, Tetê! Cê tá feliz?

— Olha, não vou mentir, ainda tenho um pouco de mágoa, mas eu amo muito seu irmão pra ficar longe dele. Eu tenho feito a durona esse tempo todo, mas eu sofri bastante, viu? — confessou ela. — E a gente acaba só dando valor às coisas, às pessoas e às relações quando sente falta delas, né?

Assenti e puxei minha amigona para mais um abraço.

Ai, que alívio! Eu não aguentava mais ver o Dudu infeliz. E também não aguentava mais ficar sem minha melhor amiga! Poxa. Pode me chamar de egoísta, queria que eles voltassem, sim. Por eles (o amor dos dois é lindo), mas por mim também, caramba! Sou humano! Mas, de verdade, pra mim, Tetê e Dudu são *relationship goals*. Fato. Vibrei muito!

O sinal bateu e fomos para a sala de aula. Não tinha clima para contar para ela naquele ambiente. Então combinamos de almoçar juntos em um restaurante em Copacabana mesmo, perto da escola. Dudu encontraria a gente logo depois.

Durante o almoço, contei tudo. Com detalhes. E sobre a conversa com o Zeca também. E o cinema, e meus sentimentos... tudo! Por um tempo, a Tetê ficou boquiaberta. Mas um boquiaberta de espanto meio misturado com felicidade. E também ficou um pouco aborrecida, porque ela queria ter acompanhado esse momento importante da minha vida bem mais de perto. Mas ela estava de volta, e as observações dela eram muito peculiares.

— Bem que eu achei você meio sumido demais! — confessou ela. — Nunca mais falou comigo nem insistiu com o lance do Dudu. Pensei: "Nossa, o Davi tá mudando, que bom!"

— É... Acho que estou mudando, sim. Pra melhor, né?

Sorri e dei a mão pra ela.

— Você tem alguma dúvida?

— E aí? Quer dizer que tá namorando então, é isso? — ela quis saber.

— Isso — respondi, orgulhoso.

— Tá pixonado?

— *Pixonado*? — repeti, debochando.

— Isso. PIXONADO!

Como responder a essa pergunta? Eu era capaz de responder?

— Cada minuto com ele vale por mil — declarei.

— Ownnnn! — fez Tetê, com direito a coração de mão. Meninas...

Eu apenas revirei os olhos, sem paciência para rompantes românticos.

— Pode falar. A hora de falar é agora, Tetê — pedi, sério.

— Falar o quê?

— Falar, ué. O que você acha disso tudo que te contei?

— Eu não tenho que achar nada, Davi! O que eu acho é que é sensacional você estar vivendo isso! Só quero que você seja feliz. Mas se esse portuga brasileiro te fizer sofrer, vai ter que sentir o peso da minha mão. E ela não é leve!

— Para. É sério — insisti.

Ela respirou fundo e pareceu medir as palavras que estavam se juntando na sua cabeça.

— O que você quer que eu fale? Que estou surpresa? Sim, estou. Lógico. Nunca senti você interessado por nenhum garoto, mas também não vi por nenhuma garota. O fato de nem você nem a Milena terem falado muito do beijo de vocês foi meio esquisito. Mas não insisti porque sou dessas.

— Não insistiu comigo porque a gente deu uma afastada um do outro, né? E você tava toda amiguinha do Caio, o que fez com que EU me afastasse de você também.

Ela desdenhou do assunto Caio, e eu segui em frente:

— O Gonçalo me disse que em Portugal, e na Europa como um todo, é muito natural se assumir, que não tem pressão, que é tranquilo e transparente. Que as pessoas não julgam ninguém por essa coisa chamada "orientação sexual".

— Não acho que é só lá. Aqui também tá mudando. Principalmente com a nossa geração. Não é mais tabu pra ninguém da nossa idade — argumentou ela.

— Você acha mesmo?.

— No Rio? Zona Sul? Século XXI? Acho messsssmo! Estamos falando de pessoas de bom senso, que são as que a gente conhece! E que, diga-se de passagem, não têm nada a ver com a sua vida. Se vão te julgar ou não, problema delas.

— Mas eu sou filho de vó, Tetê. E... Eu tenho... Eu tenho muito medo de... de... de...

— De quê? Anda, Davi! Fala! Medo de...? — insistiu ela.

— De decepcionar a vovó, de ser um desgosto na vida dela — admiti.

— Tá louco, né? Só pode! Não conhece sua avó, não?

— Conheço, mas já li sobre isso. Tem pais que não admitem...

— Parou! Parou agora! Não compara a vó Maria Amélia com esses pais aí, pelo amor de Getúlio! — pediu ela, me dando em seguida um abraço que só ela sabia dar. — Você tá gostando mesmo dele, né?

Apenas sorri, tímido.

— Tá. Entendi. Não precisa dizer nada — disse Tetê. — Tá mais que gostando, né?

— Acho que sim — respondi timidamente, sentindo as bochechas ferverem.

— Então se joga!

— Jura?

— Claro! Por que não!? E não fica na noia de contar ou não pra sua avó, pro Dudu... Dá tempo ao tempo, vai vivendo e sentindo como as coisas desenrolam. Se fosse um começo de namoro com uma menina, você contaria pra eles?

— Provavelmente não — constatei.

— "Provavelmente" uma ova, você é uma ostra! É lógico que não contaria. Por que tem que sair contando, então? Só porque é um garoto?

— Você está coberta de razão — constatei.

— Mas e aí? Qual o signo dele?

— Câncer.

— E combina com Escorpião?

— Ô... — fiz graça. — Como diz a Tati, minha professora, até os astros torcem pelo casal Câncer e Escorpião.

MINHAS IMPRESSÕES SOBRE A PESSOA DE
CÂNCER (GONÇALO ♥ ♥ ♥)
REGENTE: LUA

COMO É:
São vários "ivos": criativo, emotivo e intuitivo, O canceriano, um sonhador inveterado, se baseia em seus sentimentos para decidir quais caminhos vai seguir, quais atitudes vai tomar e quais projetos vai abraçar. Não costuma dar muita atenção à razão ou à lógica. Como é regido pela Lua, que tem quatro fases, seu humor oscila, indo do riso às lágrimas em questão de segundos. Quando apaixonado, é quase um devotado ao ser amado. Quando não se envolve, descarta um relacionamento com a maior facilidade do mundo.

COMO BEIJA:
Com a alma.

DO QUE GOSTA:
De amigos por perto, de lealdade e fidelidade – é considerado por muitos o signo mais fiel do zodíaco.

DO QUE NÃO GOSTA:
De se abrir com estranhos. Desconfiada por natureza, ela precisa de muita intimidade com uma pessoa para abrir seu coração para ela.

O QUE FAZER PARA CONQUISTÁ-LA:
Está no mais profundo silêncio há mais de trinta segundos? Diga que a ama. Todo mundo gosta de ouvir isso, mas o

canceriano gosta mais que todo mundo. Ciumento e possessivo, ele é bem exigente quando o assunto é relacionamento, cobra carinho e atenção o tempo todo, mas não retribui na mesma medida – não por ser egoísta, mas por cautela, medo de se machucar se der demais. Por isso, não economize nas demonstrações de amor, seja carinhoso, faça-o acreditar na sua entrega e mostre, com afeto e cafuné, que ele pode confiar em você de olhos fechados. Paciência também é uma boa qualidade na hora de conquistá-lo, já que muitas vezes o canceriano pode ser um tantinho rabugento.

FUJA SE FOR DE:
Gêmeos, Áries e Leão.

COMBINA COM:
Peixes, Sagitário, Aquário e Escorpião (Mas cuidado! O canceriano é sensível e o escorpiano é dado a patadas. Basta controlar as emoções que o casal tem tudo pra dar certo.)

O DIA SEGUINTE AO PRIMEIRO ENCONTRO:
Mostre que tem interesse em seguir adiante caso tenha mesmo. Ela vai se sentir a pessoa mais amada e mais importante do mundo.

— Mas conta: o que vocês conversam?

Pergunta descabida! Só meninas fazem uma pergunta dessa, não?

— Basicamente sobre a gente — respondi educadamente.

— Ownnnn...

— Sério? Precisa desse own?

— Precisa, idiota. Anda, conta mais. — Minha amiga estava mais entusiasmada que eu!

— Ah, sei lá. Falamos da vida lá em Portugal, da vida aqui e, claro, de como foi para ele se entender, se assumir, se amar.

— E como foi?

— Cara, foi tão tranquilo! O Gonçalo sempre soube que era gay. Nunca duvidou, sempre percebeu que gostava de meninos. E como ele tem uma relação muito bacana com a família dele, foi tudo muito fácil e natural.

— Por que não seria natural!? Acho que essa fase já passou! Até o papa Francisco já disse que a Igreja deve pedir perdão aos gays pelo jeito com que eles foram tratados no passado.

— Olha, que legal! Não sabia! — falei, surpreso.

— Amor, Tetê também é conhecimento e cultura. Na verdade, Tetê é pura informação fundamental.

— Menos, por favor — impliquei.

— É... — Tetê estava sem jeito de perguntar alguma coisa.

— O quê? Desembucha, vai, Tetê, que você não é disso.

— E você? Como foi ou está sendo pra você? Posso perguntar isso ou é íntimo demais? Não tô querendo rotular, tô só querendo saber de você até hoje, se notou que tinha mais interesse em meninos ou meninas. Mas só responde se for ok, por favor! Se eu ultrapassar os limites pode me dar bronca.

A Tetê é ou não é a pessoa mais especial desse mundo?

— Fica tranquila, Tetê. Olha, eu acho que até gostava mais de olhar para os meninos do que para as meninas. Só acho que, inconscientemente, reprimi essa vontade, sabe? Mas isso eu tô percebendo agora, estes dias. Porque sempre fui muito travado nesse assunto. Era como se eu quisesse ser assexuado. Mesmo não sendo. Ai... Fui claro?

Conversar com a Tetê me fez um bem danado. Falamos bastante, com a leveza que permeia desde sempre a nossa relação. E nessa conversa eu tive a confirmação de quão importante é ter um ouvido amigo, um colo para deitar, um abraço para se aconchegar.

— Poxa, se eu soubesse, tinha te falado do Marcelo. Um gato do meu inglês!

— Ah, não! Paraaaaaa!

— Parei, estou fechada com o Gonça! — disse ela, dando uma piscadela.

Meu celular apitou e era ele. Gonça.

DAVI
Não morre nunca mais. Estávamos falando de você. Contei pra Tetê

GONÇALO
Que bom! Estou cá só pra dizer que me fazes falta

— Ah, não! Pode parar com esse namoro! Avisa que eu tô aqui e que depois vocês conversam.

DAVI
Tetê tá com ciúme aqui. Falamos mais tarde, tá?

— Ele me mandou um coração!
— Ele te mandou um coração?!
— Foi isso que eu acabei de dizer!
— Manda outro pra ele! Anda!
— Calma!
— Calma o quê? Não pode deixar o garoto no vácuo!
— Mas não é muito cedo pra coração?
— Manda, Davi! Para de besteira.

Como a Tetê gosta de mandar, meu Deus! O Dudu certamente vai para o céu de foguete no dia que passar desta pra melhor por aturar uma garota tão mandona.

— Não é melhor emoji com olho de coração?
— Coração, caramba! Do vermelhão! Que pulsa. Esse menino vai embora em pouco mais de um mês! Já, já as férias dele acabam e ele volta pra Lisboa! Manda coração logo, pelo amor de Getúliooooo! — Tetê aumentou o tom de voz.

E, nesse minuto, Dudu chegou e certamente ouviu parte da conversa. Meu coração acelerou.

— Oi, gente! Davi, tenho certeza de que Tetê economizou meu tempo e já te contou tudo, né?

— Lógico, né, Dudu. E você contaria da maneira mais reta e direta, que eu sei.

— Homens são práticos, Tetê. Mas me contem: pra quem você quer que ele mande um coração, moça? — quis saber Dudu, sentando-se à mesa junto com a gente.

— Eu falei: "Manda, coração". — Tetê tentou consertar, mas a emenda saiu pior que o soneto.

— Desde quando você chama o Davi de "coração", Tetê? Como mente mal... — debochou, Dudu.

À noite, encontrei Samantha e Gonçalo no mirante da Niemeyer. Ele estava encantado com as praias de Ipanema e Leblon aos seus pés.

— Você daria um ótimo guia de turismo, Davi — comentou Samantha.

— Já disse isso a ele. Só tem me levado a lugares giros — disse Gonçalo, tão bonitinho com uma camiseta branca (que é a cor do seu signo, aliás), com gola V e bermuda clara desfiada.

— Estás muito bonito, sabias? — brinquei ao abraçá-lo.

E, pela primeira vez, Gonçalo me abraçou romanticamente na frente da Samantha. Senti uma onda gelada percorrer a minha espinha. E ele me abraçou tão carinhoso que não tive como não retribuir. Mas...

— Que corpo duro é este? Calma, não mordo, não! — disse ele, se afastando.

Por que eu enrijeci? Por quê?

Porque você, pela primeira vez na vida, está se entendendo, porque você se encontrou, porque você está se sentindo pertencendo a alguém, e estou falando da melhor e mais bonita forma de pertencimento, disse o Davi que mora na minha cabeça e que é quase mudo, mas, quando se manifesta, só fala coisas certeiras.

Puxei Gonçalo pra perto e dei nele o abraço mais apertado e afetuoso que eu podia dar.

— Isso aí! Abracem mesmo porque início de namoro é muito bom! — incentivou Samantha.

É. Eu estava oficialmente namorando.

Capítulo 14

OS DIAS SE PASSARAM, E EU ESTAVA CADA VEZ MAIS ENTROSADO e feliz com o Gonçalo. E... por que não dizer? Apaixonado. Sim, em pouco mais de um mês, eu tive a certeza de que estava vivendo minha... minha primeira paixão. O que eu estava sentindo podia ser perfeitamente o significado de paixão. Eu agora sabia o que era. Por mais inverossímil e rápido que possa parecer, esse negócio chamado paixão me pegou de jeito. Rápido não sei, já que não tenho referência e tampouco noção se existe um prazo definido para se apaixonar. Sempre duvidei de amor à primeira vista, de paixão à primeira vista. A minha paixão foi construída momento a momento. Eu estava apaixonado. Nunca um sentimento tinha me feito tão feliz. Tão... tão... pleno. Isso. A palavra é pleno. E preenchido. Finalmente preenchido onde antes havia um vazio que eu nem sabia que era tão vazio.

Apaixonado, com o perdão da repetição. Os enamorados são repetitivos, não? E monotemáticos. Apaixonado, sim, mas sem essa de *metade da laranja*, sem essa de *para sempre*. Nem sei se acredito que cada pessoa tem uma alma gêmea apenas. Sei que nossas almas eram parecidas e perfeitamente encaixadas, e isso vale muito mais do que qualquer clichê romântico.

Gonçalo era divertido, inteligente, bom caráter, superligado na família, como eu, e, ao contrário de mim, muito bem resolvido com ele mesmo. Eu morria de inveja da relação dele com os pais, por nunca ter escondido nada de ninguém.

— Não escondi, mas meu avô mandou um "Tudo bem, vou ter que conviver com o fato de não ter um neto perfeito", quando contei pra ele — desabafou Gonçalo certo dia.

Fiquei pasmo.

— Mas sua relação com ele era boa?

— Ótima. Por isso foi um golpe pra mim.

Imaginei o que diria meu avô se soubesse que eu andava beijando um garoto.

— Não esperava isso dele, sabe?

— Sei, claro que sei — afirmei, pensando dessa vez na minha avó.

— Mas a ignorância e o preconceito vêm de onde a gente menos espera.

Gonçalo estava certo, embora fosse assustador não ter o apoio da minha avó, a pessoa mais importante do mundo pra mim.

— Quando você contou pra ele?

— Contei faz um ano, quando ele insistiu pela milionésima vez para eu arrumar uma namorada.

— E hoje? Como ele lida com isso?

— Honestamente, não sei. Nós só nos falamos em datas especiais, como aniversário e Natal. Mas tudo bem. Entendo que ele seja de outra geração e que não me aceite do jeito que sou, mas tenho a minha cabeça livre de culpa, sei quem eu sou e que não quero o mal de ninguém. E não faço mal a ninguém.

— É isso aí.

— E meu pai e ele estão meio brigados. Tiveram uma discussão séria, e meu pai me defendeu...

Nessa hora, o Gonça ficou com os olhos cheios d'água e uma lágrima discreta caiu pela lateral do rosto. Deu pra perceber que ele estava revivendo a cena toda na cabeça e lembrando da sensação de ver o pai lhe estender a mão. O orgulho de ter um pai que o entende.

Com a voz embargada, ele continuou:

— Foi emocionante, sabes? Meu pai, mesmo com todo o respeito pelo pai dele, não hesitou em ser meu pai. MEU pai — contou, com a voz superembargada.

Suspirei profundamente.

Os dias começaram a voar, a passar muito mais rápido do que eu gostaria. Logo chegaram as férias de julho. Então eu e Gonçalo ficamos bem grudados, sempre juntos. E eu ainda não tinha contado nada nem para minha avó nem para o Dudu.

Numa tarde chuvosa e fria de inverno, Tetê e eu fomos até a casa do Zeca escutar música e conversar e, do nada, sem ninguém ter perguntado, Zeca soltou:

— Eu tô com um pouco de ciuminho de você e do Gonçalo, Davi. Estão muito felizinhos, muito grudadinhos, sei lá.

— Ah, então não é ciúme! Você quer dizer invejinha mesmo — corrigiu Tetê.

Zeca baixou os olhos, constrangido, como eu jamais tinha visto. Admito que me espantei com a reação dele. Logo o Zeca, sempre tão sincero e transparente. Mudei de assunto.

— E sua madrasta? Preparado para viajar com ela e seu pai no fim de semana?

— Ai, nem me fala naquela demônia do queixo de sapato. Faz uma *panna cotta* excelente, mas é uma demônia.

— Gente, por que você não gosta dela, Zeca? Nunca entendi direito. Tudo bem que ela tem uma cara esnobe, mas parece gostar de você. E faz bem pro seu pai, não? — argumentou Tetê.

— Ela diz que me aceita, mas acho que me olha torto. E não me deixa sozinho com o filhinho dela. Aposto que é porque tem medo que eu "passe" alguma gayzice pra ele.

— Que horror! — exclamou Tetê.

— Bota horror nisso! Homofóbica enrustida, se faz de cabeça aberta mas é preconceituosa. E não acho que tenha feito bem pro meu pai, não. Na verdade, acho que ela afastou ele de mim. Hoje vejo meu pai muito mais próximo do filho dela do que de mim. Isso dói, gente. — E Zeca ficou emocionado de verdade. — Nunca tive uma relação incrível com o meu pai nem quando ele era casado com a minha mãe. Aí ele foi inventar de trair a minha mãe com essa oferenda devolvida do mar, oferenda podre, diga-se de passagem, e eu fiquei um tempão sem falar com ele — disse, visivelmente triste.

Zeca nos fazia rir mesmo com o astral lá embaixo. Tetê pegou na mão dele e começou a fazer carinho nela. Ele, então, respirou fundo e prosseguiu:

— Faz uns dois anos que a gente se reaproximou, mas sempre que a gente fica mais conectado ela inventa uma maneira de desconectar a gente. Não tenho paciência — desabafou, cabeça baixa, querendo estancar o choro que estava por vir. — Ontem mesmo eu estava no telefone combinando de viajar só eu e ele, e ela começou a berrar dizendo que precisava dele porque tinha cortado o dedo na cozinha.

— Coitada, Zeca. Pode ter sido um corte feio — ponderei.

— Que feio, nada! Se bobear ela fez um furinho no dedo só pra tirar meu pai do telefone. Hoje tava lá, toda linda no Insta malhando na academia. Não vi esparadrapo em dedo nenhum! E ainda é cafona, porque não aguento foto de gente malhando.

Ela é mulher da pior qualidade. Tenho pena do filho dela, que é um fofo e não tem culpa de ter uma mãe assim.

É aquela coisa... Todo mundo tem seus problemas, seus dramas. Cabe à gente conviver da melhor maneira com eles, sem se vitimizar, sem colocar uma lente de aumento sobre eles. Em poucos dias, soube de duas histórias chocantes: a do avô do Gonçalo e a da madrasta do Zeca. Isso só me deixava mais inseguro em falar a verdade para a minha avó.

Era estranho, mas minha avó era tão querida, tão minha amiga, que eu sentia como se a estivesse traindo. Como assim, a minha avó não sabia que o neto era um garoto muito feliz, vivendo uma coisa maravilhosa?

Seguimos ouvindo música, e uma hora precisei ir ao banheiro. Quando voltei, não pude deixar de ouvir Tetê e Zeca conversando. Parei no corredor, antes de voltar a entrar no quarto, e escutei o papo dos dois.

— Eu tô estranho, não sei por quê. Queria ficar feliz por ele, mas não consigo.

— Poxa, Zeca... Qual é o problema? Você sempre gostou tanto do Davi... Torceu tanto por ele...

— Eu sei, Tetê. E tô mal por isso, mas...

— Mas o quê?

— Nada.

— Ahhh fala!

— Nada!

— Fala agora.

— Eu... eu... eu acho que você acertou. Eu estou com invejinha, sim. Mas não é da felicidade dele e do Gonçalo. Acho que é invejinha do Gonçalo, por ele estar namorando o Davi.

O tempo parou de andar. E meu coração parou de bater, e os olhos de piscar. Eu fiquei estático atrás da porta, que estava encostada.

230

— Cê tá falando sério, Zeca?

— Jura que cê acha que eu brincaria com um assunto sério desses? Eu ando superangustiado com essa história. Sem me entender direito, sem saber se é isso mesmo ou se é viagem da minha cabeça. Ou se é só ciúme de amigo, sabe? Mas eu morro cada vez que aparece uma mensagem no celular do Davi e ele fica todo alegrinho respondendo.

Uau. UAU. UAU!!!

— Pode ser uma coisa de momento, porque você tá carente desde que terminou com o Emílio. Você nunca... — ponderou Tetê.

— Eu nunca vi nada no Davi! Claro que não. Mas no fundo, no fundo, sempre achei que ele ia se descobrir gay. E, pra te falar a verdade, sempre torci pra isso.

— Mas vocês são amigos!

— *Friendzone*, já ouviu falar?

Eram muitas notícias para o meu cérebro processar. Muitas notícias. E eu não estava entendendo nada! Ele pareceu tão amarradão quando contei do Gonçalo pra ele...

— Peraí! Você gosta desse jeito do Davi? — Tetê se espantou. E eu me espantei.

Eu jamais olharia para o Zeca de uma forma romântica. Ele sempre foi o engraçado do grupo. O espalhafatoso. O amigo! Eu estava boquiaberto.

— Não sei! Não sei! Não me pressiona! Tô nervoso! — explodiu ele. — Tô esquisito nos últimos dias. E ainda tem o sucesso do blog, o povo cobrando post novo toda hora, estou ficando louco com tanta pressão! Me deixa, vai.

— Calma, meu amor... Vai passar, é só uma fase. — Tetê tentou aliviar a situação.

— Acho que, no fundo, no fundo, eu sonhava com o dia que o Davi ia se descobrir e se aproximar de mim, e querer me conhecer de outro jeito.

Caramba! Eu nunca imaginei!!!

— Vem cá, vem. Cê tá precisando de um abraço.

— Mas anda rápido que se ele chegar eu não vou saber o que dizer. Aliás, pela demora, ele deve estar fazendo cocô. E isso pode ser um sinal, porque tem aquele ensinamento do vaso sanitário, você sabe.

— Ensinamento do vaso sanitário? Claro que não sei, Zeca.

— Para esquecer a pessoa amada que só te fez mal, feche os olhos e pense nela fazendo cocô. Com prisão de ventre. Ah! Pelada. A pessoa tem que estar pelada se contorcendo para que essa cena seja cem por cento eficaz. Você esquece na hora e pá! Parte pra outra!

Só não ri porque ainda estava em choque com aquelas informações.

Mas Tetê riu.

— Só você... — disse ela. — Mas... você falou "amada". Você... você... am...

— Não! Não! Não! — fez ele. — Não falei, mulher? Não sei nem se gosto dele desse jeito ou se tô carente como você falou! Ou se tô só com inveja que uma pessoa tão próxima está tão feliz num relacionamento. Sei lá, é uma mistura de sentimentos! Mas não amo, não. Continuo amando o Davi como amo você. Como amiga. Nada a ver com amor, com romance, nada disso!

Ufa! Essa foi minha deixa para que eu entrasse no quarto.

— E aí? Vão ficar de ti-ti-ti ou vamos fazer o trabalho?

— Ti-ti-ti? Ai, Davi! Menos! — pediu Tetê.

— Muito menos. Ti-ti-ti foi puxado! — Zeca fez coro. — Ti-ti-ti é coisa de bicha velha, bicha cacura!

Ri sem jeito e, ainda em choque com tantas informações, sentei para continuar nosso trabalho. Em uma hora, acabamos, e fui caminhando com a Tetê até a casa dela.

232

Não bastasse estar angustiado com várias questões, eu agora estava extremamente sensibilizado com as questões do Zeca, um amigo tão querido e tão importante, que me ajudou muito no momento em que eu mais precisei. A última coisa que eu queria era vê-lo sofrer. Por inveja, por amor, por se sentir rejeitado pelo pai, por ser julgado pela madrasta... Pelo que fosse.

Por isso, não resisti.

— Eu ouvi você e o Zeca conversando.

— Conversando o quê? — tentou Tetê, preocupada.

— Você sabe o quê.

Ela baixou a cabeça e seguiu em silêncio uns instantes.

— Calma, Davi. Ele tá só confuso.

— Espero. É coisa demais pra minha cabeça.

— Claro que é isso. Muitas coisas acontecendo, eu namorando, você namorando. Ele tomou um pé na bunda não faz muito tempo. Tá carente ainda.

— Você acha mesmo?

— Acho.

— Porque a última coisa que eu quero na vida é magoar o Zeca, Tetê.

— Não vai magoar.

— Eu estou muito feliz com o Gonçalo.

— Eu sei. Dá pra ver no seu olho.

— Além do mais... O Zeca... Como é que eu vou dizer... O Zeca... é como um irmão, né? E ele é meio...

— Eu sei, ele não faz seu tipo, né? Também dá pra ver, conhecendo o Gonçalo. Já entendi qual é o seu tipo, e o Zeca não tem nada a ver com ele.

— Não é só isso.

E não era mesmo. Até porque eu nem sei se existe essa coisa de tipos de caras, tipos de garotas. O que importa não é a alma? Ainda era tudo muito novo pra mim.

233

— Claro que é. Todo mundo tem um tipo. Tem gente que gosta de louro, gente que gosta de moreno, gente que gosta de japa... Gente que gosta de boca grossa, boca fina, bunda grande, bunda pequena...

— Bunda mole.

— Não, Davi. De bunda mole ninguém gosta.

Rimos juntos e caminhamos abraçados até a casa dela. De lá, peguei um ônibus rumo à casa da Samantha. Iria comer pizza (que novidade!) com o Gonça na Fiorentina (uma das melhores do mundo, na minha opinião), reduto boêmio, cheio de histórias e muito frequentado por artistas. Pertinho da casa da Milena.

Sentamos numa mesa na parte de trás do restaurante, que não estava muito cheio. E me permiti ficar de mãos dadas com o Gonçalo sobre a mesa, olhando no fundo dos olhos dele. Eu podia passar horas nadando naqueles olhos. "Nadando naqueles olhos." Eu era oficialmente um cara cafona. Romanticamente cafona. Mas os românticos são cafonas, não são?

— Falta um mês, Gonça — soltei de repente.

— Não vamos falar disso — pediu ele.

— Mas uma hora vamos ter que falar.

— Por quê?

— Pra saber o que vai ser de nós, pra tentar nos imaginar daqui a um tempo. Você volta para Portugal dia 15 de agosto, esqueceu? Você me disse que suas aulas começam dia 1º de setembro, e quer chegar antes em Lisboa para se adaptar ao fuso e ainda resolver alguns assuntos.

— Sim, é verdade.

Fiquei mudo. Ele ficou mudo. O que ouvimos foi a minha saliva descendo lentamente pela minha garganta. Depois de respeitar meu silêncio, Gonçalo respirou fundo.

— Davi. Davi. Deixes de ser criança. Fales comigo.

Baixei a cabeça, fechei os olhos e deixei os ombros caírem.

— Ué, não era para "não falar disso"? — Tentei fazer graça.

— Desculpa... É que... tu sabes que eu não queria ir embora, não sabes?

Respirei fundo. Bem devagar.

— Eu também não queria que você fosse. Vamos continuar nos falando sempre? — perguntei.

— Sempre.

— Mas como namorados, como amigos...?

— Posso morrer de arrependimento assim que eu disser o que vou dizer mas... não gosto... de impedir que tu sejas feliz de alguma forma. Mesmo nos braços de outra pessoa.

Aquela última frase me fez doer o estômago. Era como se eu estivesse tendo a pior azia do mundo. A mais forte, a que nenhum remédio seria capaz de curar. Tudo dentro de mim queimava estranhamente.

Olhei sério pra ele. Eu realmente não queria falar sobre isso. Chegou nossa pizza. Metade marguerita, metade calabresa. Comemos em silêncio por alguns minutos.

— Silêncio é sinal de cumplicidade entre casais, sabias? — disse ele, com aquele sotaque luso-brasileiro que me encantou desde que ouvi sua voz pela primeira vez.

— Você tem uma importância enorme pra mim, Gonçalo. Não só por ter me feito entender tanta coisa e encaixar tantas peças perdidas do meu quebra-cabeça, mas por ter me dado de presente um amor. Meu primeiro amor.

— Tu me amas? Mesmo? A sério?

Abri um sorriso bem grande.

— A sério que tens alguma dúvida? — Tentei imitar o sotaque dele.

Era a primeira vez que eu sentia que amava alguém. Fato incontestável: eu não estava "só" apaixonado. Dois meses depois de conhecê-lo e de conviver intensamente com ele, eu me sentia seguro para admitir o óbvio: eu amava o Gonçalo.

— Também adoro-te. Adoro-te imenso — disse ele com os olhinhos brilhando que me deixaram com as pernas bambas. — Mas não imites meu jeito de falar, por favor. Sua imitação de português é a pior que já vi na vida — completou, palhaço, às gargalhadas. — Aqui se diz eu te amo, pois não? Então que fique claro: eu te amo.

Senti a felicidade percorrer meu corpo. Nós estávamos realmente sintonizados, um olhando no olho do outro sem disfarçar o que sentíamos.

— É bom estar de férias, né? Pizza em plena quarta-feira...

Gelei ao reconhecer a voz. Era Dudu, me dando um tapinha nas costas. Virei para trás e vi que ele estava com dois amigos da faculdade.

— Ué, qual o problema?

— Depois engorda e não sabe por quê — explicou. — Boa noite! Prazer, Dudu.

— Muito prazer.

— E-esse... Esse é o Gonçalo, Dudu.

— Olha, você é o famoso Gonçalo?

— Famoso? Como famoso? Eu quase não falo dele pra você, quase não menciono o nome dele, qua...

— Ei! Claro que não fala, eu estou me referindo à Tetê, ela adora você, Gonçalo. Fala do seu sotaque, acha o máximo conhecer um ator de cinema, só falou coisas boas.

— Ator de cinema... Só a Tetê mesmo... Isso é influência da doidivanas da Samantha — divertiu-se Gonçalo.

— Bom, espero ver você mais vezes. Vamos marcar alguma coisa qualquer dia — sugeriu Dudu. — E bem-vindo ao Rio.

— Obrigado pelas boas-vindas, mas estou triste porque vou embora já daqui a um mês.

— Já? Caramba! Passou voando! E Samantha? Cadê?

— Na casa de uma amiga — respondeu Gonçalo.

— Vocês vieram sozinhos?

— Viemos. Algum problema? — questionei, um tanto incomodado com aquela pergunta.

— De jeito nenhum! — respondeu ele imediatamente. — Ó, vou comer rapidinho uma saladinha com peixe grelhado porque tenho que ir logo pra casa. Se quiser, te dou uma carona, Davi.

Assenti e voltei para meu pedaço de pizza.

— Tu ficas tão estranho — comentou Gonçalo.

— Eu sei. Desculpa, eu...

— Não peças desculpas. Tens só que se desculpar a si mesmo por não fazer o que achas que deves fazer.

— E você sabe o que eu acho que eu devo fazer? É vidente e eu não sabia?

— Não precisa ser vidente para saber que estás incomodado por não teres contado de nós dois para o seu irmão, Davi. Não sou estúpido.

— Desculpa, mas...

— Já disse, não tens de pedir desculpas a mim. Estou do teu lado e compreendo-te perfeitamente. É mesmo difícil. E complicado. E acima de tudo delicado.

Como era incrível aquele canceriano! Lindo, bem resolvido e maduro. Terminamos nossa pizza e fomos para a mesa onde meu irmão e seus amigos pagavam a conta.

— Comeste pizza também, mas debochaste de nós, Dudu!

— É! Cadê a saladinha? — Entrei na brincadeira do meu namorado.

— Ah, esses caras me convenceram e eu acabei dividindo uma pizza com eles. Bora pra casa, Davi?

— Bora. Você dá carona pro Gonçalo? A casa da Samantha é em Copa, na República do Peru.

— Claro.

— Imagina, não precisa, muito obrigado. Vou caminhar pelo calçadão e aproveito pra apreciar a vista e fazer a digestão.

— Que nada! Daqui até a República do Peru é chão! Faço questão de te levar — insistiu meu irmão. — Além do mais, pelo que sei você é quase gringo, não pode ficar andando assim sozinho pelo Rio, não. Depois se perde e aí? A Samantha vai brigar com quem? Comigo.

Rimos todos, meu irmão e os amigos racharam a conta e fomos com Dudu pegar o carro, estacionado quase em frente ao restaurante. Sentei no banco da frente e Gonçalo no de trás. Meu coração batia acelerado e nervoso. A situação era incômoda, mas não era, era normal, mas não era, podia ser corriqueira, mas não era.

Logo chegamos ao prédio da Samantha. Ah, como eu queria ter forças para sair do carro e dar um beijo e um abraço apertado no meu namorado, que iria embora em um mês.

Não consegui.

Apenas abri a janela e disse:

— A gente se fala amanhã.

— Está bem. Até logo. E, mais uma vez, obrigado, Dudu.

E pensar que havia alguns minutos eu tinha dito "Eu te amo" para aquele cara que se despedia de mim tão displicentemente. Eu me senti um covarde, um cara do tamanho de uma formiga. Não. De uma pulga. Menor. De qualquer coisa não vista a olho nu, qualquer coisa microscópica, isso sim.

Em silêncio estava e em silêncio continuei quando o carro andou.

Depois de um tempo, Dudu puxou assunto:

— Vocês ficaram bem próximos, né? Bacana isso.

— É. — Foi tudo o que eu disse.

Eu queria abraçar de vez a coragem que me faltava para quebrar o silêncio que insistia em me manter calado naquele carro gelado. Ou era eu que estava gelado?

Desconfortável com minha mudez, Dudu ligou o som e botou para tocar "Give Me One Reason", da Tracy Chapman. A música, que deve ter uns quatro minutos ou mais, acabou, e começou "Hold On", do Alabama Shakes. Segui sem palavras.

— Que foi, Davi? Tá mudo desde o Leme. Aconteceu alguma coisa?

— Não. Nada.

Covarde! Ele é seu irmão!, pensei enquanto mentia.

— Certeza?

— Arrã.

Que tipo de homem eu era agindo daquela forma?

— Bom, se quiser falar, sabe que tô aqui, né?

Fiz um meneio de cabeça e continuei sem emitir um som sequer. Aumentei o volume e a voz potente da Brittany Howard tomou conta do carro. Aumentei mais um pouco. E mais um pouco logo depois.

— Davi! Pra que tão alto esse som? — perguntou Dudu, mexendo no volume.

Aumentei de novo.

— Ei! Fala comigo! — pediu ele, gritando por conta do som alto. Apertei mais uma vez o botão do volume.

— EU TÔ APAIXONADO! — gritei com toda a minha força.

Dudu abaixou o som.

— O quê?! Opa! Que maravilha, que notícia boa! Mas precisa agir dessa forma? O que tá acontecendo? Você nunca foi fã de Alabama Shakes, que eu saiba.

Respirei fundo, aumentei o volume pela última vez e, ao som daquela voz rascante e potente em uma melodia um tanto agoniante (pelo menos naquele momento me pareceu assim), eu finalmente tomei coragem e disse bem alto:

— EU ESTOU APAIXONADO POR UM GAROTO! E ESSE GAROTO É O GONÇALO, QUE VOCÊ ACABOU DE CONHECER!

Dudu deu uma freada brusca.

Antes de fechar os olhos e respirar aliviado, baixei o volume. Agora só o que eu ouvia era a batida do meu coração.

— E você me fala isso assim? Desse jeito!? — questionou Dudu.

— Por quê? Tem um jeito diferente pra falar, por acaso?

Não acreditei na reação dele! Meu irmão, meu próprio irmão, achava que só porque eu estava me relacionando com uma pessoa do mesmo sexo tinha que ter marcado audiência para dar a notícia. Faça-me o favor!

Fiquei, como já era praxe na minha vida nos últimos dias, com mil sensações diferentes ao mesmo tempo: constrangido, com raiva, decepcionado, com vergonha, sem saber o que dizer, onde botar as mãos. Eu não consegui nem sequer olhar nos olhos do Dudu.

— Claro que tem! — afirmou ele. — É a primeira vez que você se apaixona, Davi! Pelo menos que eu saiba. E se apaixonar é demais, cara!

Ao ouvir aquelas palavras, eu me dei conta de que eu era a mais perfeita tradução de idiota. O Dudu não estava interessado na pessoa por quem eu estava apaixonado. Ele gostou da ideia de me ver feliz. Apaixonado e feliz.

— S-sério?

Eu fiz essa pergunta. Não falei que sou idiota?

— Sério, vem cá! — falou, me puxando para um abraço.

Foi um abraço tão sincero e tão carinhoso que me deu vontade de chorar. Eu, cheio de medo, de inseguranças, fazendo mil pré-julgamentos, certo de que o Dudu estranharia o fato de eu estar envolvido com um garoto, e ele todo empolgado com a notícia de que eu, do alto dos meus 16 anos de vida, tinha encontrado uma pessoa que me fez sentir o que eu jamais havia sentido antes.

Meu irmão é um cara muito bacana mesmo.

A buzina do carro de trás ecoou nos nossos ouvidos e essa foi a deixa para que interrompêssemos o abraço comemorativo e seguíssemos caminho.

— Cara, o Gonçalo, então?

— É... — respondi, sem graça.

— E aí?

— E aí o quê, Dudu? — reagi, envergonhado.

— Como é que vocês vão fazer? Ele tá indo embora em um mês e você aí todo amarradão.

— Ah. Não sei. Combinamos de não pensar no futuro. E, na verdade, eu não sei bem o que fazer.

— E tá rolando desde quando?

— Desde o dia em que fui à casa da Samantha ver o filme dele.

— Aquele filme horroroso dele? A Tetê me contou que é o pior filme já feito em Portugal.

— Isso. Eu diria no planeta Terra, mas tudo bem. — Ri sem jeito. — Foi logo que ele chegou, faz uns dois meses quase.

— A Tetê sabe?

— Claro que sabe.

— Mas não me falou nada!

— Claro que não. Eu pedi. Ia te contar quando estivesse pronto.

— E a vovó?

Baixei a cabeça e, mesmo tentando puxar todo o ar do mundo, não consegui encher meus pulmões.

— Não. Ainda não.

— Mas tudo bem, não tem pressa nenhuma de contar! Mas que legal que você *me* contou, cara! Tô tão feliz por você!

Definitivamente, o preconceituoso da família era eu. Que doideira. O Dudu continuava ignorando o fato de minha paixão ter pelos no rosto. E que bom que ele ignorava isso.

— Você... Você acha que a vovó vai receber bem quando eu contar? Eu acabei de tirar um peso imenso das minhas costas te contando. Imagino que eu vá tirar o restinho desse peso quando eu dividir com ela — falei.

Ele pausou, como que para medir as palavras antes de pronunciá-las.

— Davi, vou dar o conselho que ela sempre deu pra gente: faz o que o seu coração mandar. Se for te fazer bem, conta.

Enfim perguntei o que queria perguntar, mas estava sem coragem:

— Tenho medo da reação dela ao saber que estou com um garoto. Você... Você não vai perguntar se sou gay?

— Não tenho o menor interesse nisso. Eu vou sempre fechar contigo, Davi. Você é o garoto mais incrível que eu conheço. Meu interesse é saber se ele é boa gente. E se ele te faz feliz.

— Ele é muito gente boa. É gente ótima!

— E que te faz feliz eu tô vendo.

— Faz sim. Muito!

— Só isso que cabe a mim saber. De verdade.

Respirei aliviado. Que cara bacana era aquele ao meu lado. Supimpa, como diria meu avô.

— Agora, quanto à vovó, se você ficar mais encucado do que aliviado, espera um pouco. Eu já entendi sua questão, e vou te fazer uma pergunta. Mas quero que você me responda sinceramente: se fosse uma menina que você estivesse namorando há pouco tempo, você contaria pra ela?

— Caramba! Foi exatamente o que a Tetê perguntou pra mim!

— Essa é a minha moça! — reagiu ele, todo orgulhoso.

— É que... ah... sei lá... eu estava sentindo que estava traindo vocês, sabe?

— Imagina, Davi. Você é dono da sua vida. Se não estiver fazendo mal a ninguém, roubando, matando...

— Que horror, Dudu! — brinquei com a piada boba dele.

— Mas é sério. Não se cobra isso. Deixa rolar.

— Eu já estava até ensaiando em como contar pra vovó. Pensei em dizer: "Vó, eu talvez possa estar interessado em um garoto. Tudo bem?"

Ele rolou de rir. E eu ri com ele.

— É a pior frase que já ouvi na vida!

Concordei, sorrindo com os olhos para o melhor irmão do mundo.

Capítulo 15

FIQUEI PENSANDO QUE DEVERIA CONTAR PARA MINHA AVÓ naquela noite mesmo, já que eu estava embalado pela conversa com o Dudu. Ele poderia me ajudar também. Fui preparando o discurso mentalmente. Só que, assim que eu e meu irmão chegamos em casa, nos deparamos com algo inusitado.

Em cima da mesa da sala de jantar, escrito em papel de caderno, havia um bilhetinho escrito à mão, com letra toda caprichada. É claro que era da vovó, porque ao lado dele havia uma flor e duas balas de hortelã.

Meus docinhos de candura,

Não esperem por mim. Vovó foi dançar com a Zeni num baile em Botafogo sem hora pra acabar. Não mandei mensagem porque preferi praticar minha caligrafia, que é linda (ao contrário da de vocês).

Tem carninha moída e purê de batata na geladeira. Qualquer coisa, me liguem.

Beijinhos,
Vovó.

PS: Amo vocês.

PS 2: Adoraria ser uma mosca para ver a cara de vocês dois lendo este bilhetinho e pensando na vovó riscando o salão. Aviso que sou pé de valsa, sempre fui!

PS 3: Mais beijinhos, porque beijinho nunca é demais.

Ao terminarmos de ler, rimos meio que sem acreditar realmente que nossa avó, nossa doce Maria Amélia, tinha ido dançar. Não lembrava a última vez que isso tinha acontecido. Pra falar a verdade, nem sei se isso já tinha acontecido.

Ela dançava com o vovô de vez em quando em casa, quando tinha sarau e um amigo deles assumia o piano. E era bonito de ver. Eles dançavam bem. Muito bonitinhos os dois juntos. Bateu uma saudade do meu avô que chegou a apertar o peito, que àquela altura estava menos angustiado.

Fomos para o quarto e escrevi para a Tetê, para dividir as novas.

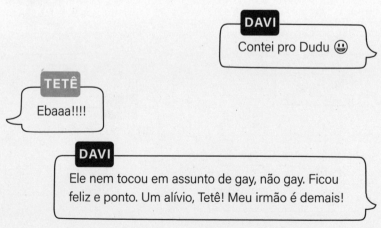

TETÊ

TETÊ: Ah, que lindo esse meu moço! Eu tinha certeza! ♥ Ah, e a paixão... Que coisa bonita de ver. E de sentir

DAVI

E o Zeca? Falou com ele?

TETÊ

Ele escreveu. Disse que estava confuso em relação a tudo, que ainda estava processando tudo o que ele vomitou quando você foi ao banheiro, mas que estava mais calmo

DAVI

🙈

TETÊ

Mas perguntou se eu achava que algum dia, mesmo que num futuro distante, ele teria chance com você

DAVI

Não!!!

TETÊ

Pois é 🙁

DAVI

E o que você disse?

TETÊ

Que achava que não.

DAVI
Não quero magoar o Zeca. Nunca!

TETÊ
Não vai magoar. Ele tá só com muitas coisas na cabeça, muitas emoções pra administrar. Já, já ele percebe que isso se chama Carência Louca

DAVI
Tomara

TETÊ
Agora beijotchau. Tô vendo Friends

DAVI
👀🥺

Na manhã seguinte, eu e Dudu já estávamos tomando café fazia um tempinho, quando vovó apareceu de cara inchada e cabelo desarrumado (logo ela, sempre tão arrumadinha, mesmo dentro de casa). Era uma cena inédita na nossa vida.

Meu plano era contar para a minha avó naquele café da manhã. Eu iria sentir o momento mais adequado.

— Olha aí, dona Maria Amélia!!! Parece que a noite foi boa, hein?! — brincou meu irmão.

Entrei na brincadeira.:

— Abre o olho, vó! Tá dormindo ainda?

— Vocês são muito bocós, mesmo. A noite não foi boa, não. Foi ÓTIMA!!

Fiquei tão feliz pela minha avó!

— Há muito tempo eu não me divirto tanto! A Zeni é ótima companhia, e o Cobra é um dançarino de mão cheia!

— Cobra?!! — falamos Dudu e eu em coro, nos entreolhando.

— O professor de dança da Zeni. Parece uma pluma e faz a gente se achar dançarina profissional com ele.

— Ah, quer dizer então que a senhora dançou?!

— Que pergunta estapafúrdia, Eduardo! Claro que dancei. Ô se dancei! Não leu meu recadinho? Fui para um baile! BAI-LE! Que serve pra gente dançar! DANÇAR!

Vovó estava exalando felicidade.

— Que bom, vó! — comemorei. — Mas... foi só com esse Cobra aí que a senhora dançou?

Suas bochechas branquinhas viraram dois tomates. Dudu caiu na gargalhada.

— Vó! A senhora pegou alguém na festa?

— Olha o respeito, Dudu! Minha geração não tem esse negócio de pegar, não! — brigou ela, com sorriso no rosto, ainda sem nos encarar, servindo café toda atabalhoada.

— Conta, vó! A gente tem o direito de saber! — pedi.

— Não tenho nada pra contar. O que eu queria contar já contei. Ninguém tem nada a ver com a minha vida — decretou.

— Vocês são muito enxeridos, sabiam?

Apenas rimos. Minha avó não existia! O mapa astral dela devia ser único!

MINHAS IMPRESSÕES SOBRE A PESSOA DE
VIRGEM
(D. MARIA AMÉLIA, MINHA AVÓ)
PLANETA REGENTE: MERCÚRIO

COMO É:

Perfeccionista, responsável, organizada, tímida, porém descontraída quando está entre amigos. Quando tem filhos, o virginiano faz qualquer sacrifício por eles (bem minha avó <3), o que não quer dizer que eles sejam pais pouco severos, pelo contrário. Podem ser bem ríspidos e turrões, mas sempre por amor às crias. Costuma ser mais racional que emocional, ou seja, a razão fala mais alto que a emoção.

DO QUE GOSTA:

Lugares bem arrumados, camas bem-feitas e rotina. O virginiano pira sem rotina. Gosta de fazer tudo sempre igual e quando não faz fica meio desesperado. Adora o assunto saúde, tanto que há muitos hipocondríacos entre os nativos de Virgem. Mas gosta mesmo de se sentir um porto seguro para quem ama.

DO QUE NÃO GOSTA:

De ser criticada. Ninguém gosta, mas uma crítica para um virginiano tem peso 10. Odeia bagunça, desleixo, coisas fora do lugar. Um quadro torto na parede é capaz de tirar a pessoa de Virgem do sério. Detesta discussões e quando elas acontecem é a primeira a tentar apaziguar os ânimos e tentar manter o astral lá em cima.

O QUE COME:

Alimentos limpos (é, o virginiano pode ser bem psicótico com limpeza, especialmente com a comida) e costuma adorar amêndoas, nozes, castanhas e afins.

O DIA SEGUINTE AO PRIMEIRO ENCONTRO:

O virginiano não é de gastar sorriso à toa, não é dado a grandes demonstrações de afeto. Por isso é comum que seus parceiros, principalmente em começo de relacionamento, fiquem inseguros. O virginiano não liga no dia seguinte. Mas se receber um telefonema vai analisar prós e contras antes de atender. Em uma noite é capaz de escanear a alma de uma pessoa. Ele analisa absolutamente tudo no possível futuro parceiro(a) e numa possível relação. Caso você mande mensagem e os tracinhos azuis apareçam seguidos de silêncio, esqueça. O virginiano já te descartou. E você nem percebeu.

— Mas, hein? A que horas vocês chegaram ontem?

— A que horas a SENHORA CHEGOU ontem? Essa é a pergunta que não quer calar! — falou Dudu.

— Ai, mas que garoto inconveniente! Não é da sua conta, Eduardo! Escuta, vocês não estão atrasados, não?

— Não! Estamos de férias! — respondemos em coro.

O celular dela apitou no quarto. Ela saiu da mesa toda espevitada para ver de quem era a mensagem àquela hora da manhã.

Que bonitinha!

Achei que não tinha clima para falar nada. Ela estava em outra *vibe*. Tudo bem, eu ia tentar depois.

— É, pelo jeito, *love is in the air* — sussurrou Dudu. — O amor está no ar, meu irmão!

Apenas sorri.

Não passaram nem três minutos e meu telefone também apitou com uma mensagem. Era a Tetê, pedindo para eu ir na casa dela, que o Zeca estava indo lá e queria conversar comigo. Achei melhor ir. Pelo menos a gente resolveria aquela situação esquisita de uma vez por todas.

— Eu conversei com o Zeca, Davi. — falou Tetê, com um cacho de uvas sem caroço nas mãos, enquanto me oferecia a fruta.

Estávamos na cama dela, conversando esparramados.

— E ele?

— Ficou arrasado quando entendeu que você e ele nunca iam dar match..

— Sabe no que eu fiquei pensando?

— No quê? — Tetê quis saber.

— Em como ele me deu força pra ficar com o Gonçalo e me aceitar do jeito que eu sou. É estranha essa mudança de comportamento agora, não?

— Comentei isso também. Ele tá achando tudo estranho. Senti que ele mesmo não está se entendendo, sabe?

— Você acha que ele gosta mesmo de mim? — perguntei baixinho, incrédulo.

Tetê hesitou antes de responder.

— Acho que não.

De repente, Zeca surge no quarto da Tetê.

— Estão falando de mim que eu sei — exclamou Zeca, meio murcho. Mas ele trazia uma flor pequenininha na mão e se dirigiu diretamente a mim.

— Aceita meu pedido de desculpas? — falou, estendendo a flor na minha direção.

Ainda contrariado, fiz que sim com a cabeça e aceitei a florzinha.

— Eu já sei que você ouviu minha conversa com a Tetê e... eu sei lá o que eu tava pensando naquela hora... Não é amor, não. É inveja mesmo, Davi. Eu sei disso porque me bateu uma *bad* enorme ontem quando vocês dois saíram lá de casa. Meus dois melhores amigos apaixonados e eu sem ninguém à vista. É recalque. Virei uma bichinha recalcada. Como diria o passageiro para o cobrador, a que ponto chegamos?

Ri com vontade.

— Você precisava de uma terapia, sabia? — falou Tetê.

— Não tenho dinheiro pra isso não, amor — rebateu ele.

— Terapeuta bacana dá desconto, Romildão dá. Sério, pensa seriamente no assunto, porque várias questões dessa cabecinha iam se resolver na análise — explicou nossa amiga.

Eu e ela nos entreolhamos.

— Ah, gente! Parou! Podem parar de me julgar! Quer me julgar e me condenar? Julga pelas costas! Já falei!

Ficou tudo bem, pelo menos acreditei que tinha ficado.

Zeca estava só "recalcado", como ele mesmo admitiu. E agora tudo estava no seu lugar.

O tempo que eu tinha com Gonçalo estava se esgotando depressa. E, à medida que os dias se passavam, aumentava mais minha angústia por não ter ainda contado para minha avó sobre tudo o que estava acontecendo comigo e sobre meu relacionamento com o brazuca mais português do mundo.

No último final de semana de férias, sábado na hora do almoço, combinamos de nos ver.

GONÇALO
Estou com saudade

DAVI
Eu também. Muita!

GONÇALO
Então vamos nos ver hoje? Podias ir ao shopping comigo me ajudar a escolher um presente para a minha mãe. Chego em Portugal no dia do aniversário dela

DAVI
Lógico, ajudo você a comprar!

GONÇALO
Marcamos então na portaria do seu prédio em 15 min, ok? Samantha vai conosco, quer comprar algumas coisas também. Espero que não te importes

DAVI
Claro que não, vai ser ótimo. Então combinado! Beijo!

GONÇALO
Beijo!

Foi tão bom passar a tarde com o Gonçalo! Era tão bom nós dois juntos! Claro que a companhia da Samantha também é muito boa, e com seu bom gosto e senso de estilo encontrou um "look lacrador", como ela falou, para a mãe do Gonçalo como presente.

— Ela vai adorar! — decretou ela. — Conheço bem tia Isaura das redes sociais, ela adora um brilho discreto.

— Gosta mesmo, Samy. Que bom que vieste conosco. Sua ajuda foi valiosa — agradeceu Gonça.

— A minha, não?

— Tua companhia foi valiosa, meu amor, mas ajuda mesmo quem deu foi a Samantha — brincou Gonçalo, me abraçando e me dando um beijo na bochecha que me deixou ruborizado na mesma hora.

— Ownnn. Tão lindos vocês juntos!!! Vem morar aqui, Gonça!

— É... Vem morar aqui — repeti, baixinho.

— Vocês são lindos. Davi mais, é claro. Eu gostava imenso de voltar pra cá, mas minha vida em Lisboa é tão fixe... Vocês têm que ir lá visitar-me.

— Nós vamos, né, Davi? — perguntou Samy.

— Claro que vamos — respondi. — Já estou com saudades agora, imagina quando ele for embora.

— Mas és muito querido mesmo. Tão amoroso. Também já estou com saudades.

Fiquei vermelho de novo.

— Adoro esse jeito dele de ficar com as maçãs do rosto rosadas toda hora — comentou ele, corando mais ainda minhas bochechas.

— Também... branquelo desse jeito, você queria o quê? — implicou Samantha.

A tarde seguiu leve. Combinamos de ir jantar em uma lanchonete. Mas, como o tempo virou, achei melhor passar em casa para pegar um casaco antes.

Fomos os três e, na portaria do meu prédio, Gonçalo estancou.

— O que foi? — perguntei. — Vamos subir!

— Achas mesmo que devo subir? Posso esperar aqui embaixo.

— Claro que sim! Quero te apresentar pra minha avó. Se houver oportunidade, já conto tudo. Faz tempo que estou esperando uma chance pra isso. Acho que com você lá pode ser bom. E se não der, te apresento mesmo como amigo, o que você não deixa de ser. Vamos?

Quando subimos e destranquei a porta, dei de cara com a vovó toda animada, assobiando e arrumada, de batom e tudo, com sua bolsinha a tiracolo.

— Meu filho! Que bom que te vi antes de sair.

— Sair? Hoje de novo? A senhora anda muito saidinha, sabia?

Ela ficou vermelha (ruborizar por bobagem era coisa de família), virou os olhos e foi logo mudando de assunto.

— Oi, Samantha! Quanto tempo! Cada dia mais linda!

— Oi, dona Maria Amélia, obrigada!

— Esse é seu namoradinho?

— Não. Sou o Gon...

— Ah! Você é o Gonçalo! O português que não é português!

Rimos todos.

— Acho que sim — disse ele, envergonhadinho.

Tão bonitinho vê-lo sem jeito com a minha avó. Como eu queria contar pra ela quão importante aquele cara era na minha vida... Mas não era a melhor hora mesmo. Haveria outra oportunidade.

— Posso saber aonde a senhora vai?

— Sair, oras.

— Isso a senhora já falou. Quero saber pra onde a senhora vai. E com quem.

— Virou detetive, é?

— Não. Estou apenas curioso.

O telefone dela apitou e ela leu a mensagem. Minha vó usava WhatsApp e trocava mensagens com amigos. Muito moderna mesmo!

— Ah, o BamBam está aí embaixo.

De repente, ela apertou a tecla do microfone e mandou... uma mensagem de voz!!!

— Oi BamBam, como vai? Já vou descer, me aguarde um momentinho. Um beijinho!

— Uau, hein, vó? Mensagem de áudio?

— Ai, eu adoro essas modernidades!

E ela riu como há muito tempo eu não a via rindo. Uma sensação tão boa invadiu meu peito!

— BamBam, hein? Já sabemos que tem um BamBam na história. Outro dia tinha o Cobra. Estou de olho! — instiguei.

— É apelido, bobo. O nome dele é José. Conheci no baile... — revelou, tímida porém feliz, parecia uma adolescente. — Vamos à Urca ver a lua. Hoje é lua cheia, sabia?

— Mas, mesmo que fosse minguante, a senhora não ia deixar esse sorrisão se apagar, né, dona Maria Amélia? — implicou Samantha.

— Ah, vocês, jovens! Vendo coisa em tudo. O BamBam é só um amigo.

— Amigo... Sei. — Botei lenha na fogueira. Ela me deu um beijo no rosto.

— Tchau, detetive. Se cuida. Leva um casaco, que tá frio.

— Foi isso mesmo que vim fazer aqui, pegar um casaco.

— E se alimenta direito.

— Vou me alimentar já, já.

— Ótimo — assentiu ela. — Um beijo, crianças. Divirtam-se!

E saiu pela porta toda serelepe.

Capítulo 16

O MÊS DE JULHO SE ENCERROU PARECE QUE BRUSCAMENTE, E agosto começou com a volta às aulas e minha contagem regressiva até a partida do Gonçalo. Restavam agora apenas quinze dias. Duas semanas. Quase nada.

Já no segundo dia de aula, a primeira aula foi de Química, com o Sidão. Ele adentrou a classe e avisou logo de cara:

— Prova amanhã. Recapitulação do primeiro semestre.

A turma começou a protestar, todo mundo falando alto e ao mesmo tempo.

— Vai valer peso dois se reclamarem mais, entendido? — avisou ele.

— Mas, prof, hoje é só o segundo dia que voltamos das férias! A gente ainda não pegou o ritmo das aulas... O que vai cair do primeiro semestre?

— Tudo, Valentina.

Novo burburinho. Protestos. Gritos. Choros. Lamúrias.

— Parou! Chega! — gritou ele, visivelmente irritado. — Daqui a pouco vocês estão no mercado de trabalho e surpresas inconvenientes vão acontecer muito mais do que vocês imaginam. Cabe a vocês aprender desde já a lidar com elas.

— Mas a gente não é adulto, pô! — rebateu Caio Papagaio.

— Mas são *praticamente* adultos, então comportem-se como tal.

— Mas... — tentou Erick.

— Se eu ouvir mais um pio a prova vai ser hoje. Alguém quer falar mais alguma coisa?

Silêncio de cemitério.

— Acho bom vocês estudarem, porque não estou de brincadeira. Vamos à aula de hoje.

Uau. O Sidão, quando pagava de bravo, parecia vilão de desenho animado.

Meu celular apitou. Droga! Logo na aula do Sidão. Eu tinha esquecido de desligá-lo.

Era Gonçalo, me chamando para o cinema.

— Algum problema, seu Davi?

— Nenhum, professor. Estou só desligando o celular.

A aula correu sem mais contratempos. No intervalo, Samantha e Erick vieram pedir ajuda:

— Davi, vamos estudar juntos pra prova? — pediu ele.

— Tô meganervosa, eu sou péssima em Química! — disse Samantha, apavorada.

— Ah! Também quero! — afirmou Tetê.

— Nós também! — falaram Valentina, Laís e Orelha.

MINHAS IMPRESSÕES SOBRE A PESSOA DE
LIBRA (LAÍS)
PLANETA REGENTE: VÊNUS

COMO É:

O libriano é romântico, sonhador, bondoso e doce. É bastante preocupado com as causas sociais, odeia injustiça e adora trabalhar em equipe, motivando, apoiando, acreditando. Luta com unhas e dentes por seus ideais quando acredita de verdade que eles podem mudar coisas que não estão indo bem.

DO QUE GOSTA:

De harmonizar os elementos, de colocá-los na balança e dizer "Opa! AGORA, sim! Agora está equilibrado!". O equilíbrio deixa o libriano extremamente feliz. Independência e liberdade também fazem qualquer libriano sorrir. Não gostam, mas AMAM se apaixonar.

DO QUE NÃO GOSTA:

Injustiça, falta de gentileza, gente que julga sem analisar os dois lados. Os nativos deste signo odeiam ser indecisos e lutam contra isso.

O DIA SEGUINTE AO PRIMEIRO ENCONTRO:

Tanto o libriano quanto a libriana odeiam ser julgados. Então, se você está a fim de outro encontro, sugiro ligar logo. Caso contrário, ele vai achar que você está julgando suas atitudes e vai dispensar você antes mesmo que você o procure. Mas fica a dica: se ele tiver gostado de você, vai amar receber uma ligação tipo apaixonada.

COMBINA COM:
Sagitário, Leão, Touro, Áries, Gêmeos e Aquário

FUJA SE FOR DE:
Câncer e Escorpião

MINHAS IMPRESSÕES SOBRE A PESSOA DE
GÊMEOS (ORELHA)
PLANETA REGENTE: MERCÚRIO

A PALAVRA QUE A DEFINE É:
Indecisão. Uma hora quer uma coisa, no minuto seguinte quer exatamente o extremo oposto. É criativa, encantadora, espontânea, intelectual e gaiata — e isso acaba fazendo com que o geminiano fique sempre rodeado de pessoas. Mas ele não elege qualquer um para ser seu amigo. Sábia, a pessoa de Gêmeos tem os amigos para se divertir e os amigos com quem sabe que pode contar na saúde e na doença, na riqueza e na pobreza.

DO QUE GOSTA:
De aventuras. Topa voar de asa-delta (se não tiver medo de altura) ou qualquer outra coisa radical — ou não. Gosta do que é diferente e o instigue. Também não abre mão de rir.

Se você não é chegado a ironias e não entende subtextos, o geminiano provavelmente não vai te achar muito interessante, já que ele gosta de rir e de fazer rir.

DO QUE NÃO GOSTA:
Rotina. O geminiano adora experimentar coisas novas, seja no quesito eletrodomésticos, seja no quesito "o que fazer na sexta à noite". Mesmice normalmente apavora o nativo de Gêmeos.

O DIA SEGUINTE AO PRIMEIRO ENCONTRO:
Se estiver a fim, não deixe de ligar. O Geminiano, por ser indeciso, não curte sentir indecisão nos parceiros. Então ligue e marque logo outro encontro. Você não vai se arrepender. Quanto mais conhecemos os geminianos, mais eles ficam legais.

COMBINA COM:
Áries, Gêmeos, Leão e Escorpião

FUJA SE FOR DE:
Câncer e Virgem

E o Gonçalo? Eu tinha que estudar, queria rever a matéria, mas queria muito vê-lo também. Puxa, faltava tão pouco para ele voltar pra Lisboa...

— Não sei, gente. Adoraria ajudar vocês, mas...

— Tem compromisso hoje, é, Davi? Por isso vai deixar os amigos na mão? — espetou Zeca.

— Não é isso! É que...

— Fico imaginando o que tiraria você dos estudos, que é o que você mais ama na vida.

— É a menina do concerto? — perguntou Orelha, parecendo bem curioso.

— Não é da sua conta — respondi, seco, saindo da rodinha que havia se formado para ir comprar mais um mate na cantina.

Eu estava extremamente irritado com a atitude do Zeca quando meu celular vibrou.

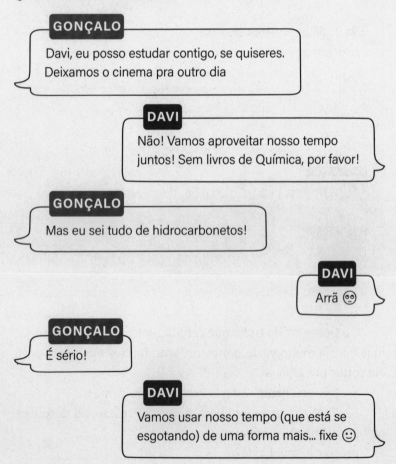

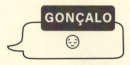

Cheguei a repensar a ida com o Gonçalo ao cinema, mas cada minuto com ele era tão importante... Meu luso-brasileiro ia embora dali a poucos dias. Além do mais, sempre confiei no meu taco como aluno. Sou do tipo que presta atenção nas aulas e tira notas altas. Não seria por não passar a tarde inteira estudando que eu me daria mal no teste.

Quando eu estava entrando no cinema, Tetê me chamou no Whats dizendo que estava com uma dúvida. Respondi que não ia conseguir tirar naquela hora porque estava com o Gonçalo.

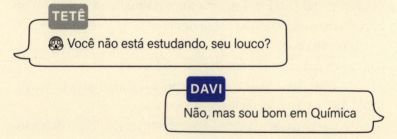

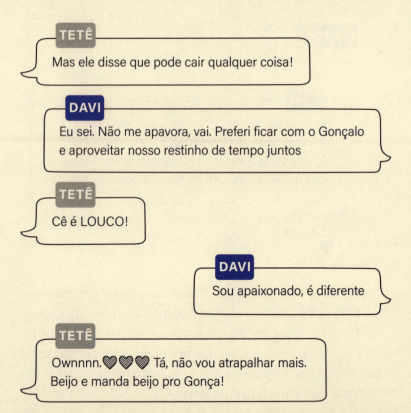

Fiquei com o Gonçalo até umas nove da noite e cheguei em casa com sono, mas deu tempo de ler, mesmo que na diagonal, algumas coisas de Química.

Acordo cedo amanhã para estudar mais um pouco, prometi para mim mesmo antes de cair no sono. Mas, estúpido que sou, esqueci de adiantar o despertador em uma hora e acordei no horário normal. Só então bateu um medo do tal teste do Sidão.

Quando cheguei à escola, a tensão estava instaurada. Todos com a cara enfiada nos livros e cadernos.

— E aí, Davi? Você é o único que vai gabaritar a prova do Sidão, né? — comentou Erick, ao me ver.

— Que nada. Dessa vez não tive muito tempo de estudar, não.

— Você? Duvido! — disse Valentina. — Você sempre fala isso, mas sempre se dá bem.

— É mesmo, Davi, conta outra! — Orelha fez coro.

Virei os olhos e abri meu livro enquanto a professora de Geografia não chegava. Nesse momento, chegou uma mensagem e eu respondi.

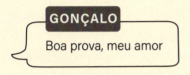

No mesmo instante, Caio Papagaio se aproximou, de olho grande pra cima do meu telefone.

— É cola? — perguntou.

— Imagina. Só anotações mesmo que faço pra memorizar. Não sou de cola — disfarcei no ato.

— Sério, cara? Mesmo se eu sentar do seu lado na hora da prova não rola de dar uma inclinadinha para eu ver se estou mandando bem?

— Não, Caio. Você me conhece há pouco tempo. Sou nerd dos chatos. Cola é contra os meus princípios.

— Pô, Davi, deixa disso. Você não precisa me passar nada, só me deixar olhar!

Que situação constrangedora! Mesmo com minha cara de incomodado com o pedido, ele insistiu:

— Eu estudei, quero só bater minhas respostas com as suas.

— Se você estudou é só confiar no seu taco — tentei.

— Caio, desiste, esse aqui não dá cola pra ninguém, nem pra mim! — avisou Zeca.

— E nem pra mim, que ele conhece há muitos anos — disse Erick.

— E tudo bem, né, gente! Deixa ele! Ele gosta de ser o queridinho dos professores! E queridinhos não passam cola! — espetou Valentina.

— Ai, gente, deixa o Davi em paz! Ele só não se sente confortável, que coisa chata! — Tetê me defendeu. Viva ela!

— Ele acha que quem cola não sai da escola! — espetou Valentina, mais uma vez, para minha raiva.

Não era nada disso. A verdade é que eu sempre achei cola uma grande perda de tempo. Meus avós sempre me falaram que quem cola na escola não vai ter oportunidade de colar na vida e que se eu ajudar uma pessoa a fazer algo para o qual ela não está preparada vou estar ajudando um adolescente a se tornar um adulto medíocre. Pode ser careta, antiquado, nada a ver? Pode, mas é uma questão de princípios. Não acho que passar cola é ajudar alguém. É atrapalhar alguém.

— Pois o Davi já me passou cola — disse Orelha.

Todos olharam abismados para ele, inclusive eu.

— Lembra não? Quando a gente era mais novo, pra colar umas fotos na cartolina.

Orelha era um palhaço mesmo. Todos riram, até eu. Depois de ser o alvo da zoação, a turma aquietou e eu tentei estudar disfarçadamente durante a aula. Meu celular apitou e era Gonçalo de novo.

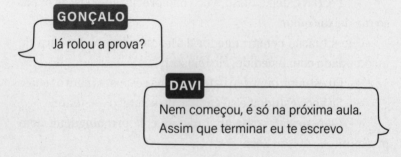

— Davi, não acredito que você está com o telefone ligado em sala de aula.

— Desculpa, professora. Estou só anotando isso que você falou para estudar mais a fundo quando chegar em casa.

— No celular?

— É, desculpa. Esqueci ligado e aproveitei pra digitar no bloco de notas. Sou mais rápido digitando que escrevendo.

— Só porque é você que vou perdoar, ok?

Fiz que sim com a cabeça.

— Queridinho dos professores, olha aí! Não falei, Caio? — perturbou Valentina.

Eu quis matar a menina.

A aula de História acabou, veio a de Português, quando pude ler mais um pouquinho da matéria de Química, e enfim Sidão entrou, para pânico geral.

— Temos duas aulas. Uma antes e outra depois do intervalo. O que vocês preferem? Revisão numa aula e prova na outra? Ou prova nas duas aulas, sem intervalo no meio?

A turma se dividiu. Uns queriam prova em duas aulas, outros não.

— Revisão, prof! — pediu Valentina.

— Aí a gente ainda estuda no intervalo e depois faz o teste com mais calma — complementou Laís.

— Depende, você vai dar pra gente o que vai cair no teste ou vai fazer pegadinha? — questionou Orelha.

— O que o senhor acha, seu Orelha? — rebateu Sidão.

— Acaba logo com isso, Sidão! Dá logo o teste pra acabar com o nosso sofrimento! — argumentou Zeca.

— Vamos na democracia. Quem quer o teste agora levanta a mão.

Foi mínima a diferença. A turma estava realmente dividida.

— Ok. Turma inteligente — admitiu Sidão. — Vamos à revisão. Eu sou muito bonzinho mesmo, viu? A hora de tirar dúvidas é agora, hein, pessoal?

Em silêncio, assistimos à aula atentamente. Sidão era turrão, mas era bom professor.

Ao fim da aula, antes de sair para o intervalo, avisei para o Gonçalo que só no próximo tempo eu faria o teste.

E então ele mandou um vídeo em que mandava beijinhos pra mim. Como diria Tetê: fofo! Nossa, como ia ser difícil ficar longe dele. Longe significando um oceano (literalmente) de distância. Eu estava vendo o vídeo em looping quando Zeca me chamou.

— Vem! Deixa esse celular aí e vem tirar nossas dúvidas, tá todo mundo te esperando pra ver se entendeu direito o que o Sidão explicou.

— Quem manda ser o mais inteligente da turma? — completou Tetê.

Fui atrás dos dois e passei praticamente o intervalo inteiro tirando dúvidas de metade da turma. E fiquei aliviado por, nessa de tirar dúvidas, perceber que eu estava ciente da matéria e que seria capaz de me dar bem no teste.

— Brigada, Davi. Você devia ser professor, sabia? — elogiou Laís.

— Seria o mais amado! — complementou Samantha.

— É muito gênio o meu amigo, desculpaê — exagerou Tetê.

Era engraçado ser considerado gênio pelas pessoas. Longe de mim ser burro, mas também longe de ser gênio.

Faltava pouco para o intervalo acabar, e eu me levantei para ir ao banheiro antes de voltar para a sala. No caminho, Erick bateu nas minhas costas.

— Você é um cara muito irado, Davi. Brigado mesmo por tirar minhas dúvidas. Você explica melhor que o Sidão, sério.

Sorri envaidecido com o elogio, confesso, e entrei no banheiro.

Caio entrou em seguida. E também bateu nas minhas costas.

— Quer dizer que você escreve no celular as coisas que os professores falam em sala de aula?

— Costumo fazer isso no caminho de casa. Hoje que esqueci ligado, resolvi fazer na sala mesmo — respondi, contrariado por mentir daquele jeito.

Dado o silêncio, senti que ele ia insistir na coisa da cola.

— Então posso dar uma olhada no seu celular?

— Caio, nada que você olhe agora vai fazer diferença. Confia e...

— Será que não vai fazer diferença mesmo? Ou você está escondendo o jogo? Gosta de se dar bem e ver os outros se ferrarem?

Estranhei o tom agressivo.

— Não, claro que não! De onde você tirou essa ideia? A aula foi ótima, o Sidão explicou tantas coisas.

— Mas muita coisa pra mim não ficou clara.

— E por que você não foi estudar com a gente no intervalo?

— Achei melhor ficar na sala vendo suas anotações.

— Minhas anotações? Não estou entendendo.

— Ah, não? Tão bom aluno, mas não tão inteligente assim?

Agora o tom de sua voz era de sarcasmo, ironia. Uma onda de ar frio percorreu minhas costas.

— Você fuçou meu caderno, Caio? — indaguei, indignado. Mas indignado eu fiquei mesmo com a resposta dele.

— Não. Peguei seu celular para ver o que o geninho da turma anota para tentar me dar bem na prova. Mas tenho a impressão de que vou me dar bem melhor do que eu pensava.

Uma raiva imensa tomou conta de mim.

— Você pegou meu celular? — questionei, aumentando meu tom de voz.

— Peguei. E qual não foi minha surpresa quando vi que a tela que você tava usando não era a do bloco de notas. Era do WhatsApp.

O suor começou a escorrer pelo meu couro cabeludo. Eu nunca tinha me sentido tão tenso.

— E no WhatsApp tinha a Tetê, o Zeca, seus amiguinhos, sua vovozinha e... um tal de GONÇALO.

Ele disse bem alto o nome do Gonçalo. E aí eu fiquei vermelho.

Não de vergonha. De ódio.

— Do que você tá falando, Caio?

— Do seu namoradinho!! — sussurrou ele perto do meu ouvido. — Opa, não posso chegar muito perto, vai que você me confunde com Gonçalinho, não resiste e me dá um beijo? Eca!

Minha respiração estava ofegante. Eu senti minhas veias incharem, parecia que elas queriam pular do meu corpo. Meu pescoço latejava.

— Tá nervosinho, é? Ou eu deveria dizer *nervosinha*?

— Para com isso, cara.

— Bem que eu devia ter desconfiado quando você resenhou livro da Paula Pimenta naquele trabalho livre de literatura.

— O quê? Qual o problema?

— Livro de menina, livrinho cor-de-rosa de mulherzinha. Você é uma mulherzinha, Davi!

— Não fala besteira, que absurdo! Devolve meu celular agora! — gritei.

— Toma seu celular! — Caio elevou mais uma vez o tom da voz, tacando com força o aparelho no meu peito. — Eu já fotografei o que eu queria.

E começou a imitar o vídeo do Gonçalo para, em seguida, comentar:

— Patético. Um marmanjo mandando vídeo para o outro.

Minha mandíbula travou de tanto ranger os dentes.

Discretamente, mas rangeram.

Com seu telefone na mão, ele me mostrou vários prints da minha conversa com o Gonçalo. E ainda leu muitas outras coisas que não devia. Por isso ele não tinha saído da sala na hora do intervalo.

— Vi que sua vovozinha ignorante não sabe ainda, né?

— Não fala da minha avó!

Eu queria tirar sangue do nariz dele. Nunca tinha sentido nada parecido, mas tudo o que eu queria era quebrar cada osso do nariz daquele imbecil.

— Olha só... Bichinha enrustida que tem namoradinho escondido da vovó... Nunca achei que você fosse...

— Para, Caio! Para!

— Paro, claro. Mas com uma condição.

Eu sabia qual era. Claro.

— Passar cola pra mim. Mostrar uma a uma as suas respostas.

Ofegante, com raiva e aflito ao mesmo tempo, já que o sinal já tinha tocado e deveríamos estar na sala, perguntei.

— Se eu não fizer isso, o que vai acontecer?

— A turma toda, a escola toda, todos os professores vão saber que você é uma bichona. E, claro, sua vovozinha vai ficar sabendo, e não por você, porque eu peguei o telefone dela no seu celular. Que decepção pra vovó, né? Coitada! Se eu acho um nojo, imagina ela, que é de outra geração!? Pode ter um ataque do coração!

Respirei fundo, profundamente espantado com a capacidade daquele ser humano de fazer o mal.

— Você jura que seria capaz disso? — tentei.

— Eu repeti na minha última escola. Se repetir de novo, minha mãe me mata. Não posso correr esse risco, concorda?

Meu celular apitou.

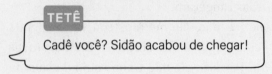

TETÊ

Cadê você? Sidão acabou de chegar!

Em choque, andei até a pia e lavei o rosto, molhei o cabelo e a nuca.

— Impressionante eu não ter fama de inteligente. A vida é muito injusta mesmo. Porque rapidez é inteligência, né? — perguntou ele, sarcástico. — Nem deu tempo de o seu telefone travar. Eu peguei assim que você se levantou, abertinho onde deveria estar. Você é um otário, Davi. Bicha e otário. Ops, *otária*, desculpa. Que nojo de você, cara!

O ódio estava presente em cada poro do meu corpo. O ódio e o medo, a vergonha de ser exposto, a chantagem explícita à qual eu estava sendo submetido por um garoto com nenhum sinal de constrangimento. Por que ele estava fazendo aquilo comigo? Por causa de nota? Eu nunca tinha feito nada de mau para ele.

— E aí? Vai me ajudar ou prefere ter seu grande segredo revelado?

Enxugando o rosto, de olhos fechados enquanto mil coisas passavam pela minha cabeça, respirei, refleti, olhei no fundo do olho dele e disse:

— Ajudo.

Covardia? Talvez. Mas eu só pensava em uma coisa: minha avó não poderia saber por terceiros. Não merecia saber de uma coisa tão especial dessa maneira. Tinha que saber por mim. Só por mim! *Quem esse Caio pensa que é pra falar assim comigo? Ele não pode falar assim com ninguém, na verdade*, era o pensamento que me transtornava naquele momento. Mas eu não via outra saída para aquela situação a não ser ceder à chantagem daquele psicopata.

O sexto sentido do Zeca estava de parabéns. Caio realmente não era um cara do bem. Fomos para a sala.

— Desculpa, professor. Fui só tirar umas dúvidas com o geninho da sala — falou Caio ao entrar.

Sidão nada disse. Em silêncio a turma estava. Em silêncio permaneceu. Sentamos lado a lado, eu e Caio. Enxuguei minhas mãos nervosas na calça enquanto tentava me acalmar para fazer a prova. Resolvi a primeira questão e senti Caio com os olhos na minha prova. Já seria uma espécie de violência passar cola para qualquer um, imagine para aquele aprendiz de delinquente.

Inclinei meu corpo para que ele conseguisse ver o que eu tinha escrito, e segui assim ao longo das questões seguintes, tenso, suando frio, mordendo os lábios com força, com a respiração ofegante. Peguei bastante ar e expirei levemente, tentando aplacar minha raiva e meu desgosto comigo mesmo.

É. Eu estava com vergonha de mim. Não pela minha relação com o Gonçalo, claro que não. Mas por estar caindo na chantagem de um garoto cuja opinião pouco importava para mim.

Se eu entendi que era, sim, um pouco preconceituoso quando conheci meu namorado, ouvir as coisas que ele me disse no banheiro me fez ver o que é preconceito de verdade. É sujo, é vil, é pequeno!!!

Nojo. Ele disse ter nojo de mim?! Mas quem tinha nojo dele era eu! Dele e daquela atitude mesquinha, da chantagem, das palavras que ele pareceu ter escolhido meticulosamente para me ferir. E tudo por causa de uma prova. Como pode ter gente no mundo que passa por cima das pessoas por causa de interesses próprios tão pequenos, mesquinhos, e nem se sensibiliza com o que está causando? É de impressionar até onde vai a baixeza e a miséria humana.

Como pode ter gente que não tem nada a ver com a sua vida e te condena por você sentir o que sente? Um sentimento natural e genuíno, que você não escolhe ter? Que brota em você como brotam outros sentimentos, emoções e sensações, como fome, sono, alegria, medo, raiva, paixão, entusiasmo... Por que condenam a gente por sentir AMOR ou atração, se isso é natural e genuíno também, só porque a outra pessoa é do mesmo sexo que você? Isso faz parte da natureza humana. Se a pessoa condena, o problema é DELA, oras! Ela que tem que ver o que a impede de achar isso natural.

As pessoas tinham que condenar era a chantagem, a maldade, o crime, a raiva, o egoísmo, a mesquinhez, a inveja, o preconceito, e todas as coisas ruins, estas sim, que prejudicam os outros. Aliás, esse menino que está me ameaçando, que diz que vai contar uma coisa que só diz respeito a mim, por causa de um interesse dele (aliás, de um desleixo e erro dele, que deveria ter estudado!), está fazendo uma coisa horrível! Quer saber? Não tá certo. Eu não vou deixar mais isso acontecer.

E enquanto eu resolvia a quarta questão, tomei a decisão que poderia mudar a minha vida em segundos: não iria mais deixar o Caio ver minha prova e colar de mim. É. Estava mais que decidido. Chega!

Então, me ajeitei na cadeira pra sentar direito e, a partir daquele momento, me debrucei sobre a prova e permaneci naquela posição por um bom tempo, tampando meu papel.

— Davi! Davi! Ei! — sussurrou ele.

Fingi que não ouvi enquanto lia e resolvia freneticamente as questões, com raiva, ódio, com todos os sentimentos do mundo dentro de mim. Caio era um doente, um ridículo. E eu preferia que todo mundo soubesse que eu vivia um relacionamento gay a ser chantageado por um garoto extremamente preconceituoso e maldoso. E que enganava a todos fingindo simpatia. Porque, agora eu sabia: era tudo fingimento.

— Davi! — insistiu ele.

Mantive minha postura. Eu estava consciente e tranquilo. Queria mais é que o Caio se ferrasse e tirasse a pior nota da vida dele.

— Davi! Eu vou falar pra todo mundo! Sua vovozinha vai ter um ataque e pode até morrer. Você quer que isso aconteça? — ameaçou ele, baixinho.

Meu coração começou a bater numa velocidade que parecia que ia explodir. Eu conseguia ouvi-lo, de tão alto.

— Algum problema, seu Caio? — perguntou Sidão, quebrando o silêncio da sala.

— Nenhum, professor, desculpa. Caiu meu lápis aqui e pedi pro Davi pegar, só isso.

— Sei... Mais uma dessas e recolho sua prova, entendido?

— Entendido, professor.

Cínico. Sonso. Dissimulado.

O tempo passava lentamente e, quanto mais ele passava, mais certo eu ficava da minha atitude. Não ia mesmo ceder à pressão e à chantagem de um moleque sem alma.

Forte como uma rocha e seguro da minha escolha, segui montado sobre a prova. A sorte estava lançada. Ou ele não teria coragem de fazer o que ameaçou por ser, no fundo, um cara bom, ou faria sem dó nem piedade a maldade que ele tinha planejado. Se ele optasse por contar para todos o meu segredo, eu teria que lidar com a situação com bom senso e serenidade, por mais difícil que fosse.

— Professor! — gritou Caio.

Engoli em seco.

— O que foi, seu Caio?

— Eu queria falar uma coisa.

Não! Ele não vai ter coragem!, calculei. Não aqui no meio da prova.

— Não é hora pra falar, seu Caio. Na aula que dei antes, podia falar tudo, agora nada. Mais um pio e é zero, entendido?

— Não, professor! É importante.

— O senhor está passando mal?

— Tô.

Um burburinho se formou. Sidão pediu silêncio, as pessoas começaram a olhar para onde estávamos sentados.

— Tô enjoado. Muito enjoado... Com uma coisa que acabei de descobrir.

Agora a turma toda olhava para ele. Desgraçado!!

— O Davi beija boca de garoto! Ele paga de homenzinho, mas é bicha, professor. Bichona. É gay e esconde de todo mundo, até da família dele!

Fechei os olhos e apoiei minha cabeça sobre a mesa. A turma permanecia quieta.

— É isso mesmo, Caio? — foi tudo o que o Sidão falou.

— É, Sidão. O Davi tem namorado. E manda coraçãozinho pro namorado e esconde de todo mundo! E recebe videozinho da outra bichona mandando beijo, e acha normal, mas finge que é hétero!

— O quê? — Valentina parecia chocada, assim como algumas outras pessoas da sala, pela expressão delas.

— Silêncio, dona Valentina! — pediu Sidão.

— O Davi é homossexual. É bicha enrustida! É pula-poça! E esconde! — completou Caio, com raiva.

Eu continuava de cabeça baixa, suando em bicas.

— Se eu vou tirar zero, quero que o Bambi tire também, porque ele tava até agora me passando cola e do nada desistiu, valeu? — discursou ele, seguro, e levantou-se de maneira brusca.

A turma já não estava mais em silêncio. Várias pessoas murmuravam coisas ininteligíveis. Tudo o que eu mais queria era sumir dali. Mas fiz o que jamais pensei que fosse fazer. Levantei o rosto e disse seguro, sem gaguejar:

— Se eu sou gay ou não, ninguém tem nada a ver com isso. E eu prefiro ser gay, com muito orgulho, a chantagear pessoas inocentes. Até porque beijar garotas ou garotos não faz mal a ninguém! Agora, ameaçar, chantagear, isso sim, diz muito sobre caráter, e o seu não é nada bom, Caio.

Meus olhos procuraram os da Tetê, que disse apenas com os lábios sem som: "Boa!"

Zeca, por sua vez, estava emocionado, com os olhos lacrimejando.

— Ah, vai reclamar no colo do namorado, seu viadinho! — estourou Caio, seguindo na direção da porta.

A turma toda estava sem ação. Parecia que a língua afiada do Caio tinha atingido mais gente. Todos estavam com a respiração em suspenso. A minha, graças ao meu desabafo, aos poucos começou a voltar ao normal.

Sidão levantou-se num pulo e se postou na frente do Caio, com os olhos fixos nos dele.

— Que coisa horrorosa, garoto! Que patética a cena que você me fez presenciar agora. Lamentável, desnecessária e preconceituosa! — continuou o professor. — Sei que estamos fazendo prova, estávamos, aliás, porque agora não tem mais condição de continuarmos. Mas podemos aproveitar para entender o que acabou de acontecer aqui. Uma atitude equivocada dessas merece ser comentada. Além de merecer todo o meu repúdio, claro. E o de vocês também!

Caio ficou visivelmente assustado.

— Boa, Sidão! — aplaudiu Zeca.

— Em pé, presto minha solidariedade ao Davi, aproveitando para dizer que entendo as diferenças e torço muito por um mundo melhor, sem preconceito e, como dizem por aí, com mais amor, por favor! — discursou o professor, com a voz embargada.

— Caramba, Sidão. E-eu, eu nem sei o que... o que... — gaguejei, surpreso com a reação do professor mais sisudo da escola.

— Não precisa falar nada, queridão — disse ele. — Eu sou totalmente contra qualquer tipo de preconceito e gostaria muito de saber quem aqui pensa da mesma forma. Não ao ódio. Não ao preconceito. Sim ao amor e à liberdade de escolha!

— Não ao ódio. Não ao preconceito. Sim ao amor e à liberdade de escolha! — proferiu Zeca, levantando-se com os punhos cerrados e as lágrimas escorrendo.

— Eu sou totalmente contra qualquer tipo de preconceito! — gritou Orelha. — Isso aí, Sidão, mandou muito!!

— É isso mesmo. Sim ao amor e à liberdade de escolha! — disse Laís, olhando pra trás e me mandando um beijo muito carinhoso.

Na mesma hora, Tetê se levantou e disse, segura e parecendo saborear cada palavra:

— Esse mundo machista e preconceituoso, homofóbico e de visão curta, sem coração, que agride e chantageia, não pode permanecer. Isso não pode e não vai ficar assim. Vamos fazer um futuro melhor, turma! A gente tem a faca e o queijo na mão pra isso! O Sidão está certíssimo nesse lema: não ao ódio, não ao preconceito e sim ao amor e à liberdade de escolha!

Sidão estava visivelmente tocado. Foi bonito de ver. E meus olhos se encheram de lágrimas.

Aos poucos, todos da turma começaram a se levantar, um a um, para se expressar com verdade, intensidade e vontade também.

Laís. Samantha. Bianca. Cabeça. Roberta. Bia. Marcella. Jordana. Wiled. Rebecca. Quitos. Paulinha. Eduarda. Catarina. Gustavo. Manuela. Theo. Marcus. Cacau. Fábio. Ana Paula. Melissa.

Todos consternados e me lançando olhares de solidariedade, que me encheram de força e de paz. Só um não tinha levantado. O Erick.

Ele esperou todo mundo se manifestar. Parecia estar elaborando as palavras na cabeça antes que elas saíssem pela boca. Respirou fundo, levantou-se e disse:

— Que decepção, Caio. Você era meu irmão! Te apresentei pra todo mundo aqui, você nem parecia aluno novo. Como é que você faz uma coisa dessas? Ainda mais com o Davi, que é um cara tão irado, que só faz o bem pra geral! — argumentou. — Ninguém tem o direito de atacar a sexualidade do outro e achar que pode diminuir essa pessoa.

— Boa, Erick, seu lindo! — aplaudiu Zeca, que ainda chorava copiosamente.

Então Erick arrematou seu discurso batendo forte no peito antes de gritar. Sim, o Erick gritou com força, encarando firmemente Caio, que estava de cabeça baixa na frente da turma:

— E eu concordo com o Sidão: não ao ódio. Não ao preconceito. Sim ao amor e à liberdade de escolha!

Quando ele terminou de falar, as lágrimas escorriam do meu rosto. Era um choro quieto, mas não só de tristeza. Era um desabafo, uma mágoa que se ia, um alívio. Isso mesmo, um alívio.

Sidão tentou disfarçar a emoção, enxugou rapidamente as lágrimas e disse que avisaria em breve a nova data da prova antes de liberar a turma.

— É isso, senhoras e senhores. Vão pra casa e aproveitem o ocorrido para conversar com seus pais, para pensar no que aconteceu aqui, que foi bonito. Vocês provavelmente vão se lembrar do dia de hoje no futuro — discursou Sidão. — Estou orgulhoso de vocês. Nota dez pra essa turma. E nota zero pra você, Caio. Aliás, você tem alguma coisa a dizer?

E só então o chantagista se manifestou:

— Tenho. Eu quero que todo mundo se exploda! E que você perca o emprego por estimular o erro, por apoiar uma relação errada dessas. E Davi, sinto muito, mas sua vozinha queridinha já recebeu os prints das suas conversas, as fotos e o videozinho. A essa hora ela já sabe de tudo, viu? De nada.

Gelei.

— Olha, Caio... Errado é preconceito e chantagem, isso sim, é muito errado. Mas parece que você não aprendeu nada, nenhuma lição — rebateu Sidão. — Lamentável... Lamentável. Seu Caio, me acompanhe, por favor, até a coordenação. Turma, vocês estão dispensados.

Por um lado estava muito feliz com tudo o que aconteceu com a turma e o Sidão. Por outro, estava despedaçado. Tudo o que eu mais temia aconteceu. Minha avó, neste exato momento, devia estar recebendo em seu celular fotos e informações que ela tinha que saber por mim, e só por mim. Só por mim!

Infelizmente, agora eu ia ter que lidar com aquela situação, a mais difícil da minha vida, e da pior maneira possível.

Capítulo 17

Depois do ocorrido, muita gente veio me abraçar, mas saí o mais rápido que pude da escola para ir para casa. Eu não sabia bem o que me esperava, então resolvi enfrentar logo.

Quando abri a porta, dei de cara com minha avó sentada na sala, com o celular nas mãos, como se estivesse me esperando ou pensando na vida. Ou os dois. Eu me aproximei, mas ela não olhou para mim.

— Vó? — falei, como se eu fosse despertá-la de um sono profundo.

Lentamente ela levantou a cabeça, como se estivesse saindo de um transe, e eu pude ver que os olhos dela estavam úmidos e vermelhos, como se ela tivesse chorado.

— Por quê, Davi? — ela foi direta. — Por que você fez isso?

Eu desmontei por dentro. Tudo o que eu tinha mais medo, afinal, tinha acontecido. Minha avó não me aceitaria. Aliás, pelo jeito, já não tinha me aceitado. Eu acho que conseguiria até entender. É difícil mesmo para as pessoas de outra geração, para os mais velhos.

— Desculpa, vó... Desculpa se te decepcionei...

— Por que você não me contou, Davi? — perguntou ela, limpando as lágrimas, que agora insistiam em cair, com o dorso das mãos. — Era só me contar...

— Mas eu tentei, vovó! Mais de uma vez. É que...

— Davi, você não confia em mim, é isso? — Ela estava parecendo muito magoada.

— É lógico que eu confio, vovó! Pelamor... — Eu não estava entendendo bem aquela pergunta.

De repente, Dudu abriu a porta como um furacão, e entrou como se fosse derrubar a casa.

— Davi... Cê tá bem, cara? A Tetê me contou tudo o que aconteceu! Eu vim correndo assim que eu soube! Que coisa horrível! — falou meu irmão, ofegante, me abraçando. — Mas que bacana o que o Sidão fez, que incrível o apoio da sua turma! A Tetê falou que parece que aquele Caio corre o risco até de ser expulso do colégio!

Minha avó se levantou e ficou olhando para o meu irmão, depois pra mim, meio sem entender o que estava acontecendo.

— Mas o que foi que aconteceu? Alguém pode me explicar direito? Quem vai ser expulso? Que coisa horrível aconteceu? Por que o Davi não estaria bem, Dudu? — Ela estava muito confusa. — A única coisa que eu sei até agora é que meu neto não me contou coisas muito importantes da vida dele, e pelo jeito eu sou a única que não sabe de nada! Nada! E quando fico sabendo, as notícias chegam todas juntas e de um jeito muito esquisito, truncado...

— Calma, vó. Senta. Vou explicar do começo — falei.

Dudu também se sentou no sofá e eu comecei a narrar toda a história, mas foi de trás para a frente. Como minha avó já sabia do fato principal, fui descrevendo os acontecimentos com mais naturalidade. Já que ela iria me rejeitar, que soubesse tudo de uma vez, e direito.

Falei detalhadamente sobre a prova do Sidão, a chantagem do Caio, meu medo profundo de que ela soubesse por outra pessoa e não por mim (o que infelizmente aconteceu), meus sentimentos em relação às ameaças do garoto, minha decisão em não passar cola, a reação dele à minha atitude, a postura do professor e dos meus colegas e amigos... Terminei contando o que ela já sabia, mesmo que pela metade: que os prints mandados para ela do meu celular vieram do Caio, cumprindo o que ele tinha prometido fazer.

Quando acabei de falar, ela estava abismada.

— Meu santo Deus! Como pode um rapaz tão novo e já tão preconceituoso? E chantagista? Que coisa horrível e triste! Muito triste!

— Foi, sim, vó. Mas me perdoe. Eu não tive culpa de me apaixonar por um garoto!

— Ô, meu filho, vem cá me dar um abraço — pediu ela, já me puxando para o melhor abraço do mundo.

Ficamos em silêncio por longos e intermináveis segundos. Com a cabeça no ombro dela, chorei feito criança.

— Desculpa, vó... Desculpa ser essa decepção toda na sua vida, desculpa causar tanto desgosto para a senhora...

— Desgosto? Que desgosto, Davi?! Você é meu orgulho! A luz da minha vida! Você só me dá alegria! Você e o Dudu são os melhores netos que eu poderia ter! Eu estava chateada porque achei que você não iria me contar por não confiar em mim! Só agora consegui entender que não era nada disso!

— Mas a senhora não fica preocupada ou envergonhada de ter um neto que gosta de garotos?

— Eu?! De jeito nenhum, Davi! Eu sei que isso é uma coisa da vida, que tem gente que gosta de gente do mesmo sexo e não há mal nenhum nisso. Nenhum! Minha única preocupação é com o preconceito e com a ignorância das pessoas com garotos como você. Eu morro se algum dia você sofrer seriamente com homofobia. Infelizmente, hoje ainda tem muita gente estúpida, sem coração. Em todo lugar. No Brasil, nos Estados Unidos, em todos os países. Há gente má. Má e ignorante. Mas quero acreditar que isso está mudando, e mesmo as pessoas mais resistentes estão abrindo a cabeça e o coração.

Olhei pra ela com o encanto que só ela causava em mim. Que mulher fantástica a minha avó.

— Ai, vó, a senhora é a melhor pessoa do mundo! A senhora não tem ideia do peso que tirou de mim!

— Ah, meu filho, só quero que você seja feliz, não me importa se com meninos ou meninas, isso jamais me incomodaria. Fico triste porque parece que você não me conhece. Eu jamais julgaria um relacionamento que te dá esse brilho no olhar. Eu estou vendo como você está! Venho reparando que você está leve, feliz, serelepe, até mais bochechudinho... — discursou. — Olha só, meu amor, fique ciente de uma coisa: ninguém tem nada a ver com a sua vida. Eu só tenho a ver com a sua saúde, com sua alimentação, com seu bem-estar, com a sua segurança e proteção, e ainda assim enquanto você é menor de idade, só. Do seu coração, quem sabe é você!

Chorei mais ainda. Como eu queria ouvir aquilo. Eu precisava ouvir!

— Ô, vó, que bom que a senhora não tem preconceito!

— Você já esqueceu o que eu acho sobre preconceito? Preconceito é ignorância! Preconceito impede a gente de fazer o que a gente gosta, impede a gente de ser feliz! Aconteceu com a astrologia já, querido, lembra? Você se privou por muito tempo de fazer o que gostava por preconceito dos outros. Não deixe acontecer com o amor! Se seu coração te leva a amar meninos, que assim seja! Amor é amor! Amor nunca é ruim!

Dudu estava derretido chorando no sofá, vendo aquela cena bonita e inesquecível.

— Viva o amor! — gritou Dudu, com a voz embargada.

De repente, uma mensagem chegou no meu celular.

MILENA

Trocada por um garoto. Que uó. O Caio acabou de me contar E agora não quer me beijar mais porque eu beijei a sua boca!

Eu não podia acreditar no que estava lendo. Mostrei para o Dudu e para minha avó!

— Ah, que judiação, mais uma... Mas a Milena não é má pessoa, Davi. E nem acho que ela é homofóbica como esse Caio... Dá um desconto... Ela tá com ódio porque você não quer mais saber dela. Essa menina certamente ainda gosta de você, ela está só com dor de cotovelo. Pra mim, ela só está querendo te atingir para tentar diminuir o sofrimento dela. Ela está se sentindo rejeitada, meu amor. E mulher rejeitada é capaz de falar as maiores atrocidades pra ferir um homem.

— Mas gente! Não teve química nenhuma entre a Milena e eu! Eu nem sequer cogitei algo mais com ela.

— Esquece essa menina agora, Davi. É muita coisa pra você processar nessa cabecinha — aconselhou Dudu.

Mas eu não poderia deixar aquilo sem resposta. Com dor de cotovelo ou não.

DAVI

Que decepção, Milena E eu achava você tão melhor que isso

MILENA

Decepção tive eu, pensei que você fosse outra coisa. Como você pode gostar de meninos?

> **DAVI**
>
> Devolvo o que você me mandou no começo do ano. Um print para refrescar sua memória. Bjs

> **DAVI**
>
> "Eu não ligo para nada do que os outros exaltam ou condenám. Eu simplesmente sigo meus próprios sentimentos." – Wolfgang Amadeus Mozart

Minha avó veio me abraçar.

— Vovó fica feliz de você se entender assim, tão jovem. E de estarmos num momento em que o mundo está menos careta, apesar desses Caios da vida — opinou. — Meu medo, como eu já disse, é ver você sofrer com esse tipo de gente, que tem atitudes deploráveis como a desse garoto. Se bem que sua reação foi tão bonita que acho que sofrer por isso você não vai, não.

— Eu sei, vó. Sei que não é exatamente fácil.

— Fácil não é, com certeza. Mas, como dizem vocês, *estamos juntos*! — disse ela, fofa, fechando a mão para dar um soco na minha, tipo brother. — Além do mais, quem disse que a vida é fácil? Não é fácil pra ninguém!

Eu era pura gratidão por ter um ser humano tão incrível tão perto de mim.

— Fico imaginando uma situação dessas uns anos atrás.

— Imagina? Seu avô tinha um amigo gay que sofreu o pão que o diabo amassou.

— Sério? Ele nunca falou nada.

— Eles perderam o contato. Era Hamilton o nome dele. Foi expulso de casa e tudo. Mas arrumou um namorado bacana e foi morar nos Estados Unidos, em São Francisco, para se sentir aceito. Que loucura é a vida. Nunca vou entender quem rejeita um filho só por ele ser gay.

— Nem eu.

— Sua geração está mudando isso, meu amor — concluiu, orgulhosa.

Sorri orgulhoso também antes de ouvir a pergunta que soou como música boa aos meus ouvidos:

— E quando eu vou conhecer o Gonçalo, hein?

— Ué, já conheceu, né, vó?

— Não! Conhecer direito, conversar. Tratar o Gonçalo como um membro da família. Afinal de contas, ele é namorado do meu anjo.

— Ah, vó. Esse é um assunto que está me destruindo por dentro... Ele vai embora em alguns dias... Vai voltar para Portugal. As aulas dele vão começar — lamentei. — E eu não sei bem como vou lidar com isso. É bom viver o amor, mas ele também dói, né?

— É! O amor tem isso. Mas é bom aproveitar ao máximo a parte boa! Eu estou fazendo isso!

— Como assim, vó? — perguntei, espantado.

— É, como assim, dona Maria Amélia? — Dudu entrou na conversa.

— Ahh... Eu estava com vergonha de contar para você e para o Dudu que eu estou... como é que eu vou dizer...? Conhecendo melhor uma pessoa!

Que lindinha!

— Quem? O BamBam? — perguntei.

— Ele mesmo.

— Imagina, vó! Por que você ficou com vergonha? — eu quis saber.

— Porque eu e seu avô éramos muito unidos, ele morreu faz menos de um ano e eu já estou de flerte com outro homem, né? Fiquei com medo do que vocês podiam pensar...

— Vó, vou falar pra você o mesmo que você falou pra mim: eu quero que você seja feliz. E pode ter certeza de que o Dudu também.

— É lógico, vovó! — falou Dudu. — E o vovô, de onde ele estiver, é o que mais torce pela sua felicidade!

— Ah, queridos... Fiquei com tanto medo de vocês acharem cedo, de me acharem desrespeitosa com a memória do seu avô, de pensarem que estou muito saidinha.

— Para, vó! Parece até que não conhece a gente? Tá doida? — reagi. — Agora quem quer te dar um abraço sou eu.

E agarrei minha avó/mãe/amiga com toda a força. Tanto que ela até reclamou.

Dudu abraçou nosso abraço!

— Ai! Minha costela, cuidado, Davi e Eduardo!! Eu sou velha, não podem apertar tanto assim, não!

Rimos juntos. Por tudo. Por estarmos vivendo uma coisa parecida. Por sentirmos inseguranças e medos idênticos. O ser humano é complexo, por que nós dois não seríamos?

— Vocês estão namorando, vó? — perguntou Dudu.

— Ai, Dudu... Não, né? Nós estamos nos conhecendo, não é assim que se diz?

— Rolou beijo? — perguntei.

— Davi! Chega dessa conversa! — decretou ela, levantando-se, visivelmente desconfortável. — Vou passar um café. Vem me ajudar.

— A fazer café? Ah, vó! Até parece que precisa!

Capítulo 18

CONTAR PARA A MINHA AVÓ E ESCLARECER TODO O ACONTECIDO foi o peso que faltava tirar das minhas costas para que eu pudesse realmente me sentir inteiro e livre. Livre! Liberdade. Taí. Liberdade. Essa era uma palavra nova na minha vida! Era a palavra que me definia, que me representava. Parece que eu sempre tinha vivido aprisionado, escondido, acorrentado, refém de alguma coisa que eu nem sabia o que era, mas que me impedia de ser eu mesmo e de viver a vida com a plenitude que ela tem.

Naquela mesma tarde, encontrei o Gonçalo e contei com detalhes a história do Caio (apesar de a Samantha já tê-lo informado, pois não aguentou guardar a "bomba"). Mas, mais importante, contei sobre como foi a conversa com a minha avó e como ela é a pessoa maravilhosa que é, e recebeu tão bem as coisas que eu tinha para revelar.

Os últimos dias com Gonçalo foram intensos, emocionantes, deliciosos e profundamente felizes. Ele almoçou e jantou algumas vezes na minha casa, experimentou a famosa "melhor lasanha do mundo" da minha avó e conviveu comigo, com meu irmão e Tetê como se fôssemos uma grande família. Nesse restinho de tempo que tínhamos juntos, combinamos de não pensar em futuro e em despedidas, e deixar isso apenas para o dia da partida. Que infelizmente chegou.

O dia 15 de agosto caiu num sábado, que amanheceu nublado e cinza, como o meu coração. O voo era só às dez da noite, e nós dois combinamos que eu iria logo cedo para a casa da Samantha para ajudar o Gonçalo a fazer a mala. Às oito e meia da manhã eu já estava na sala de tevê, ajudando a pessoa mais incrível que eu conhecia a separar os objetos e as roupas que ele dobrava para levar de volta a Portugal.

Eu toquei no assunto tão temido:

— A gente adiou, adiou, evitou, evitou, mas o dia chegou, né, Gonça? Não vai ter jeito, a gente vai ter que se despedir. O nosso tchau vai ser inevitável.

— Pois... — concordou ele, antes de respirar fundo para prosseguir. — Palavras de despedida terão que ser ditas hoje, meu querido.

— É muito dolorido estar aqui fazendo as malas para você ir embora. Eu nem quero acreditar.

Gonça parou o que estava fazendo e veio até mim. Pegou meu rosto com as duas mãos, olhou nos meus olhos e disse bem sério:

— Quando bati meus olhos em ti pela primeira vez, sabia que estava a correr um risco. Um grande risco.

— Que risco? — perguntei com a voz quase sussurrada.

— Risco de me apaixonar e ter o tempo contado para deixar-te. Porque, claro, eu já sabia que ia embora. Sabia que nossas horas seriam limitadas para ficar juntos e viver uma história. O relógio era um cronômetro em contagem regressiva. Uma bomba-relógio que explodiria e faria tudo sumir.

— E mesmo assim você não evitou nada disso. Você me beijou. Você me conquistou — falei, em um misto de admiração, intriga e raiva.

— Sim, Davi, meu amor. Eu sou um pouco mais velho que você, um bocadinho só, e não sei se é por isso, ou talvez pela minha vivência em outra cultura ou a educação que tive dos meus pais, mas eu aprendi que não é porque sabemos que vai acabar que não devemos viver intensamente. Não é porque é pouco que não pode ser muito bom! E não é porque não é pra sempre que não pode ser eterno!

— Isso é lindo de ouvir, mas tão difícil de viver... — lamentei.

— Mas a vida é assim, Davi! Não é porque vamos nos sujar amanhã que deixamos de tomar banho hoje. Não é porque vamos mandar embora aquele resto de alimento em doze horas que deixamos de nos deliciar com ele agora. Não é porque daqui a uma semana vamos esquecer uma piada, que deixamos de rir ou contar ela hoje. No fundo, a gente vive pra hoje, Davi.

— É verdade... — concordei, pensativo, passando a ter, naquele momento, uma percepção diferente das coisas com cada palavra que ele falava tão docemente.

— O que não fazemos direito é viver o hoje com intensidade suficiente para que ele se torne inesquecível. Para que ele fique presente para o resto da nossa vida!!

— Você está coberto de razão! A gente está sempre pensando no passado, esperando o futuro ou querendo estar em outro lugar, mexendo em celular...

— Exatamente! Se vivermos só o agora, já é muita coisa! E vivemos tantos "agoras" bons, não achas?

— Vivemos agoras espetaculares. — Eu me derreti. E por isso eu queria mais. Eu queria que não parasse!

— Precisamos aprender a ser felizes com o que temos, não com o que não temos. Não é preciso empanturrar-se com coisas boas, como a gente se empanturra de doce ou de um alimento só porque ele é delicioso. Isso é gula, né?

Eu ri, de uma forma triste.

— E a saudade? O que a gente faz com ela? E a falta, o buraco que fica? Você não sente, Gonça? Porque eu já tô sentindo e é enorme.

— Claro que sinto, Davi, meu amor. E claro que vou sentir. Uma saudade gigante. Mas sempre lembro-me uma coisa muito fixe que minha bisavó dizia quando eu era miúdo: a saudade aproxima os corações. Então, saibas que cada vez que sentires saudades minhas e eu sentir saudades tuas vamos estar juntos, amor. Além disso, teremos sempre as lembranças de tudo o que vivemos, e esse buraco da saudade vai ser preenchido com elas. Acredites.

Então ele me puxou carinhosamente para perto dele e em silêncio ficamos abraçados um bom tempo. Um tempo que pareceu parar para apreciar aquele amor tão puro, tão bonito, tão especial que estávamos vivendo. Choramos juntos um choro tão sentido. Choro de emoção por viver uma história tão linda, choro de despedida, choro de saudade, choro de amor, um choro que precisava ser chorado.

Infelizmente o tempo não parou. Passei a tarde toda com Gonçalo e a noite chegou. Fui ao aeroporto Tom Jobim de carro com Dudu e minha avó para dizermos tchau. Samantha e sua família levaram Gonçalo e as malas no carro deles.

Não foi fácil vê-lo partir. Nossa última conversa arrancou muitas lágrimas de todos.

— Não vamos perder o contato? Promete? — perguntei, abraçado com Gonçalo, sentindo pela última vez o cheiro suave da pele dele.

— Não há motivo para perdermos o contato, Davi. Tu sabes que podes ir a Lisboa a hora que quiseres, e eu espero voltar ao Rio assim que possível.

— Vou procurar um trabalho para juntar dinheiro para conhecer Portugal — falei, quase como um compromisso comigo mesmo.

— Acho muito bom. Mas, Davi, eu queria propor uma coisa.

— Pode falar — respondi, sério.

Ele pegou meu rosto novamente com as duas mãos, como costumava fazer, e me disse olhando nos olhos:

— Não vamos nos meter em prisões, vamos celebrar a liberdade. Essa coisa preciosa que nós dois conquistamos com tanto esforço.

— Mas... — eu fiquei confuso.

— Sabes o que conversamos mais cedo? Vivamos o hoje. Todos os dias. O amanhã não sabemos. E nem vamos saber. Só quando ele se tornar hoje. Quando vamos nos ver de novo? Também não sabemos. Assim como não sabemos se vamos conhecer novas pessoas, que serão tão ou mais importantes em nossas vidas que nós dois, um para o outro.

Acho que meu olhar estava um pouco desapontado.

— Eu não quero ninguém, eu nem consigo pensar em...

Ele colocou o indicador delicadamente na minha boca para terminar seu raciocínio e falar uma coisa que fez muito sentido.

— Davi, se tu me amas de verdade, não vais desejar me aprisionar. E nem eu. Se eu te amo de verdade, quero que sejas feliz, do jeito que melhor conseguires. Quando o amor vira prisão, algo está muito errado. Se isso acontecer conosco, que sejamos inteligentes o bastante para perceber e não insistir no erro. Quero que saibas que o que eu mais desejo na vida é a tua felicidade. Quero mesmo que tu procures ser feliz todos os dias. Se for comigo, ótimo. Se um dia cansares, se a distância atrapalhar, que sejas feliz consigo mesmo ou até... com... com... com outr...

— Shhhh — foi a minha vez de calar a boca do Gonçalo, que estava muito emocionado. Era fácil pensar daquele jeito, mas sentir era difícil. De qualquer forma, foi muito bacana ele falar tudo aquilo pra mim. — Eu vou ser feliz porque agora sou feliz comigo. Plenamente feliz — afirmei. — Você também vai ser feliz? Muito feliz? Promete?

— Claro que sim!

— Gonçalo, quero te dar uma coisa, para que se lembre de mim e dos momentos felizes que a gente viveu. — Falei isso com lágrimas no rosto, e entreguei um pen drive com músicas que escolhi a dedo.

— Eu também quero te dar uma lembrança — disse ele, e me entregou um exemplar de *O livro do desassossego*, de Fernando Pessoa.

— Gonça, obrigado. Quero te agradecer.

— Por este livro? Bobagem. É apenas uma lembrança!

— Não! Não é pelo livro. Quer dizer, é claro que agradeço o presente. Mas quero agradecer principalmente por você ter mudado a minha vida! Eu quero te dizer muito obrigado por ter me proporcionado a experiência mais forte, mais bonita e mais decisiva da minha vida até agora. Sem ela, eu não teria sabido quem eu sou... talvez nunca! Você me ajudou a... como se diz por aí... a sair do armário, ou melhor você me arrancou do armário! — Rimos juntos quando eu falei isso. — Na verdade, não gosto muito dessa expressão, acho mais engraçada que qualquer outra coisa, mas o que eu quero dizer é que você me fez descobrir quem eu sou. E com isso você me deu a chance de realmente ser feliz na vida e de ter meu coração em paz. E de poder ser inteiro e ser quem eu realmente sou, para mim e para o mundo! — discursei, com a voz embargada, as lágrimas escorrendo e com a maior emoção do mundo.

— Adoro-te, meu amor! Tu és meu amigo, namorado, parceiro! Eu é que agradeço por teres aberto seu coração e me deixado entrar para conviver com a pessoa mais especial que conheci.

— E olha, mesmo se a gente nunca mais se encontrar, saiba que você já é uma das pessoas mais especiais da minha vida também, e que nunca, NUNCA, eu vou te esquecer! Adoro-te também!

Então nós nos abraçamos e choramos de soluçar.

Depois de alguns segundos, ele pegou sua mochila, beijou e abraçou todos os outros, e sumiu entrando pela sala de embarque.

Capítulo 19

COMO É DIFÍCIL A GENTE DESCOBRIR QUEM A GENTE É E CONSEGUIR viver isso plenamente! Mas depois que essa conquista é feita, realmente é o caminho para a liberdade. Liberdade de ser. Liberdade de pensar. Liberdade de existir.

Durante uns bons meses, falei com o Gonçalo quase todos os dias, por Skype, Facebook, Facetime, WhatsApp, sinal de fumaça, sonhos, telepatia e todas as outras formas que a gente conseguiu para vencer a distância, o tempo e o fuso horário. Cheguei a conhecer os pais dele e alguns amigos até. Com o passar do tempo, porém, essas conversas foram se espaçando, depois foram rareando, e ficando mais mornas e rotineiras.

Num fim de semana, ele fez uma viagem para o Marrocos com uns amigos e lá conheceu um garoto. E me disse isso com a leveza de sempre, e com verdade. Contou que não aconteceu nada, mas que tinha ficado mexido com o Fernando (esse era o nome do garoto), que morava no mesmo bairro que ele, mas os dois nunca tinham se cruzado. Coincidências do destino, ele achou. Na hora, confesso, doeu. Mas nada parecido com a dor do Zeca quando perdeu o Emílio, se eu for fazer uma comparação. Foi mais sereno. Não sei se pela distância ou se por prever que isso iria acontecer. Ou se foi porque já tinha valido tão a pena viver tudo o que vivi com ele que não precisava ser uma tragédia o fim daquela relação. Hoje fico genuinamente feliz que ele tenha encontrado o menino, e estou torcendo para que dê certo.

Depois que tudo passou, não demorei a entender que fui, sim, apaixonado pelo Gonçalo. Mais que isso. Ele foi mais que qualquer clichê. Ele fez com que eu me aceitasse como eu realmente sou. Sem rótulos. Só por isso, ele já está na minha história pra sempre. Foi tão lindo e importante o que vivi com ele que eu jamais vou esquecer.

Tetê e Dudu seguem felizes e românticos ainda. Um lindo piano voltou a adornar nossa sala de estar e agora é tocado por vovó enquanto BamBam canta. É bonito de ver. Ele a faz sorrir como criança, e nada mais gostoso do que ver quem a gente ama rir com espontaneidade infantil.

Orelha e Laís terminaram, Samantha e Erick continuam firmes e fortes entre idas e vindas. Valentina segue sozinha, ficando com um e outro e a cada dia mais bonita (e mais legal também, verdade seja dita. Eu me arrependo muito de ter duvidado do seu caráter) e sempre junto com Bianca, sua nova BFF. Caio Papagaio levou uma suspensão para pensar sobre o ocorrido e, quando voltou, todo mundo virou as costas pra ele. Até o Erick.

Zeca teve um "trelelê", como ele costuma se referir a relacionamentos-relâmpago, com um cara que conheceu na academia, mas não deu em nada. O que vai de vento em popa é o blog dele. Está muito popular, com muitos acessos, e ele agora está abrindo um canal no YouTube e diz que vai virar bloGAYro e influenciador digital. Dei a maior força. Ele é inteligente, engraçado, tem um humor ácido e direto que é único, tenho certeza de que vai ser cada vez mais sucesso. Depois de tudo o que aconteceu este ano, que foi difícil, principalmente o episódio do Caio Papagaio, eu me senti um cara realmente querido, pela primeira vez na vida. O que podia ser ruim foi muito bom. E Sidão, desde o dia em que me defendeu na frente de toda a turma, virou o professor preferido de todos, mesmo sendo rigoroso como é e ensinando Química. Aposto que ano que vem, no terceirão, ele vai ser convidado para ser o paraninfo da turma, na formatura.

Meu curso de astrologia terminou e eu dei de presente para a minha avó o primeiro mapa astral que fiz na vida, com supervisão da Tati, obviamente, minha superprofessora. Consegui aprender bastante sobre mim, entendendo como os astros e os signos afetam a minha vida, que, afinal, era algo que eu queria muito.

MINHAS IMPRESSÕES SOBRE A PESSOA DE
ESCORPIÃO (EU MESMO, DAVI)
PLANETA REGENTE: PLUTÃO

COMO É:

Sensual (não eu. O meu ascendente é Aquário, o que me deixa mais inovador e visionário que preocupado com sensualidade), é cheia de autoconfiança e nada que pensem ou digam vai mudar a opinião que ela tem sobre si própria. Não é questão de ser exibido ou metido, o escorpiano apenas sabe do que é capaz e conhece suas virtudes. Da mesma maneira que não esquece uma mágoa, o escorpiano jamais esquece um presente ou um benefício recebido. Extremamente leal com os amigos, a ponto de fazer sacrifícios por eles, considera-os família e os defende com unhas e dentes.

DO QUE GOSTA:

De botar a mão na massa e fazer acontecer. Não fica apenas sonhando. E também gosta muito de ganhar. Seja num jogo de tabuleiro, seja na escola, tirando as melhores notas, seja se saindo bem numa entrevista de estágio. Também lhe agradam, e muito, elogios à sua inteligência e capacidade de planejamento.

NO AMOR:

Quando se apaixona, o escorpiano costuma ser bastante intenso. É dado a "eu te amo mais que tudo", "amor da minha vida" e afins. E diz tudo isso com o coração. O escorpiano não tem medo de saltar sem rede de proteção num relacionamento amoroso e se entrega de corpo e alma. Não gosta de pessoas ciumentas. Ele, por possessividade, pode ter ataques de ciúme. O ser amado, não.

O QUE COME:

Os olhos do escorpiano brilham mesmo com uma boa e elaborada sobremesa. E não acha problema algum comer a mesma coisa todos os dias, até enjoar. (vivendo sob o mesmo teto que a melhor cozinheira de Copacabana, isso não é realmente sacrifício algum. Passei meses comendo arroz, feijão, carne moída e espinafre por motivo de ser simplesmente a coisa mais gostosa do mundo.)

NA MODA:

O escorpiano é na moda como é na vida: não está nem aí para a opinião alheia e ignora críticas e normas sobre o que deve ou não vestir. Ele se veste como quer e ponto-final.

Gosta de preto, branco, vermelho e azul-marinho.

COMBINA COM:
Escorpião, Peixes, Câncer e Sagitário

FUJA SE FOR DE:
Leão e Touro

Porém, não foi a astrologia propriamente que me fez aprender sobre mim. Foram as portas que eu me permiti abrir. Foi a coragem de me jogar nas experiências sem pensar muito, sentindo a vida fluir, sem preconceitos.

No fim das contas, ninguém que realmente me ama achou nada demais eu beijar um garoto.

Só eu mesmo.

Aprendi que não vale a pena se fechar pra nada. Pois, como o próprio Gonçalo disse, não é porque a gente sabe que vai acabar que a gente não deve aproveitar e viver intensamente. E a vida, essa a gente tem certeza de que vai acabar um dia. Aliás, essa é a nossa única certeza. A gente só não sabe quando ela acaba, só que está aqui por um curto espaço de tempo. Por isso, devemos perseguir um objetivo muito nobre: ser feliz sempre, todos os dias. Celebrar as grandes, as médias e as pequenas vitórias.

Não é porque não é pra sempre que não pode ser eterno! A gente vive pra hoje!

Então, vamos viver!!

UM PEDIDO ESPECIAL DA AUTORA

Você, que chegou até aqui, que leu cada página deste livro, e que talvez conheça o Davi desde *Confissões de uma garota excluída, mal-amada e (um pouco) dramática*, viu quão importante para a vida dele foi a autodescoberta que ele fez. E viu que o modo como ele se descobriu também foi fundamental para o desfecho da história.

Eu queria muito que outros leitores, assim como você, acompanhassem o Davi nessa jornada e se surpreendessem junto com ele. Isso é muuuuito importante! Estragar uma surpresa não é uma coisa legal, né?

Por isso, eu vou adorar se você indicar o livro e escrever sobre ele (nas redes sociais, em blogs, etc.) quantas vezes quiser, mas peço, com todo o meu coração, que não dê spoiler, ou seja, não revele o que o Davi soube, e o que realmente aconteceu com ele neste livro.

Então, fica aqui meu pedido. Que esse seja um segredo meu, seu e do Davi. Só nosso! Conto com você, ok? ☺

Uma bitoca da
Thalita

P.S.: Escreve pra mim contando o que achou! Vou amar saber! Meu e-mail é thalita@thalita.com